CHARLES VIEIL

LE

GRAND THÉATRE

DE NICE

DEPUIS SA FONDATION JUSQU'A NOS JOURS

(1787-1905)

EXTRAIT DU *Nice Historique*

NICE

TYPOGRAPHIE ET LITHOGRAPHIE MALVANO, RUE GARNIER, 1

1907

LE

GRAND THÉATRE

DE NICE

 DEPUIS SA FONDATION JUSQU'A NOS JOURS

(1787-1904)

PAR

CHARLES VIEIL

NICE

TYPOGRAPHIE ET LITHOGRAPHIE MALVANO, RUE GARNIER, 1

—

1905

LE GRAND THÉATRE DE NICE

depuis sa fondation jusqu'à nos jours

(1787-1904)

A Monsieur Henri Sappia,

Professeur de Littérature latine et italienne, Directeur-Propriétaire
de la Revue NICE HISTORIQUE.

Cher Maître,

Pour ce petit travail, j'ai puisé dans votre précieuse Bibliothèque la plus grande partie des documents; dans votre prodigieuse mémoire, des renseignements nombreux qui m'ont permis de le mener à bonne fin.

Aussi, cher Maître, je ne vois qu'une manière de vous remercier ; c'est de vous l'offrir !

Acceptez-le donc comme témoignage d'amitié, comme hommage de reconnaissance de la part de votre

CH. VIEIL (1).

Nice, le 21 juin 1904.

ORSQUE le 20 février 1773, Victor-Amédée III monta sur le trône des rois de Sardaigne, les finances de l'Etat étaient si prospères et florissantes, qu'il n'hésita point de continuer avec ardeur, les grands travaux commencés par son père, Charles-Emmanuel III, tant en Piémont, que dans notre Comté.

Il fit d'abord réparer et ouvrir aux voitures, la grande route muletière, dite *Ducale*, qui de Limon, par le col de Tende, aboutissait à Nice, où on avait déjà creusé, dans la carrière de Saint-Recoubré, le beau port de Limpia, qu'il fit agrandir.

Commencé en 1749, sous la direction du comte Robilant, ingénieur civil des Etats Sardes, on posa solennellement la première caisse du môle, le 22 juillet 1750, d'après les uns, le 9 septembre 1751, d'après les autres. La présence du marquis de Sainte-Julie,

---

(1) Merci, mon excellent ami, du beau Mémoire sur notre théâtre. Personne mieux que vous ne pouvait l'écrire. Niçois, fils d'un artiste niçois très distingué, vous vous êtes acquitté d'une dette de dévouement envers notre pays, d'affection filiale envers votre père regretté, élève et ami du grand Paganini. — H. S.

gouverneur de Nice, des autorités civiles et militaires, et le grand concours de la population niçoise, consacrèrent cette fête du commerce et du travail.

Le nouveau port de Limpia, ainsi dénommé à cause de la limpidité des eaux abondantes des sources de Riquier venant du nord se confondre avec les eaux de la mer, était ouvert le 22 novembre 1751, au commerce et aux navigateurs de la Méditerranée.

Quelques années plus tard, le chemin des Ponchettes, par *Rauba-Capèu*, et l'autre du *Valentin*, cotoyant le pied du Château, réunissaient au sud et au nord-est, la vieille ville au nouveau port. L'ouverture de la nouvelle route carrossable de Turin, le nouveau port remplaçant une anse ouverte aux vents du sud et sud-ouest, rallié à la ville par deux chemins aisés, changèrent tout à coup l'aspect de notre belle Nice.

Le port Limpia creusé, l'agrandissement de la route de Turin s'imposait. Victor-Amédée III se hâta de l'achever. Le Château ayant été rasé en 1706 par Berwich, notre ville cessa dès lors, d'être une place forte et redoutable ; aussi les riches produits des plaines fertiles du Piémont eurent leurs débouchés à la mer ; Nice était alors la seule ville maritime des Etats Sardes.

Le couronnement de ces travaux fut l'agrandissement du côté nord de notre ville. La Porte *Païroliera* au commencement de la rue qui conserve encore ce nom, porte dénommée aussi de *Saint-Sébastien*, fut abattue et remplacée par la *Porte Turin* à l'intersection des rues actuelles Barla, et de la République, d'où, par la rue Victor, on arrivait à la magnifique place de ce nom — place Garibaldi aujourd'hui — entourée de portiques et alignée au cordeau, dont le terrain avait été concédé gratuitement par le Roi.

Cette inscription au sommet de la façade nord de la nouvelle porte, nous indiquait la date de l'achèvement de ces œuvres coûteuses et vraiment merveilleuses à cette époque.

VICTORIO AMEDEO III
PORTU URBEQ AMPLIATIS
O. P. Q. N.
AN. MDCCLXXXII

L'administration municipale eut l'heureuse idée de faire bâtir au centre du côté sud de la nouvelle place, la chapelle dédiée à l'Assomption de la Vierge, pour remplacer celle de la *Madona de Sincaïre*, construite en 1552, à proximité du bastion et de la tour de ce nom, rappelant aux Niçois les nobles exploits de notre héroïne populaire, *Catarina Segurana*, qu'à tort, on voudrait faire croire aujourd'hui, une création fantastique de nos ancêtres.

Les Pénitents du Saint-Sépulcre, dans la sacristie de cette chapelle, devenue leur oratoire, conservent la petite statue en bois qu'on vénérait dans l'ancienne de *Sincaïre*, et à l'entrée, sous les portiques, enchâssée dans le mur, l'inscription latine gravée sur marbre, placée jadis au sommet de la porte de la première chapelle de *Sincaïre*, démolie lors de ces agrandissements.

Ces travaux, au nord de la ville, harmonisaient avec ceux qu'on venait d'achever vers le sud. Dès le 25 février 1738, la municipalité avait décidé la construction des Terrasses et la formation de la Promenade du Cours, rendez-vous préféré pour l'espace d'un siècle de nos concitoyens, mais ils ne purent s'accomplir qu'après la paix d'Aix-la-

Chapelle (1748), lorsque l'Europe, fatiguée de longues guerres, respira plus librement. C'est alors que les décombres des anciens remparts de la Marine commencèrent à disparaître, et les fossés se couvrirent d'orangers et de fleurs. Les ormeaux qui, lors de notre enfance, ombrageaient encore la Promenade du Cours, sur l'emplacement du vieux arsenal, avaient été plantés au commencement du mois d'octobre 1766. Aussi, répétons-le avec Louis Roubaudy, dans son très remarquable ouvrage : *Nice et ses environs*, publié en 1843 : « La démolition du Château fut un bienfait pour Nice ; elle mit un « terme aux affreux désastres de la guerre qui revenaient presque périodiquement « affliger le pays. Cette ville cessant, pour son bonheur, de compter parmi les places « fortes, put enfin s'accroître et devenir florissante : ses habitants se livrèrent avec « sécurité à l'industrie et au commerce ; ils connurent un bien-être qu'ils n'avaient pu « soupçonner jusqu'alors. » (Page 37).

Enfermée dans l'enceinte trop étroite de ses murs, occupée par une soldatesque effrénée, Nice, ville militaire, laissait beaucoup à désirer. Déjà, le 16 août 1627, le duc Charles-Emmanuel Ier donnait des ordres très sévères et organisait un système de nettoyage ; mais les conditions spéciales de notre ville, empêchaient la réalisation des améliorations désirées. Les épidémies fréquentes moissonnaient des nombreuses victimes. Nice fut obligée de sortir de son ancienne enceinte ; on vit alors surgir comme par enchantement le faubourg de la Croix-de-Marbre.

Grâce à son climat très doux, à son ciel très pur, à son soleil, à son heureuse situation, à l'abri des vents et des intempéries, Nice devint tout à coup une des premières villes de saison de la Méditerranée. Le duc d'York et le prince de Brunswick passèrent l'hiver de 1763 en notre ville, pour se reposer de leurs glorieuses fatigues ; y répandirent l'or à pleines mains ; le duc de Glocester, frère du roi d'Angleterre y passa l'hiver de 1784; l'archiduc de Milan et la duchesse de Bourbon Condé, celui de 1786. En 1787, plus de cent familles de la meilleure noblesse d'Europe, s'y donnèrent rendez-vous. La réputation du climat de Nice était faite.

Une nouvelle ville naissait ainsi sur la rive droite du Paillon. Qui aurait dit alors que dans un demi-siècle, Nice aurait pris une extension aussi vaste ! Personne ne pouvait le prévoir !

On dût penser à éloigner de la ville une des causes — la principale peut-être — d'infection. Victor Amédée III, par ses Royales patentes du 1783, ordonnait que tout enterrement des cadavres, devait être interdit dans les églises. Le Sénat, par son ordonnance du 30 juin de la même année, réglait le système des enterrements qui devaient avoir lieu dans le cimetière, apprêté par la municipalité sur l'emplacement de l'ancienne citadelle, au nord-est du Château démantelé. Mgr Charles-Eugène Valperga de Maglione, évêque de Nice, par son ordonnance épiscopale du même jour, annonçait l'ouverture du nouveau cimetière le 10 juillet suivant. Dès ce jour les enterrements dans les églises de notre ville étaient sévèrement défendus.

Puisqu'on venait, par raison d'hygiène, de penser aux morts, on devait tout naturellement ménager quelques agréments aux vivants. Les besoins d'un théâtre se faisaient sentir, et les Niçois, dit Durante, dans son *Histoire de Nice*, désiraient une salle de spectacles en rapport avec les goûts de la ville. Il existait, il est vrai, une salle, appelée Salle Maccarani — nom d'une illustre famille niçoise — qui en avaient eu le privilège pendant vingt années, mais cette salle restreinte, n'était plus dans le goût des habitants ; en outre une certaine divergence existant entre la noblesse et la bourgeoisie, la première décida de construire un nouveau théâtre, et fit pour cela les démarches nécessaires auprès du Roi, qui par lettre-patente, accorda l'autorisation et concéda même gratuitement les terrains pour la construction.

Aussitôt l'autorisation obtenue, il se forma une Société composée de quarante gentilhommes niçois, qui tint sa première assemblée par-devant M. le commandant général de la Ville. Cette réunion eut lieu le 14 août 1787 et on y décida que cette Société serait divisée en quarante actions, nombre égal de sociétaires.

Etaient présents ou avaient accepté d'en faire partie :

MM. Joseph-Louis AUDA, comte de Saint-Victor.
Charles-André ALBERTI, comte de Villanova.
Gaetano comte d'ACCHIARDI de St-Léger.
le comte Michel BRUNO SORDIATI.
le chevalier Joseph-Constantin BISCARA.
Joseph-Marie CAÏS, comte de Pierlas.
Louis CAÏS, comte de Giletta.
Octave-Marie CORVESI, comte de Gorbio.
le chevalier Pierre-Flaminius CRUCHIERI.
Pierre CAUVIN, capitaine dans la R. A. S.
Antoine-François DE COTTI.
Pierre-Joseph marquis DE CONSTANTIN.
le chevalier Honoré VASSALLO CAMERAN.
Ambroise-Etienne DAYDERI, comte de Castelnuovo.
le comte Barthélemy DE ORESTIS.
Jules-Esprit FOCCARD, comte de la Rocca Esteron.
Honoré FERRERO DE GUBERNATIS.
FERRERI, marquis de Bonsone.
Mme Thérèse GALLEA, veuve Pierre Raynaldi.
MM. le baron Marcelin GRIMALDI.
Marinetta LASCARIS, comte de Castellar et d'Aspremonte.

MM. Jean-Antoine GUIGLIONDA, comte del Borgo.
Mme Marie-Victoire PEYRANI DE LINGUA.
MM. le comte sénateur PICCONE DELLA VALLE.
Ange-Josh PEYRE, marquis de Castelnuovo.
François-Jean PEYRE, comte de Castelnuovo.
François-Félix RAYNALDI, baron de Santo Alberto.
Jean-Louis RAYNALDI, comte de Belvedere.
Hyacinthe-Zacharie RIBOTTI, comte de Valdeblora.
Philippe RIBOTTI de Valdeblora.
Joseph-René RAYNAUDI, comte de Falicone.
le baron RICCI, conseiller de S. M.
Gaétan Roux TONDUTTI, comte de Peglion.
J.-J.-Hylarion SPITALIERI, comte de Cessole.
Joseph TORRINI, comte de Fougassieras.
François-Antoine-Joseph TONDUTTI, comte della Scarena.
Pierre-Flaminius TRINCHIERI, comte de Venanson.
Charles-Joseph-Albert THAON, marquis de Revel de Saint-André.
André VERANI MASIN, baron de Castelnuovo.
François VERANI MASIN de Castelnuovo.

On procéda, en outre, à la nomination des directeurs ; on décida aussi d'acheter l'emplacement *au-dessous et en attenance des remparts*, des terrains appartenant au Domaine, pour construire le nouveau théâtre.

Cette adjudication fut faite, par acte du 25 juin 1788, au prix de 7,000 livres, qui furent payées aussitôt que l'acte fut approuvé par lettres-patentes du Roi, du 22 juillet suivant.

Mais des difficultés s'étant élevées de la part de MM. Alli de Maccarani, Benedetto et Luigi Saint-Pierre, propriétaires du théâtre existant, à cause des privilèges qu'ils avaient déjà obtenu du Roi, qui en avait accepté le patronage le 17 septembre 1775, les directeurs de la Société des Quarante d'accord, et avec l'approbation des autres membres, entrèrent en pourparlers avec la famille Maccarani pour pouvoir les applanir si possible. Ils y arrivèrent; car après une délibération, qui eut lieu le 6 juin 1789, signée par vingt-un de ses membres, la dite Société détermina d'acheter ce théâtre aux conditions proposées par les propriétaires. Mais pour cela faire, vu les prétentions élevées des vendeurs, les fondés de pouvoirs de la Société, MM. le comte De Orestis, Honoré Ferrero de Gubernatis, le comte Gaétan d'Acchiardi et le marquis F. Peyre de Châteauneuf, demandèrent à nouveau l'approbation complète de leurs co-associés; aussi le 23 juin de la même année, et par une nouvelle délibération, signée par vingt-deux membres, on décida de faire interpeller ceux des associés qui n'avaient pas encore exprimé leurs intentions sur cette acquisition et pour les remplacer en cas de refus. Par acte du 18 juillet 1789, passé par-devant le notaire Emmanuel Faraudi, dûment enregistré au livre 3 de Nice, f° 343 de la dite année, il fut donné pleins pouvoirs à MM. De Orestis et Honoré Ferrero « qui pourront séparément et indépendamment l'un de l'autre et à « chacun d'eux avec toute accepte et absolue faculté, autorité et pouvoir de, au nom « des dits constituants et pour ces derniers solidairement entr'eux avec les susdites « renonciations, prendre à titre de prêts d'une ou plusieurs personnes, tant à Nice « qu'ailleurs, telle ou telles sommes que les dits constitués ou l'un d'eux aurait jugé « convenable pour l'objet y décliné, d'en promettre la restitution dans le terme ou « termes qui seraient convenus avec les prêteurs ou prêteur, avec les intérêts en atten- « dant annuellement..... »

La mise en demeure, du 23 juin, eut pour effet d'obtenir la réponse de onze membres, qui pour divers motifs donnèrent leur démission qu'on s'empressa d'accepter. Dans deux séances qui eurent lieu les 16 et 21 septembre de la même année, acte fut donné aux démissionnaires, qui furent immédiatement remplacés par MM. le baron Lascaris de Vintimille, comte Caissotti de Roubion, comte Charles Cacciardi, comte Joseph-Marie Guiglionda del Borgo, Madame Peyrani de Cotti, Louis Verani-Masin de Châteauneuf, Xavier Fabri de Castellar, Maurice Ramini et comte Maurice De Orestis.

Le jour même, le 21 septembre, ainsi qu'il en résulte de l'acte reçu chez Me Faraudi, notaire, la Société des Quarante, réduite par non remplacement à trente-huit membres, et représentés par vingt-deux, décidèrent l'achat du théâtre Maccarani, ils en devinrent définitivement propriétaires le 23 septembre 1789, ainsi qu'il en résulte de l'acte passé chez le susdit notaire et ce moyennant la somme de 75,000 livres.

Dans le même acte, et pour parer à toute éventualité, il est dit que MM. De Orestis et Ferrero « pourront se procurer cette somme, soit en empruntant ou s'en procurer « de quelque manière que ce soit. »

Nous trouvons, en effet, dans divers actes passés par devant Me Faraudi, que MM. De Orestis et Ferrero, ayant besoin d'argent, empruntèrent différentes sommes, savoir : le 17 février 1790, à M. Jean-Louis Malleret, six cent vingt-cinq louis d'or de France, au même, le 16 juin 1790, deux mille cinq cents gros écus ; un peu plus tard, le 11 décembre de la même année ils empruntèrent à M. Joseph-Marie Guiglionda, comte del Borgo, un des membres des Quarante, trois mille écus, sommes qui furent versées à M. Constantin Biscara, nommé trésorier de la Société, par acte passé par-devant le notaire, Me Faraudi, en date du 16 septembre 1789.

Ces différentes sommes, et d'après ce qu'il avait été convenu, devaient être remboursées dans l'espace de cinq années, et soumises à un intérêt de 4 %, garanti par les membres de la Société des Quarante, réduite d'abord à trente-huit, puis à trente-sept, par la démission de M. Trinquieri comte de Venanson, acceptée le 25 décembre 1791.

Il est probable que quelques associés aidèrent la Société en apportant leur côte part ; car, non seulement, nous n'avons plus trouvé de traces d'emprunt, mais au contraire nous voyons par un acte, en date du 29 juin 1791, reçu par Mᵉ Faraudi, notaire à Nice, le sieur Jean-Baptiste Guide, négociant en cette ville, procureur fondé du sieur Malleret, en vertu de l'acte de procuration dûment enregistré, recevoir de la Société, la somme de mille cinq cents gros écus, qui lui furent comptés, d'ordre du sieur Honoré Ferrero de Gubernatis en sa qualité, par le sieur Joseph Constantin Biscarra, trésorier d'icelle en paiement et à-compte sur les deux mille cinq cents prêtés le 16 juin 1790.

Mais la révolution grondait en France ; Louis XVI était en prison, les émigrants français arrivaient et faisaient espérer aux Niçois que l'orage n'aurait pas de suite. Cependant la déclaration de guerre faite par l'Assemblée législative, le 20 février 1792, à l'empereur d'Autriche jeta la consternation dans notre ville, surtout lorsqu'on apprit que le général D'Anselme réunissait une armée en Provence pour envahir le Piémont.

L'on vivait pour ainsi dire dans une éternelle angoisse, d'autant plus terrible que le peu de troupes piémontaises envoyées à la frontière, se retirèrent successivement, en ne laissant dans notre ville que quelques volontaires et quelques artilleurs.

Le 30 septembre les troupes françaises entrèrent à Nice sans coup férir, et occupèrent immédiatement les forts de Mont-Alban et de Villefranche.

Le général D'Anselme, maître de la ville, organisa une administration communale provisoire ; le 4 février 1793, la Convention décréta la réunion du Comté de Nice à la France, formant provisoirement un 85ᵉ département, sous la dénomination des Alpes-Maritimes.

II

Après s'être rendue propriétaire de l'immeuble Maccarani, la Société des Quarante, contrairement à ce qu'elle avait décidé en principe, pour des motifs que nous ignorons, revint sur ses idées primitives. Prévoyait-elle les événements qui allaient avoir lieu ? C'est possible ; en tout cas, le théâtre ne fut pas démoli, et le Conseil de direction ordonna qu'on fit seulement les réparations nécessaires, soit à l'extérieur, qu'à l'intérieur, et nomma à cet effet, une commission composée de quatre membres chargés de la direction des travaux.

Ce petit théâtre, presque tout en bois, simple dans la forme, dès sa création, subît une transformation complète, grâce aux embellissements et aux peintures dont on l'orna, à la création d'une grande loge, appelée depuis : *Loge Royale*, et à la profusion des tentures placées avec un goût exquis. Par toutes ces innovations, disent les écrits de l'époque, la salle ne semblait plus la même.

Ces travaux furent achevés vers la fin du 1790, époque où le théâtre fut ouvert au public et servit au début d'une compagnie française, qui joua alternativement le drame et la comédie.

Les sommes empruntées par la Société, ne furent certes pas englobées dans les dépenses pour les réparations; il devait exister certainement en caisse, un reliquat assez important, puisque avant l'échéance, M. Biscarra [1] rembourse, le 29 juin 1791, la somme de quinze cents gros écus sur les deux mille cinq cents empruntés au sieur Malleret. Ce versement fait avant terme, nous laisse croire que, soit par l'argent que les associés avaient versé, soit par les recettes qu'auraient fourni l'exploitation du théâtre, les dettes auraient été amorties, et que les associés n'auraient pas fait une trop mauvaise affaire. Malheureusement la Révolution était aux portes de notre ville, habituée, dès le commencement du siècle, à une vie calme et paisible; Nice subît tout à coup une transformation inattendue.

Ce n'est pas notre tâche de faire une étude des événements qui se sont accomplis à Nice pendant la Révolution Française; nous nous bornons à constater, pour mieux détailler l'histoire de notre théâtre, qu'à la suite de l'occupation de notre province par les armées républicaines, un grand nombre d'habitants de Nice et du Comté, ainsi que de nombreuses familles nobles et bourgeoises émigrèrent en Piémont, abandonnant leurs meubles, leurs bijoux, leur fortune à la merci des hordes révolutionnaires, et que lorsque la Convention décréta la recherche des suspects, la noblesse niçoise était depuis longtemps partie.

Le théâtre, à la suite de l'émigration des Directeurs et de la presque généralité des associés, dut naturellement fermer ses portes pendant deux années au moins; les artistes engagés précédemment restèrent sur le pavé. Les orgies sanglantes de la Terreur cessèrent enfin, Nice respira; elle constata que la tempête n'avait point laissé de trop nombreux dégâts dans ses murs, et reprit peu à peu sa physionomie habituelle; aussi les artistes français qui avaient prolongé leur séjour dans notre ville s'empressèrent d'adresser une requête aux représentants du peuple, en les priant d'ordonner que le théâtre, qui s'appelait depuis la révolution, *Théâtre de la Montagne*, et qui avait été déclaré *propriété nationale*, fut réouvert au public, soit pour que la population put jouir d'un spectacle moins lugubre que celui auquel elle venait d'assister, que pour qu'ils pussent gagner leur vie.

Les Représentants du Gouvernement révolutionnaire firent un accueil favorable à leur demande et ordonnèrent à la Municipalité de hâter les réparations nécessaires au théâtre, et en solliciter la réouverture.

La Municipalité, présidée par M. Pauliani, réunie au Palais du Peuple, décréta l'arrêté suivant : [2]

« La Commission municipale, vu l'arrêté des Représentants du Peuple près les Armées d'Italie, et les Départements du Var, et des Alpes-Maritimes, en date du 27 thermidor an III de la République Française, une et indivisible, arrête :

« Que la salle du théâtre de la Montagne de cette commune, sera ouverte incessamment par les soins de la Municipalité. Que la Municipalité est spécialement chargée de veiller à ce que l'ordre, la police, les bonnes mœurs y soient rigoureusement respectés; à ce que le peuple n'y reçoive que des leçons républicaines. Le Commandant de la Place est chargé de la police militaire;

« Que les artistes anciennement employés à ce théâtre y reprennent leur emploi, et finalement que le tableau à jouer, sera présenté aux Représentants du Peuple, pour être par eux, fait et examiné ;

---

(1) On trouve dans les papiers de l'époque tantôt *Biscarra*, tantôt *Biscara*.
(2) Nous ne reproduisons que les articles les plus importants.

« Vu aussi la pétition qui lui a été présentée par les Instituteurs (?) du dit théâtre, par laquelle ils demandent qu'en suite du susdit arrêté, la Commission municipale prenne la détermination la plus prompte pour le plan d'organisation du dit théâtre et y faire les réparations dont il a besoin ;

« Considérant que l'intérêt public exige que le théâtre soit ouvert le plus promptement possible, et qu'étant sous la surveillance de la Municipalité, n'exécutera que des pièces patriotiques et à l'ordre du jour, au moyen desquelles on parviendra à accélérer la propagation des principes révolutionnaires, la formation de l'esprit public et la consolidation de la république ;

« Considérant en outre qu'en nommant un agent national pris dans le sein de la Municipalité, non seulement on obviera aux dilapidations, mais on aura l'avantage d'avoir des fonds pour subvenir aux besoins des nombreux indigents de la commune ;

La Commission a unanimement délibéré.

ART. Iᵉʳ. — La Commission municipale requéra l'administration de ce district de lui remettre le dit théâtre ; nomme, en outre, un agent national pour le contrôle des fonds provenant des recettes, vérification des comptes, dépenses, paiements.....

ART. III. — La Commission municipale se remboursera des avances qu'elle aura faite, consécutivement sur toutes les recettes, en prélevant néanmoins les appointements des artistes et les frais du théâtre.

ART. VI. — La Commission municipale est autorisée à rechercher les artistes et les engager.

ART. VIII. — L'autorisation est donnée de jouer par décade, cinq représentations pour l'entreprise, une pour la Société, une pour et par le peuple, se réservant les autres pour l'étude de toutes les pièces nouvelles et anciennes, à l'ordre du jour.

Les jours de spectacle sont : Primidi, Quartidi, Sextidi, Septidi ; le Nonidi pour la Société, le Decadi pour et par le peuple, et finalement et conformément à l'article 6 ci-dessus, nomme un individu (sic) parmi les artistes, pour que celui-ci aille à l'enquête des sujets qui manquent pour compléter la troupe et nomme le citoyen Pinçon, l'autorisant à engager les divers sujets qui manquent, pour compléter la troupe ; déclarant cependant que les engagements qui se feront, ne seront sans aucune responsabilité, étant hypothéqués sur le produit des recettes.

Signé : PAULIANI, Maire ;
DEVISSI, MILLONIS, Officiers municipaux ;
DALLAISE, VISSIAN, CHABERT, avocat, MAQUI, SAUVAIGUE, M. BLANC, C. GAUTIER, TEISSEIRE, Notables ;
CONTES, Substitut du Gouvernement National ;
ROUX, Secrétaire Général.

Le citoyen Pinçon fort du cette autorisation se mit en campagne sur l'heure ; il fut assez heureux de recruter dans l'espace de quelques jours une troupe, qu'il présenta à la Commission municipale très bien disposée pour ces malheureux qui se trouvaient absolument sans ressources.

La salle du théâtre qui pendant la tourmente révolutionnaire avait servi, ainsi que les églises Sainte-Réparate et Saint-Dominique, aux réunions populaires, réclamait des réparations. Aussitôt qu'elles furent achevées, la salle du *Théâtre de la Montagne* fut livrée aux artistes, qui ayant accepté les clauses du contrat, formèrent une société à laquelle ils donnèrent le titre pompeux et ronflant de *l'Ecole des Mœurs !*

L'Ecole des Mœurs à Nice, en l'an III de la République Française une et indivisible, dirigée par une troupe de comédiens de troisième ou quatrième ordre, sans travail et dépourvus de ressource !

Sublime *l'Ecole des Mœurs*, dont les directeurs, régisseurs et instituteurs savaient si bien faire leurs affaires, que sans l'intervention de la Municipalité auraient fait disparaître le théâtre même, qu'on avait appelé *de la Montagne*, quoique situé près le bord de la mer !

Il ne faut pas nous étonner de tous ces changements de noms de nos rues et de nos édifices. Les délices de ces révolutionnaires sanguinaires et féroces ne connaissaient aucune limite. Ils convertirent nos églises en clubs, nos chapelles en magasins.

On comprend les cataclysmes politiques qui ont bouleversé depuis plus de mille ans notre société; on comprend la Jacquerie, la Saint-Barthélemy, la Ligue, la Fronde, la Révolution avec ses crimes ; on comprend la torche des guerres civiles avec son feu grégeois, qui se rallume dans le sang au lieu de s'y éteindre, la marée des révolutions qui monte toujours avec son flux que rien n'arrête, et son reflux qui roule les débris des institutions que son flux a renversé; on comprend la querelle mortelle des vainqueurs, les réactions sanglantes des vaincus ; les volcans politiques qui grondent dans les entrailles du globe, qui secouent la terre, qui renversent les trônes, qui font rouler têtes et couronnes sur les échafauds, on comprend tout cela; mais ce que l'on ne comprend pas, c'est la mutilation du granit, la mise hors la loi des monuments, la destruction des choses inanimés qui n'appartiennent ni à ceux qui les détruisent, ni à l'époque qui les détruit ; c'est la mise au pilori de cette bibliothèque gigantesque où l'antiquaire peut lire l'histoire archéologique d'un pays.

Non, nous ne nous expliquerons jamais pourquoi lorsqu'on s'appelait Pierre ou Jacques en 1789, on dut s'appeler Brutus ou Cassius en 1793. Pourquoi a-t-on changé le nom de nos rues, dont chacun d'eux rappelle une page de notre histoire; pourquoi les change-t-on encore aujourd'hui ? Pour faire plaisir à telle ou telle personne ou pour telle ou telle idée ; ce qui est dangereusement stupide, car si l'on réfléchissait que si une rue a été baptisée d'un nom quel qu'il soit, c'est qu'apparemment il y avait eu motif pour cela faire. Alors pourquoi sur la simple proposition d'un conseiller municipal par trop socialiste... ou par trop... bête, pourquoi enlève-t-on un nom, historique le plus souvent, pour le remplacer par un autre plus que souvent nul ou quelquefois ridicule?

C'est un crime de lèse histoire que les Municipalités commettent en se prêtant complaisamment à pareille ineptie !

La rue *Supérieure*, au pied du Château, on l'appela la rue de la *Salubrité* ; au bout de la rue *Saint-Joseph*, où était dès 1821, le séminaire, bâtisse affectée avant la Révolution aux Sœurs de Saint-Bernard, et où anciennement s'elevait la tour carrée du beffroi, cette rue on la dénomma de la *Gloire*, et sa continuation, la rue de l'*Immortalité*. Dans la rue de la *Condamine*, l'on voit encore quelques restes de nos anciennes maisons des XIVᵉ et XVᵉ siècles, sauvés de la destruction, grâce aux soins et à la prévoyance du patriotisme éclairé, de l'éminent docteur M. A. Barety. Jadis une des plus aérées de l'ancienne ville, pour cette raison probablement, elle obtint le nom de rue de l'*Allégresse*. Dans ces parages, les rues du *Pertus* et de *Rey* étaient très connues et très fréquentées, losqu'on changea leurs noms ; la première prit celui de la *Fécondité*, et l'autre de la *Jouissance*.

La rue *Droite*, que nous appelions aussi des *Orfèvres* (dai Daùriè), pour la simple raison qu'il y en avait en quantité, se divisait en deux : une était la rue *Populaire*, l'autre de la *Révolution* [1].

La rue de la *Croix* devint la rue de l'*Instruction*, celle de *Sainte-Claire*, la rue du *Salut* ; la rue des *Voûtes*, que nous appelions aussi la « Carriera Scura » et « Souta li Crota », jusqu'à l'intersection de la rue *Droite*, était la rue de la *Défense*; la partie supérieure, jusqu'au pied du Château, la rue des *Fruits*. Elle commençait au coin nord-est de la petite place Sainté-Réparate, aboutissait, par une voûte continue, à la rue de la *Salubrité* (Supérieure), d'où, par des souterrains qui existent encore, quoique fermés, on pouvait pénétrer à l'abri et en toute sécurité dans la ville fortifiée.

La rue *Saint-François* prit le nom de rue des *Ouvriers* et la place du même nom celui de place de la *Loyauté*. Dans quelques papiers, ainsi que la rue, on l'appela aussi place des *Ouvriers*.

Nous remplirions plusieurs pages si nous voulions signaler tous les changements apportés dans la dénomination des rues de notre vieille cité, et les nombreuses innovations introduites par une bande d'ambitieux et de meneurs, profitant du désordre général pour pêcher en eau trouble. Arrêtons-nous, et retournons au *Théâtre de la Montagne*, où l'on venait d'installer la nouvelle *Ecole des Mœurs* !

Nous trouvons une preuve éclatante de la moralité de ces Maîtres, qui se disaient pauvres et affamés, dans la pétition qu'ils adressaient à la Municipalité, le 28 nivôse, an III.

Que demandaient-ils, ces instituteurs de l'*Ecole des Mœurs* ?

Ils sollicitaient de la Municipalité le payement de la somme de *dix mille francs* qu'ils avaient déposé entre les mains du citoyen Blanc, agent national !

La Municipalité ne put d'abord prendre aucune délibération à cet égard, ignorant ce dépôt, elle veut entendre et consulter le citoyen Blanc; mais le pauvre homme est malade..... On eut recours, alors, au citoyen substitut de l'agent national, qui ne savait rien non plus de ces dix mille francs, montant des recettes de neuf représentations données pour leur compte.

La Municipalité se met alors en garde et charge les citoyens Dive, Sauvaigue, Teisseire, Richard et Mage de se transporter auprès du citoyen Blanc, pour obtenir les renseignements et les explications nécessaires, afin de statuer définitivement sur la requête des pétitionnaires.

Satisfaction leur est donnée quelques jours après, le 1er pluviôse ; en même temps la Municipalité ordonne que toutes les représentations, hormis celles fixées par le cahier des charges, soient interdites.

La Municipalité ne s'arrête pas là. Les abus commis par ces comédiens de l'*Ecole des Mœrs*, étaient trop scandaleux.

(1) Cette rue n'est certainement point droite. Dans notre ancienne ville les rues droites étaient assez rares. C'est probablement à cause de leur irrégularité que le célèbre ingénieur Mosca disait, ainsi que nous l'apprend LOUIS ROUBAUDI dans son ouvrage *Nice et ses environs*, à la page 39, que « la ligne droite est à Nice un phénomène, une rareté. »

Si Mosca vivait de nos jours, en admirant l'*Avenue de la Gare*, les boulevards *Gambetta*, *de Carabacel*, *de Riquier*, etc., nos quais ensoleillés et les belles rues de la nouvelle ville, il serait forcé de changer d'avis.

Du reste, il y a des raisons qui nous expliquent pourquoi dans notre vieille ville, la ligne droite devait être un phénomène, une rareté. Bâtie en demi-cercle sur le versant ouest du Château, elle était ouverte aux vents du nord. Les coudes et les angles qu'on rencontre dans nos vieilles rues très étroites, comme celles de toutes les villes anciennes où les maisons sont amassées les unes sur les autres, la préservaient de l'impétuosité de ces vents.

Les recettes disparaissaient malgré le contrôle de l'agent national chargé de ce service ; les magasins se vidaient, les accessoires manquaient continuellement ; la dilapidation d'argent, d'effets, de costumes augmentait sans cesse.

La Municipalité, fatiguée des ennuis que lui causaient les maîtres de l'*Ecole des Mœurs !*, et des réclamations qui lui parvenaient de tous les côtés ; la Municipalité qui entendait, par le théâtre, apporter à ses administrés un moyen d'instruction et de passe temps, espérant soulager les indigents de la ville, grâce à l'excédant des recettes ; la Municipalité, disons-nous, fatiguée, se vit forcée d'intervenir afin de réparer à ce gaspillage.

Réunie à la Maison du Peuple, dans sa séance du 23 pluviôse, an III de la République Française une et indivisible, la Commission Municipale,

Considérant que des abus incontestables ne peuvent que s'être glissé dans les dépenses énormes qui ont eu lieu jusqu'à ce jour pour l'entretien de la dite *Ecole des Mœurs*, que malgré les fortes recettes qu'on produit chaque représentation, le même produit se trouve absorbé par les susdites dépenses ; considérant, en outre, que le loyer de la salle qui est à sa charge, n'étant pas encore payé, il parait évident que malgré tous les soins et les peines qu'elle s'est donnée, elle y serait encore pour le loyer de ladite salle si elle ne prenait d'autres mesures ;

Considérant que les citoyens artistes ont, non seulement enfreint à leurs engagements, mais qu'en l'enfreignant, ils font aussi contravenir aux dipositions de la délibération, en jouant sans y être autorisés... et pour divers autres motifs ; à l'unanimement délibéré ce qui suit :

Ouï préalablement l'agent national :

ART. 1er. — Les citoyens artistes de cette commune, auront à rendre compte des produits des représentations, autres que celles portées par leur engagement, jouées depuis le 1er pluviôse, le produit devant être reparti, entre les indigents de cette commune et ceux du département.

ART. II. — Il ne pourra être fait aucune dépense relative au théâtre, sans que les motifs en aient été soumis par écrit à l'agent de la Commission Municipale qui les approuvera ou les désaprouvera suivant les circonstances et l'avis de la Commission Municipale.

ART. III. — Les habillements appartenant au magasin général, y seront déposés chaque jour en totalité après les pièces jouées.

ART. IV. — Il sera immédiatement dressé l'inventaire en présence du sieur agent général et du régisseur de l'*Ecole des Mœurs*, de tous les habillements et autres effets y appartenant, provenant des dépenses faites depuis son ouverture, lequel inventaire étant dressé, sera signé et approuvé par les susdits, et restera entre les mains de l'agent de la Commission Municipale. Le double sera remis au sieur régisseur pour le représenter lorsqu'il en sera nécessaire.

ART. V. — Le citoyen Ribou régisseur, ne pourra sous aucun prétexte, compter aucune somme aux citoyens artistes sans y être autorisé par la Commission Municipale qu'il n'en soit différemment délibéré, ce qui ne pourra avoir lieu, que lorsque les dits artistes, auront liquidés avec elle, les dépenses et dettes faites jusqu'à ce jour, relatives aux besoins et entretiens de la dite Ecole des Mœurs.

Les abus ne connaissaient point de bornes ; jusqu'aux cartes d'entrée devinrent objet de commerce ; la Municipalité y mit ordre par l'ART. VII. — Il sera nommé par la Commission Municipale un préposé, qui se trouvera tous les jours de représentation à l'entrée de la salle, pour y recevoir les billets d'entrée, lesquels billets, seront jetés au fur et à mesure, dans une boîte qui sera ouverte sitôt la représentation finie, pour vérifier le produit, contrôler les recettes.

ART. VIII. — Provisoirement et jusqu'il en soit différemment convenu, le distributeur ou la distributrice des billets d'entrée au théâtre, ne pourra se dessaisir des fonds provenant des recettes quelconques qu'en faveur de l'agent de la Commission Municipale.

Signé : PAULIANI, Maire ;
Joseph GIRAUDI, DEVISSI, CAISSON, Officiers Municipaux ;
Pierre-Louis BAUD, André GIACOBI, SPINELLI, MAGE, DIVE, TEISSEIRE, Pierre TOSELLI, CHABERT, avocat, DALLAISE, Notables ;
CONTES, Substitut du Gouvernement National ;
ROUX, Secrétaire Général.

Admirable *Ecole des Mœurs !* dans laquelle une seule chose faisait défaut ; La Moralité !

Mais rien ne pouvait mettre un frein à tous ces abus ; aussi, la Municipalité écœurée, ne pouvant y remédier, accepta avec empressement la requête que lui adressa, le 25 ventôse, le citoyen Ribou.

Il exposait que l'acte passé par la Municipalité et les instituteurs publics composant l'*Ecole des Mœurs*, devant expirer le 10 germinal prochain, il se proposait de réformer ladite école à ses frais, et de donner une représentation au bénéfice des indigents de notre commune, dont le produit serait versé au Bureau de bienfaisance.

La Municipalité réunie en séance du même jour, après avoir ouï l'agent national, délibéra unanimement ce qui suit :

Considérant que malgré les précautions que la Commission avait prise de former une bonne troupe... Voyant avec regret qu'elle est déchue de ses espérances ; considérant dans l'intérêt même des indigents... de laisser l'*Ecole des Mœurs*, sous la direction d'un citoyen responsable, tel que le citoyen Ribou, dont elle a eu l'occasion de reconnaître l'exactitude et la probité ! Arrête :

ART. I. — Que le citoyen Ribou est chargé, à compter du 13 germinal prochain, de la direction de l'*Ecole de Mœurs* de cette Commune.

ART. II. — Que le citoyen Ribou est chargé de former à ses risques et périls une Société d'instituteurs...

ART. III. — De faire l'ouverture à l'époque du 13 germinal, et de traiter pour le loyer de la salle avec qui de droit..

Les articles IV et V font mention des représentations pour les indigents, et des bénéfices de ces représentations, qui devront être versés dans la caisse du Bureau de bienfaisance de la commune.

La Municipalité fut heureuse de ne plus s'occuper du théâtre et surtout des artistes, mais le malheureux Ribou, trop honnête peut-être, en fut pour ses peines et son argent ; l'*Ecole des Mœurs* cadette, moins heureuse que son ainée, ne put ni grandir ni prolonger son existence. Elle mourut de consomption en deux ou trois mois !

Quelques représentations données en thermidor et fructidor par des amateurs clôturèrent la saison théâtrale de l'an IV de la République Française une et indivisible.

Nous arrivons ainsi en plein Directoire.

Le théâtre est ouvert ; aucune notice ne nous est parvenue sur la valeur des artistes ; on ignore même par quels moyens ils sont arrivés à s'installer sur notre scène. Cependant tout nous porte à conclure que, s'ils ne sont pas au-dessous de l'ordinaire, le public ne les trouve point de sa satisfaction.

Le spectacle qu'on lui sert est toujours le même ; le public a donc raison d'en être fatigué ; il réclame en vain.

Tous les soirs, à chaque représentation se répètent les troubles et les désordres. Les artistes, à leur entrée en scène, sont accueillis par des sifflets et des cris imitant différentes espèces d'animaux ; de tout côté on brait ; on dirait que les ânes sont tres nombreux dans la salle du théâtre !

Tous les soirs, le spectacle est interrompu ; on ne peut ni le continuer ni l'achever ; la scène est jonchée de billets de toutes dimensions, qui ne doivent certainement pas contenir des éloges pour les artistes. Le public en demande tapageusement la lecture. Et au milieu de toute cette confusion, de ces désordres se renouvelant sans cesse, les vols au théâtre se reproduisaient journellement. Jusqu'au citoyen *Suqui ou Saqui*, qui est chargé de percevoir les droits des pauvres, ne veut se dessaisir de l'argent qui devrait servir pour soulager les miséreux. Abusant de la charge sacrée qu'on lui avait confiée, il prétend de ne devoir rien verser dans la caisse de la bienfaisance.

L'anarchie est au comble, la Municipalité redouble ses arrêtés qui restent, hélas ! lettres mortes. Elle n'a plus d'autorité pour mettre un frein aux désordres, aux dilapidations du théâtre.

D'après les ordres et l'invitation du Commissaire du Directoire exécutif, l'Administration municipale, le 15 nivôse an V de la République (4 janvier 1797), se vit forcée de publier cette ordonnance.

Ouï le Commissaire du directoire exécutif, arrête :

Art. Ier. — Il est expressement défendu à tous les citoyens de pousser dans la salle de spectacle, des sifflements ou des cris ; d'exciter du désordre de quelqu'autres manières que ce soit, sous les peines d'être arrêté sur le champ et traduit par devant les tribunaux compétents, pour être jugés comme perturbateurs de l'ordre public.

Art. II. — Tous les billets jetés sur le théâtre (sic) seront retirés et remis à l'Administration municipale, et lecture ne sera faite d'aucun d'eux.

Art. III. — Copie du présent arrêté sera remis au commandant de la place, afin qu'il prenne des mesures.....

Signé : H. P. Chabaud, Président ;
Emanuel, Chartroux fils, Arnaud, Bergoin, Jaume, Clerici, Administrateurs municipaux.

Une seconde ordonnance délibérée par le Conseil municipal réuni en séance extraordinaire le matin du 19 ventôse an VI (9 mars 1798) était ainsi conçue :

Ouï l'Agent général du directoire exécutif,

Considérant que le citoyen Suqui (ou Saqui), percepteur chargé de percevoir les fonds provenant du théâtre, et qui servent à alimenter la caisse de bienfaisance, n'a guère versé jusqu'à présent que la modique somme de cent francs ; considérant qu'il est urgent de s'assurer quelles sont les sommes perçues par le dit receveur depuis qu'il est en exercice ; a délibéré d'inviter les régisseurs du théâtre de leur présenter l'état de leurs recettes depuis le 10 germinal an V, jusqu'au 14 brumaire an VI (30 mars 1797- 4 novembre 1798).

Cent francs en moins de huit mois !... c'est peu, trop peu. Les pauvres de la commune n'avaient pas de quoi se faire des rentes !

La veille de cette séance, c'est-à-dire le 18 ventôse an VI (8 mars 1798), un fait qui aurait pu avoir des conséquences graves, s'était déroulé au théâtre, où sans la prudence des citoyens Bessy et Rousset, membres de la commission déléguée aux représentations, la soirée aurait pu tourner au tragique. Ainsi on s'explique la séance extraordinaire du jour précédent.

Les citoyens Bessy et Rousset, étaient au théâtre, dans la loge de la Municipalité, conformément aux lois et arrêtés du directoire exécutif, qui exigeaient que deux représentants de l'autorité fussent constamment aux représentations, pour maintenir la tranquillité publique, et veiller à ce qu'il ne soit présenté au public, aucune pièce de théâtre contraire à la morale et à l'esprit de patriotisme.

La toile s'était levée d'abord sur le vaudeville intitulé : *Monsieur de Crac à Paris* ; la deuxième pièce, *La Famille Suisse* etait terminée ; l'on jouait la troisième intitulée : *Les Brigands de la Calabre*.

Nous ne connaissons pas ce drame et pour cause..... mais il paraît que c'était une pièce où, comme dans toutes les pièces honnêtes, la vertu l'emporte sur la méchanceté.

On en était arrivé à une scène, où un certain Cotisan (?) officier napolitain que l'on croyait fusillé n'est pas mort, et on portait son faux cadavre sur un brancard, recouvert d'une draperie rouge ! Le général Garnier qui était dans sa loge, vis-à-vis de celle des délégués municipaux, dont il ne pouvait ignorer la présence, puisqu'il les avait en face, à la vue de ce tableau, ou au récit d'une tirade sur le brigandage peut-être, faisant allusion aux Barbets....., le général se lève tout à coup, et au mépris des représentants du peuple, s'écrie : « J'ordonne aux artistes de baisser la toile ; on ne doit pas présenter des scènes pareilles à des républicains ! »

Cet ordre donné par le commandant divisionnaire, fut immédiatement exécuté, et la toile tomba sans qu'il y eut protestation de la part des deux représentants de l'autorité municipale. Ils auraient pu donner un contr'ordre et laisser continuer la représentation, mais considérant que la toile avait été baissée, d'après l'ordre du général Garnier ; ne voulant pas établir une lutte d'autorité, ils crurent mieux de se taire et de ne point relever cette usurpation momentanée aussi injuste qu'indécente de la part de l'autorité militaire. Ils préférèrent se retirer, et protester auprès de l'administration municipale, pour que celle-ci s'occupât des mesures qu'elle jugerait convenable de prendre, dans une situation aussi délicate.

La protestation redigée et signée à onze heures du soir, fut portée au Président de la Commission Municipale, qui convoqua d'urgence les membres, le lendemain, à la première heure, pour se réunir à onze heures.

On donna d'abord lecture de la protestation des citoyens Bessy et Rousset. Après la lecture de l'exposé qu'elle venait de recevoir, l'Administration municipale,

Considérant qu'il a vraiment existé une usurpation d'autorité de la part du général Garnier, et que cette usurpation était d'autant plus conséquente, qu'elle aurait pu amener du trouble dans le public, et l'avilissement des autorités constituées, si les citoyens Bessy et Rousset ne s'étaient comportés avec toute la prudence et la sagesse qu'ils ont démontrés ;

Considérant néamoins que le général Garnier, par les preuves qu'il a fréquemment données de son amour constant pour les choses publiques, et après les services qu'il lui a rendu dans les diverses circonstances, ne peut être présumé d'avoir à dessein, provoqué l'avilissement de l'autorité locale ; Arrête, qu'avant de prendre aucune délibération, le secrétaire de cette administration se transportera chez le susdit général, pour l'inviter à se rendre à notre séance ; ce qui à été exécuté, et peu de temps après, le dit général s'étant rendu à notre invitation, le président lui a fait part du sujet de l'in-vitation en lui comuniquant l'exposé des citoyens Bessy et Rousset.

Le général a répondu qu'il savait bien que la police du théâtre n'était pas sous son inspection, mais qu'il avait été tellement affecté de la représentation de cette pièce, qu'il avait donné ordre de baisser le rideau par un mouvement involontaire dont il lui était même impossible de se rendre compte.

La Commission satisfaite des éclaircissements............ donnés par le général, s'étant fait présenter la pièce dont il est question, et ayant interrogé les citoyens Vignalis et Berthoud, chargés par elle de l'inspection de toutes les pièces à jouer......... et sui-vant reponses favorables........... la Commission délibère, que la pièce intitulée les *Brigands de la Calabre,* continuera à être jouée, au grand triomphe de la vertu !

Cette séance extraordinaire eût pour effet de démontrer que seule la Municipalité avait le droit de direction au théâtre ; secondement de s'occuper du citoyen Suqui ou Saqui, qui probablement se sera exécuté et aura versé à qui de droit les sommes qu'il détenait injustement. La Commission dans tous les cas a eu un tort à notre avis, celui de ne pas exécuter cet employé, ne fusse que pour donner un exemple aux autres petits tyranneaux de la République une et indivisible.

Rien de bien intéressant et qui mérite d'être noté ne se déroule dans notre théâtre usqu'au 18 pluviôse an VIII (7 février 1800). Les mesures prises par la Commission Municipale eurent enfin une application sérieuse, et firent rentrer dans l'ordre les specta-teurs aussi bien que les comédiens. En effet, nous ne voyons plus ni troubles, ni cris, et il est probable que les représentations auraient continué à la satisfaction générale, si un beau jour sans tambour ni trompette, c'est le cas de le dire, le général Fressinet, com-mandant la division, accompagné de quelques soldats, n'eût envahi le théâtre, et sans motif aucun, enfoncé la loge de la Commission (la Grande loge) et après s'en être emparé, enlève le drapeau de Nice et s'y installe militairement !

Rien ne nous explique ce petit coup d'Etat, si ce n'est l'abus du pouvoir, à qui les Niçois, toujours bons enfants, n'ont jamais su se rebeller ni faire opposition.

Pour la seconde fois, l'autorité militaire voulait commander au théâtre, sans en avoir aucun droit ; pour la seconde fois, la Commission Municipale sut faire respecter ses droits et obtenir satisfaction pleine et entière.

A la suite de ce fait, le Conseil, réuni d'urgence et sous la présidence du citoyen Chabaud, prit des mesures en conséquence, et après les déclarations faites par le citoyen Nouvelly, commissaire provisoire du Gouvernement près cette Administration ; Torrini, secrétaire, chef de la même branche et directeur du spectacle ; Honoré Cabagne et Michel Camous, le premier contrôleur, le second machiniste et concierge du théâtre,

L'Administration municipale de la commune de Nice, considérant que ce serait trahir la confiance publique, dont elle a été revêtue, si elle voulait ignorer un acte qui, attaquant par un mépris marqué la dignité du magistrat le plus près du peuple, et par lui, immédiatement être attaqué, la dignité du peuple lui-même ;

Considérant aussi que ce serait trahir cette confiance ou oubliant les devoirs qu'elle lui impose plus particulièrement, laissant empiéter sur les droits qui lui sont réservés exclusivement, car si le général Fressinet a fait enfoncer la loge de la Municipalité pour y faire la police, elle ne lui appartient pas, puisque malgré l'article 10, titre Ier, de la loi du 10 Juillet 1791 (V. S.), qui en faisant passer au commandant militaire toute l'autorité dont sont revêtus les officiers civils, pour l'exercer exclusivement sous sa responsabilité personnelle, lorsque les places de guerre ou postes militaires sont en état de siège,

3

semble, au premier abord, détruire le § 3 de l'article 3, titre II, des lois des 16 et 24 août 1790 (V. S.); ... et si c'est pour s'en approprier la jouissance que le général Fressinet a fait enfoncer la dite loge, il serait étonnant qu'un dépositaire de la force, destiné par son grade et son autorité à faire respecter les personnes et la propriété, fut le premier à la violer ;

Oui le commissaire provisoire du Gouvernement, délibère :

ART. 1er. — En conformité des lois des 2 et 14 août 1793 (V. S.) et de l'article 1er de l'arrêté du D. E., du 15 pluviôse an IV, la police du spectacle sera exercée exclusivement par l'Administration municipale. A cet effet, il sera enjoint au citoyen Branchu et à la citoyenne Dorsan, directeurs du spectacle, de ne plus mettre en scène aucune pièce sans qu'elle ait, au préalable, obtenu l'approbation de l'Administration municipale.

ART. 2. — Il sera écrit au général Fressinet, et copie de la présente lui sera transmise pour qu'il ait à faire remettre en état la loge de la Municipalité, afin qu'elle puisse y placer son drapeau et y exercer la police du théâtre.

ART. 3. — Copie de la présente sera aussi transmise au commandant de la place, pour qu'il ait à se conformer en ce qui le concerne, ayant jusqu'à ce jour exercé illégalement la police du spectacle.

ART. 4. — Enfin, elle sera transmise au général en chef de l'armée d'Italie, à l'Administration centrale et au ministre de la police générale, avec pièces à l'appui.

Signé : CHABAUD, président ;
SIMON, MASSENA, BESSON, administrateurs municipaux.

Nous ignorons si le futur baron royaliste général Fressinet adhéra à la demande de la Municipalité, en faisant remettre en état la loge de la Commission, mais à la suite de la protestation énergique de la Municipalité, satisfaction complète lui fut donnée et, le 13 thermidor de la même année, l'état de siège qui par ordre du vieux soudard Garnier, plus tard général baron de l'Empire, pesait sur Nice depuis plus de cinq ans, fut rapporté au grand plaisir de notre population, peu habituée à être conduite par le despotisme militaire.

Nous terminons ce chapitre du théâtre sous la Révolution, par la pièce émanant du général Girod. Elle a trait à l'abus qu'on avait laissé introduire de fumer au théâtre, pendant les représentations.

Notre concitoyen Pauliani est de nouveau à la présidence du Conseil municipal, rappelé par le peuple, grâce à son dévouement envers Nice et sa population. La reconnaissance d'un peuple est le plus beau témoignage réclamé par un vrai patriote.

RÉPUBLIQUE FRANÇAISE

Nice, le 5 vendémiaire an X.

Le général Girod, général de brigade, commandant d'armes à Nice, au citoyen Pauliani, Maire de la ville.

Citoyen maire,

J'ai vu une chose se passer au spectacle de cette ville, indécente, dangereuse et même très incommode pour les dames ; deux d'elles se sont trouvées mal.

Cette indécence, qui n'a lieu nulle part en France, même dans les cafés publics, est l'usage de la pipe et des cigares ; cet usage est dangereux pour le feu, et il est pernicieux aux gens qui ne sont point habitués à l'odeur de la pipe, je dirai plus, il est très dangereux et très incommode, et empêche, par la vapeur, de voir le jeu de l'acteur, dans une salle qui est déjà très mal éclairée.

En conséquence, je vous prie, citoyen maire, de vouloir bien défendre à tous citoyens de fumer dans la salle du spectacle, à peine d'en être mis hors par la garde police.

De mon côté je tiendrai la main par un ordre très stricte, à ce qu'aucun militaire n'y fume.

Vous voudrez bien, citoyen maire, m'informer de ce que vous aurez fait en conséquence du contenu de ma présente lettre.

Salut amical. *Signé* : GIROD. [1]

Il n'y avait qu'une réponse à faire : celle de prendre un arrêté en rapport avec la demande, ce que fit immédiatement le maire Pauliani. C'est donc à partir de ce jour qu'il fut défendu de fumer au théâtre. Depuis, tout le monde s'en trouva bien, croyons-nous.

La Commission municipale, justement préoccupée de la situation très grave de notre ville, tombée au pouvoir du despotisme brutal des armées républicaines, ne pouvait pourtant pas se dispenser de mettre un frein à l'outrecuidance des artistes du théâtre, et à leurs dilapidations qui ressemblaient à une série de vols bien organisés. Elle le fit, paraît-il, avec succès, car nous ne trouvons plus aucune mention des scènes scandaleuses, enregistrées, en hommage de la vérité, dans le chapitre précédent.

La municipalité, devait en même temps faire face aux orages déchaînés par les divers partis politiques qui se succédaient au pouvoir, et dont les excès se répercutaient jusqu'à Nice ; cependant, grâce à notre illustre concitoyen François Pauliani, président de la Commission municipale (1796), par sa fermeté, par son énergie, il avait su en imposer au général Lannes ; sans lui, notre pauvre ville aurait éprouvée encore une fois les horreurs du pillage.

Un peu plus tard l'expédition d'Egypte, projetée et accomplie par Buonaparte, avait plongé dans la désolation nos populations, dont les enfants furent sacrifiés à l'ambition immodérée du général corse.

Un nouveau désastre s'abattit bientôt sur Nice, à cause des évacuations des hôpitaux militaires des armées d'Italie (1799-1800). Les malades entassés par milliers le long de notre littoral, furent la cause que Nice, devint le foyer principal d'une épidémie qui se répandit au milieu de nos concitoyens. Les conséquences furent terribles, car le nombre de morts s'éleva à plus de cinq mille, outre les soldats, qui succombèrent dans les hôpitaux, faute de soins.

Pour comble de malheur, les Niçois étaient forcés de subir toute espèce de vexations de la part des commissaires du gouvernement qui, aveuglés par leur avidité toujours croissante, cherchaient tous les moyens pour s'enrichir ; de leur côté les généraux de la République, vainqueurs ou vaincus, passaient et repassaient avec leurs soldats indisciplinés sur notre territoire, faisaient main basse sur ce qui restait encore à...... voler.

Le général Championnet battu à Savillan se repliait sur Nice ; à son arrivée, il demanda cent mille francs à l'administrateur alors du département (1800) Antoine Bona, qui eut le courage de renvoyer au général ceux qu'il avait envoyé, avec cette fière réponse : « Vous fuyez chargés de rapines, n'êtes-vous pas encore rassasiés de butin ? Nous donnerons du pain aux soldats, mais les pillards n'auront rien ! »

Nice déjà si éprouvée, souffrait de cet état de choses ; outre la guerre à ses portes, nos concitoyens malgré leur générosité étaient à tout instant menacés du pillage ! La horde républicaine régnant en maîtresse par la terreur, ne reculait devant rien pour

(1) Tous ces documents sont textuels.

arriver à ses fins..... Aussi c'est avec joie qu'ils apprirent la disparition du Directoire qui, cependant, par son esprit plus libéral, avait permis à plusieurs Niçois émigrés de rentrer dans leur ville. Leurs premiers soins furent d'essayer d'arracher du naufrage, sinon leur fortune, du moins quelques immeubles ou quelques propriétés, dont la loi du 18 fructidor les avait dépouillés, et qui comme biens d'émigrés, avaient été déclarés biens nationaux, à la grande satisfaction d'une bande d'étrangers à notre département, qui, comme des loups affamés, envahirent notre ville à la suite des armées républicaines. Il s'y installèrent et s'y enrichirent au détriment des honnêtes gens, principalement par l'achat des biens des émigrés, qu'ils obtenaient à un prix dérisoire, ou en s'appropriant par des moyens illicites des objets de grande valeur qui tombaient dans leurs mains ! [1]

Le théâtre, propriété de la société des Quarante, avait été, ainsi que nous l'avons dit, déclaré « bien national » au mépris même des lois ; MM. Honoré Ferrero et Peyre de Châteauneuf, rentrés vers cette époque, de concert avec M. De Orestis, qui à sa louange et malgré tous les déboires qu'il avait dû supporter de la part des « Purs », n'avait pas quitté Nice, et avait même géré les affaires de la Société et du théâtre jusqu'en 1793, n'hésitèrent pas, comme fondés de pouvoirs de la Société, de revendiquer en leur nom, la propriété de l'immeuble et de ses dépendances.

A cet effet, quoique tenus comme suspects, ils adressent aux administrateurs du département la requête suivante, que nous publions d'autant plus volontiers, que nous la tenons de M. le chevalier François De Orestis, arrière-petit-fils du comte Barthélemy, qui a bien voulu mettre à notre disposition les archives de sa famille, ce dont nous le prions d'agréer nos remerciements sincères :

LIBERTÉ — ÉGALITÉ

Nice, le 26 germinal, l'an IVe de la République Française, une et indivisible.

Aux Citoyens administrateurs du département des Alpes-Maritimes,

Citoyens,

Les citoyens Ferrès (Ferrero), Peyre et Deorestis, ont l'honneur de vous présenter :

1° Le contrat d acquisition de l'édifice public du théâtre de Nice et des magasins y annexés, par lequel il résulte qu'ils ont acquis la dite propriété, conjointement à Gayetan Achiardi, qui quitta Nice. où il remplissait la charge de sénateur en septembre 1792, avant l'entrée de l'armée française.

2° Les contrats d'emprunt faits par lesdits citoyens Ferres et Deorestis hypothéqués sur le théâtre, et dont ils sont solidairement tenus envers les citoyens Pio Roissard, de la somme de trois mille quatre-cent et trente écus ; de six livres tournois, et à Joseph Guillonde, de la somme de trois mille écus ; de six livres tournois, dont ils n'ont point perçu les intérêts échus, ni des co-propriétaires qui n'ont point retiré les loyers, ni de la salle des spectacles, ni des magasins qui ont été acquis pour l'armée, ni par le receveur des domaines nationaux, quoique les loyers aient été, et soient payés en main dudit receveur jusqu'à ce jour.

Citoyens, vous saurez que le citoyen Rivaud, entrepreneur d'une troupe d'artistes dramatiques français, se rendit à Nice en octobre 1792 (V. S.) et s'étant présenté au district de cette commune pour louer la salle de spectacle, on lui répondit, que la de-

(1) A Nice la vente des biens nationaux commença le 14 décembre 1793 et fut terminée le 25 mai 1798. D'après une répartition des actes de vente de ces biens il y avait : 1166 biens fonds, dont 437 biens ecclésiastiques, appartenant aux couvents, églises, canonicats, confréries, etc ; les autres 729 étaient des biens d'émigrés, dont 28 appartenaient au Roi de Sardaigne, 32 au Prince de Monaco, et 32 au comte Caïs de Gilletta.

mande n'était point de leur ressort. Ayant fait la même démarche auprès de la Municipalité, on lui permit de faire jouer la comédie sous condition, qu'il s'accordât pour le prix de la salle de spectacle, avec le citoyen Deorestis, qui la régissait alors comme propriétaire.

Le citoyen Ribaud [1], entrepreneur, s'étant abouché avec ledit citoyens Deorestis, ils convinrent à l'amiable, que pour le loyer de ladite salle de spectacle, ledit citoyen Deorestis retirerait un sixième du total du produit de la recette depuis l'ouverture du spectacle. Cette convention tint jusqu'à ce qu'un ordre supérieur, ordonna la fermeture du théâtre ; mais quelque temps après, le général en chef, ordonna au citoyen Ribaud de faire jouer de nouveau la comédie ; à l'effet, il fut envoyé audit citoyen Deorestis, un garçon attaché au théâtre pour prendre les clefs qui se trouvaient chez lui.

Ledit citoyen Deorestis ayant été mis en état d'arrestation, fut hors du cas de percevoir comme il percevait, le sixième de la recette convenue. Ledit citoyen Ribaud ayant vu que son intérêt personnel demandait qu'il se prévalût des circonstances, mit en soumission le mobilier de l'habillement attaché au théâtre, qui avait coûté plus de vingt-quatre mille francs, il l'obtint à très modique prix, qu'il paya, et fit une offre pour le bail de la salle, qui lui fut adjugé. Ladite vente du mobilier, et ledit bail furent faits à l'insu dudit citoyen Deorestis et de ses co-associés. les citoyens Ferrès résidant à Alassio, comme patricien génois, et le citoyen Peyre, se trouvant à Montpellier pour ses affaires.

Depuis cette époque, lesdits co-propriétaires n'ont plus rien perçu du théâtre et n'ont pas même eu la quotité qu'il leur revient du mobilier vendu, ce qui les a mis dans la pure nécessité d'accumuler les intérêts dûs aux citoyens Roissard et Guillonde, créanciers du théâtre.

Aujourd'hui étant parvenu à la connaissance des exposants, que quelques individus prétendent mettre en soumission le théâtre croyant y être autorisés par la loi du 28 ventôse dernier :

1° Nous vous observons, citoyens, que le théâtre est un édifice destiné au service du public, qu'il ne peut être mis en soumission à teneur de la dite loi du 28 ventôse, qui est conçue en ces termes à l'article 7 : « Ne sont pas compris dans les domaines nationaux hypothéqués aux mandats, les bois et forêts au-dessus de trois cents arpens, et les maisons et édifices destinés par la loi au service public. »

2° Si admettant par hypothèse que le dit article 7 de la dite loi, vint ainsi a être rapporté, nous vous avertissons, citoyens, que le dit édifice public du théâtre, a été payé d'après estimation d'experts et parere donné par une commission *ad hoc*, au prix de soixante-quinze mille livres du Piémont, outre l'entrée gratis au spectacle, aux citoyens Saint-Pierre et Benevet locataires, Alli Maccarani Vendeur et leur famille, jusqu'à l'expiration du bail qu'ils tenaient de la maison Alli Maccarani et qui a teneur de la dite loi du 28 ventôse, article 6 :

« Les maisons, usines, les cours et jardins en dépendants seront également évalués sur le pied de leur valeur en 1790, calculés à raison de dix-huit fois leur revenu net d'après les beaux existants en 1790.

« A défaut de bail, l'estimation sera faite par experts, l'un nommé par l'administration du département, l'autre par le soumissionnaire, et en cas de partage le tiers sera nommé par l'administration. En aucun cas l'estimation faite par les experts ne pourra être inférieure à celle qui aura été faite antérieurement ; ainsi, à teneur de la dite loi du 28 ventôse, article 6 : Nous prévenons qu'en 1789 (V. S.) », les experts jurés et nommés pour la dite estimation fixèrent la juste valeur de l'édifice du théâtre à 75,000 livres du Piémont, malgré les dégradations qui s'y trouvaient dans les décorations et bâtisse.

3° Nous vous prévenons, citoyens, que la dite salle de spectacle et logements annexés furent réparés à neuf, et les décorations étant dégradées on fit venir de Milan le peintre Galleani, célèbre artiste, qui non seulement repeignit, mais en fit de nouvelles, ce qui est de notoriété publique dans cette ville, ce qui augmente la valeur du théâtre.

---

[1] Nous supposons, que le citoyen Rivaud ou Ribaud, est le même citoyen Ribou, docteur de l'Ecole des Mœurs, dont nous parlons dans le chapitre précédent.

Ainsi en vue des réparations indispensables pour réparer la salle, et des frais nécessités pour l'acquisition de l'édifice du théâtre, et des réparations d'urgence qui l'ont amélioré ; il apparaît que la valeur dudit édifice devrait être fixée au prix de dix-huit fois le revenu de 1,790, à teneur de ladite loi du 28 ventôse, article 6, dans le seul cas que l'article 7 fut rapporté.

Pour que la religion du département ne soit surprise par une de ces estimations puériles qui sont contraire à l'intérêt général et à l'honneur de l'administrateur, nous vous exhibons un tableau réel et non imaginaire du revenu de l'édifice du théâtre, que nous vous prouverons sur votre première demande, par l'exhibition des baux par le citoyen Saint Pierre, ancien locataire et propriétaire, et par offres de sociétés.

Loyers de 32 loges du 1er et second rangs, à 42 fr. l'une . . . . Fr.	1.344 (1)
» 2 proscenes au second rang	240
» 2 baignoires au premier rang	192
Loge du Gouvernement	240
2 loges au troisième rang	84
Magasin du sel aux Finances	738
Magasin loué au citoyen Viern et premier étage sur le devant	590
Appartement du côté de la mer	192
Lieu commun pour l'année loué à un jardinier.	120
Loyer de la salle de spectacle, formé du parterre, paradis, 19 loges au 3e rang, salle de jeu et boutique à café et fête de bal pour le Carnaval.	2.400
Loyer du Printemps	480
Loyer pour l'Eté	360
Loyer pour l'Automne	600
Total Fr.	7.560

L'on observe que la démolition des loges est avantageuse à l'entrepreneur.

Les co-propriétaires déclarent qu'ils ne voudront jamais l'entrée gratuite qu'ils avaient de droit, et qu'ils se réservaient dans toutes les locations pour douze billets.

4° Si le sénateur Achiardi co-propriétaire prouvait s'être absenté de Nice, au terme prescrit par la loi du 25 brumaire an III, la portion à teneur de ladite Loi, ne pourrait qu'être tenue en sequestre et non vendue.

Pleins de confiance dans la justice du vertueux magistrat, les citoyens Ferrero, Deorestis et Peyre vous invitent à faire droit à leur juste demande, en les réintégrant dans leurs portions de propriété de l'édifice du théâtre, et que vous ordonniez les indemnisations des pertes qu'ils ont souffert de la réquisition des magasins et des locations et vente du mobilier du théâtre, s'obligeant au cas que vous jugiez de leur remettre la portion dudit Gayetan Achiardi, d'en payer le revenu liquide de ladite portion à qui il vous plaira ordonner.

Il semble que si l'on prend connaissance de la modicité des locations qui ont été passées, l'intérêt que vous nous confierez sera administré avec intégrité au bénéfice de la nation.

Salut et Fraternité.

Signé : Le citoyen PEYRE ; le citoyen DEORESTIS ; cittadino Onorato FERRERO.

Il n'était pas facile à cette époque d'avoir satisfaction immédiate ; cependant cette requête retarda la vente de l'immeuble. Aussi le citoyen Ribaud fut évincé dans ses combinaisons lucratives et malhonnêtes. Elle n'eut lieu que vers fin 1796, mais les démarches faites par les citoyens Peyre, Deorestis et Ferrero, auxquels s'étaient joints quelques membres de la société, les citoyens Vérani, Grimaldi père, Guillonde aîné,

(1) Il ne faut pas s'étonner de la somme modique où sont côtées les loges. Elles étaient la propriété des membres de la Société. Il est dit dans l'acte d'association que nous avons sous les yeux : « Ogni azionario avrà il dritto di una loggia, e quello di non pagar entrata alcuna nel teatro » etc.

Spitalieri, tous rentrés à Nice, en sauvèrent la moitié, c'est-à-dire le theâtre, qui leur fut rendu; mais l'autre moitié, réduite en magasins, appartements, etc., trouva un acquéreur en la personne du citoyen Boyon (?) à qui, les membres ci-dessus dénommés, la rachetèrent pour la société, et la payèrent 8,000 livres métalliques... ainsi qu'il est dit dans l'acte de vente.

Redevenue propriétaire de l'immeuble, la société fut gérée par MM. Peyre et Deorestis, jusqu'à la mort de ce dernier, survenue en 1800. M. Peyre resta alors seul comme administrateur jusqu'à 1803, époque où il remit ses pouvoirs entre les mains de MM. Hylarion Spitalieri et François Deorestis, fils de feu Barthélemy, nommés directeurs, et de M. François Verani, nommé caissier en remplacement de M. Biscarra, décédé.

La chute du Directoire, amenant la nomination de Buonaparte comme premier consul, les mesures despotiques qui avaient régies la France jusqu'en 1804, disparurent en partie, la confiance, fille aînée de la sagesse, fit renaître le calme dont nos populations avaient tant besoin.

Ce calme, quoique éphémère, permit à Nice de respirer plus tranquillement, de reprendre quelques forces et de recevoir dans ses murs une foule d'étrangers, notamment des anglais qui, enthousiasmés de notre climat et de notre soleil, n'en avaient oublié ni le charme, ni la bonté; les derniers Niçois exilés, restés fidèles à la Maison de Savoie, en profitèrent pour revenir, eux aussi, revoir leur ville adorée et revivre pour ainsi dire des joies du foyer natal que les événements les avaient forcé d'abandonner. Il permit également à quelques intéressés à notre théâtre, de donner signe de vie; mais ce ne sont plus les Instituteurs de l'Ecole des Mœurs, dont il s'agit, ni des acteurs d'une nouvelle institution quelconque, car sous le Consulat, ainsi que sous l'Empire, l'histoire de notre théâtre est complètement nulle, et si ce n'étaient quelques désordres pendant la saison 1805-1806, commis peut-être par suite du relâchement des arrêtés en vigueur ou dus plutôt, croyons-nous, aux mauvaises gestions qui se succédaient, elle n'aurait rien offert de sérieux pendant le commencement du XIXᵉ siècle.

Naturellement le public qui payait, en voulait pour son argent, aussi se fâcha-t-il tout rouge pendant la saison suivante (1807). Les désordres devinrent plus inquiétants; ils rappelaient ceux de l'an V de la Répuplique.

Comme la première fois, des lettres injurieuses contre les artistes jonchent la scène; les spectateurs prennent la parole et n'hésitent pas à interpeller aussi bien les artistes que les membres de la Commission municipale, présents dans la salle.

Les premiers ne se gênent pas de répondre par des propos inconvenants ou des gestes à faire rougir un grenadier; les autres, renfermés dans un mutisme absolu, n'osent souffler mot; ce silence exaspère encore plus le public.

Les cris, les hurlements de toutes sortes s'alternent alors aux sifflets prolongés; pendant que les uns battent du tambour sur les bancs, les autres jouent de la grosse caisse sur les planches de soubassement qui entourent la salle, ornant le devant des loges. C'est un charivari épouvantable, qui se renouvelle tous les soirs de représentations. La Municipalité, devant ce mouvement antiartistique!..., qui menaçait de passer à l'état chronique, prend enfin un arrêté, tant à l'encontre des spectateurs que pour mater les comédiens, dont la gouaillerie dépassait les bornes.

Nous donnons, *in extenso*, cet arrêté pris par le maire Romey ; il mérite de passer à la postérité :

Nous, Louis Romey, Maire de la Ville de Nice, chevalier de la Légion d'honneur ;

Vu la Loi du 24 août, en ce qui concerne les attributions de l'autorité municipale sur la police des théâtres et des spectacles publics ; le décret Impérial du 21 Frimaire an XIV y relatif ; l'arrêté de S. E. le Ministre de l'Intérieur du 25 Avril 1807 voulant prévenir des désordres qui ne sont pas sans exemple ; Arrête :

Art. I. — Les soirs où il y aura spectacle, la salle du théâtre de cette Ville sera ouverte à 6 heures, et elle sera suffisamment illuminée.

Art. II. — Le spectacle commencera à 7 heures précises, et pour autant que possible, il finira avant 10 heures, soit avant l'heure de la retraite.

Art. III. — Il sera pris de promptes mesures de contraintes contre tout acteur qui ne sera pas rendu au théâtre, un quart d'heure au moins avant celle fixée pour l'ouverture du spectacle.

Art. IV. — Défense est faite à toute personnes, autres que celles attachées au service du théâtre, de s'introduire et rester dans les coulisses pendant la durée des représentations, et lorsque le rideau est levé.

Art. V. — Il ne sera toléré aucun chien dans le théâtre, et encore moins dans les coulisses et sur la scène !

Art. VI. — Il est défendu à tout spectateur et autres personnes quelconque d'y jeter, ou dans l'intérieur de la salle, aucun papier écrit ou imprimé cacheté ou non.

Art. VII. — Il pourra cependant, mais après la permission spéciale et préalable du Maire, être distribues et répandus, suivant l'usage, des pièces de vers imprimés, à la louange de tout acteur qui mériterait cette faveur.

Art. VIII. — Tout billet qui serait jeté sur la scène, ou dans l'intérieur de la salle, ne pourra être pris que par l'agent de police qui y est de service ; cet agent, sans déployer ni lire le billet, le déchirera au vu du public, et en gardera les morceaux pour aller les brûler au foyer.

Art. IX. — La personne qui aura jeté le billet, sera amenée de suite au corps de garde de la Mairie et il sera pourvu le lendemain à ce que de droit à son égard.

Art. X. — Il est interdit à tout spectateur de prendre la parole et de l'adresser au public, aux autorités et agents chargés de la police, ainsi qu'aux acteurs.

Art. XI. — Toute personne qui aura des plaintes à porter ou des réclamations à faire, ira trouver l'agent de police de service en la salle qui, suivant le cas et les circonstances, introduira le plaignant ou le réclamateur dans la loge du Maire où il sera pourvu sur le champ à ce que de droit.

Art. XII. — Il ne pourra être fait par tout acteur, aucune annonce ou invitation au public sans la permission préalable du Maire ou de son adjoint délégué à la police du théâtre.

Art. XIII. — Il est encore prohibé à qui que ce soit, de troubler le cours des représentations par des clameurs injurieuses, des sifflements et des bruits en frappant sur les bancs, les planches colonnes ou devant les loges.

Art. XIV. — Tout acteur qui par des gestes ou des propos, oserait manquer au respect dû au public, sera aussitôt arrêté et puni suivant les dispositions des lois et règlements de police administrative.

Art. XV. — Il est défendu de fumer, brûler du papier et de porter des chaufferettes dans la salle et les loges.

Art. XVI. — Aussitôt après la fin du spectacle, l'agent de police qui sera de service fera éteindre sous ses yeux et en présence du gardien du corps de bâtiments ou le théâtre existe, tous les feux et lumière qui se trouvent dans l'intérieur de ce local ; un quart d'heure après, cet agent fera également éteindre, comme dessus, toutes les lumières éclairant la salle, les loges, les corridors et les degrés qui y aboutissent.

Art. XVII. — Les contrevenants aux dispositions qui précèdent seront punis des peines de droit, sans préjudice des mesures administratives que les circonstances feront comme convenables.

Art. XVIII. — Le présent arrêté, qui sera soumis à l'approbation préalable de Monsieur le Préfet des Alpes-Maritimes, sera affiché en placard à toutes les portes extérieures et intérieures du théâtre.

Art. XIX. — Monsieur l'Adjoint de la Mairie, délégué à la police des spectacles publics, est spécialement chargé de tenir la main à l'entière exécution de la présente ordonnance.

Fait à l'Hôtel de la Mairie de la Ville de Nice, le 26 octobre 1807.

Signé : Louis Romey, Maire.

Que Messieurs les Membres de la Commission théâtrale l'approfondissent en ce qui les concerne, peut-être apprendront-ils quelque chose.

Mais quel a été le résultat des mesures prises par le maire Romey ? Ont-elles rendues avec le calme, la prospérité au théâtre ? Le public s'est-il contenté comme précédemment de ce que les impresario lui servaient journellement ? Nous ne saurions répondre à ces questions, mais nous ne le pensons pas, et sommes certains que le lecteur partagera notre doute lorsqu'il aura lu les lettres ci-dessous, adressées à M. François De Orestis, alors maire, par J.-B. Martin, régisseur théâtral du sieur J.-B. Constant, directeur et impresario de spectacles.

DIRECTION EXCLUSIVE DES SPECTACLES
du quatrième arrondissement théatral

Accordée au sieur J.-B. Constant, par LL. EE. Nosseigneurs, les ministres de l'Intérieur et de la Police Generale, en vertu de Brevet.

Les lettres non affranchies ne seront point reçues

Avignon, Départ¹ de Vau Cluse, le 14 Mars 1809. (1)

Jean Martin, Régisseur du 4ᵐᵉ Arrondissement Théatral, fondé de pouvoirs du Sieur J.-B. Constant, Directeur Breveté.

A Déhoresty, Maire de Nice

Monsieur Lemaire,

D'après la lettre que j'ai recu du sieur patro (Pietro) Camous concierge et machiniste du theatre en datte du 27 du mois dernier, Je matandais de recevoir de jour en jour les conditions, ainsi que le previlege de pouvoir conduire ma troupe dans votre ville, cette troupe et composée d'un ôpera Bouffon français, et quelques Grands ôpera. La Comedie n'est que accessoire, mais aussi les artistes jouent en même temps, le operas et vaudeville.

Je vous prie Mʳ le Maire, de vouloir bien avoir la bonté de monhorer d'un mot de reponce, etant sur le point de contracter pour une autre ville, qu'on moffre et qui n'est qu'a vingt lieux d'Avignon. Jattans Monsieu le Maire L'honneur de votre réponce, et suis avec respect votre très humble et très obéissant serviteur.

MARTIN.

Du même au même ; mais cette dernière a dû être écrite par le secrétaire de la troupe. L'orthographe est plus respectée et les termes sont plus recherchés.

Avignon, Département du Vaucluse, le 18 avril l'an 1809.

Jean Martin, Régisseur, etc., etc.
A Monsieur le Maire de la Ville de Nice, à Nice, Département des Alpes-Maritimes.

J'ai l'honneur de répondre à votre lettre du 10 courant, dans laquelle vous avez eu la bonté de me donner des détails sur la vente des Loges contenues dans la salle d'espectacle. J'accepte toutes les conditions contenues dans votre lettre du 23 mars

(1) Nous transcrivons fidèlement l'orthographe des documents que nous reproduisons.

4

dernier, et j'écris par ce même courrier à Monsieur le Préfet pour lui demander l'expédition du privilège, accompter du 1ᵉʳ au 15 septembre prochain et même plutôt, attendu que je crois être autorisé à exploiter pendant la Saison d'Eté, certaines petites villes avoisinées de la votre telles que Grace, Draguignan, Brignoles, etc.

Soyez persuadé Monsieur le Maire que je n'ai jamais trompé la confiance que les autorités locales ont bien voulu m'accorder, et que mon intérêt exige que j'aie une troupe en état de vous contenter ainsi que vos administrés ; Vous pouvez donc Monsieur le Maire compter sur une troupe complète jouant l'Opéra-Bouffon et Comique, Vaudevilles et quelques grands Opéras, ainsi que la Comédie accessoire.

Il ne me reste que vous remercier de toutes les bontés dont vous avez bien voulu m'honorer, et suis, en attendant l'honneur de votre réponse.

VOTRE RESPECTUEUX SERVITEUR, MARTIN.

N'avions-nous pas raison d'approuver la conduite du public envers ces troupes de passage, aptes à jouer la Comédie, le Vaudeville, l'Opéra bouffe, l'Opéra comique et le grand Opéra !

Heureux temps ou les artistes étaient capables de si jolis choses ! Quelle différence avec ceux de nos jours que l'on monte aux nues parce que tel ténor léger, chante... le grand Opéra, ou que tel autre, demi-caractère à 1,000 fr. par cachet, ayant chanté deux fois de suite, on n'hésite pas à qualifier ce fait de : tour de force !

Avec un programme si attrayant, le sieur Martin aura-t-il réussi ? Pas plus que ses prédécesseurs croyons-nous, car à cette époque, les affaires théâtrales étaient une mauvaise spéculation, et ce qui donne plus de force à ce que nous avançons, c'est que nous voyons, en 1811, un malheureux comédien français, nommé Dorigny, forcé d'adresser au préfet Dubouchage une supplique, dans laquelle il expose que — mourant littéralement de faim — demande qu'on l'autorise d'ouvrir une école pour pouvoir gagner sa vie !

Triste épave ce pauvre Dorigny, de la troupe Martin peut-être ; mais pourquoi faire jouer et la comédie et chanter le grand opéra aux mêmes artistes ! Il est vrai aussi que les Directeurs d'alors n'avaient pas, comme ceux de nos jours, 450,000 francs de subvention !

Les intéressés dont nous faisions mention tantôt, ce n'étaient avons-nous dit, ni des comédiens, ni des acteurs ; ils étaient des créanciers, gens autrement sérieux, qui depuis la révolution n'ayant plus touché ni capital, ni l'intérêt du capital, profitent eux aussi de l'accalmie et de la rentrée des principaux actionuaires du théâtre pour agir.

C'est tout d'abord la dame Malleret, feu Jean-Louis, son unique fille et héritière universelle, épouse divorcée du sieur Gilbert Caïzer, qui assigne le sieur De Orestis, fils de feu Barthélemy, en paiement de la somme principale, empruntée par son père à feu Jean-Louis Malleret.

Au reste voici l'acte que nous transcrivons en entier : il n'est que le prélude des ennuis qu'à eu à supporter M. De Orestis fils, pour cette malheureuse affaire.

A la requête de la dame Marie-Alexandrine Malleret, de Saint-Maixent, arrondissement communal d'Aubusson, département de la Creuse, feu Jean-Louis, son unique fille, et héritière universelle, épouse divorcée de M. Gilbert Caïzer, poursuite et diligence de M. joseph Cornudet, sénateur français et l'un des commandants *(sic)* de la Légion d'honneur, demeurant à Paris, rue de Grenelle, 90 (faubourg Faint-Germain), et de

M. Pierre Paneras, négociant en cette ville, fondé de pouvoir substitué de la dite dame Mallaret, par le dit sieur Cornudet, en force d'acte reçu à Paris, par les notaires Boulard et Phybourg, le 7 mars 1806, et enregistré au bureau de l'Ouest (10ᵐᵉ arrondissement), le 8 mars, fᵒ 142, nᵒ case 7 : reçu 1 fr. 10 cent., signé Fourquier; ce dernier fondé de pouvoir de la dite dame, en date du 22 janvier 1806. Enregistré à Paris au bureau de l'Ouest (10ᵐᵉ arrondissement. le 6 mars 1806, fᵒ 29, nᵒ case 3 : reçu 1 fr. 10 cent., signé Fourquier, demande avoir recours et citation contre le sieur De Orestis, en qualité de fils unique et comme héritier universel du sieur Barthélemy De Orestis son père, aux fins de se faire payer par ce dernier :

1° De la somme principale de 21.000 livres tournois, et

2° Des intérêts de la même somme à raison de 4 % par an, échus et à échoir jusqu'à l'effectif et entier paiement de la dite somme principale échue depuis onze ans et plus; et quant aux intérêts à dater du 1ᵉʳ juin 1790;

3° Des intérêts du montant des premiers intérêts à échoir à dater du jour de la demande judiciaire, jusqu'à l'entier paiement du dit montant;

4° Des intérêts du montant des premiers intérêts à échoir à dater de l'échéance de chaque année.

Le tout avec frais et dommages et à faire et à souffrir par la dite dame Mallaret.

D'autres poursuites en premières et secondes instances, sont également dirigées contre le sieur De Orestis, toujours en sa qualité d'héritier de feu Barthélemy son père, ce dernier, *coobligé, principal payeur, promisseur et responseur* en propre de la dite Société du théâtre, pour le paiement et restitution des sommes empruntées, savoir : De la dame Raynaldi de Falicon, veuve Baudoin, pour la somme de 800 gros écus de six livres tournois, prêtés à la Société le 12 octobre 1789, par devant Mᵉ Faraudi notaire : De M. Pio Roassard pour 2,919 écus 1/2, valeur en rémission de différents billets de créances y destinés; plus 500 écus 1/2 de France remis comptant à MM. B. De Orestis et Ferrero, par devant Mᵉ Faraudi, notaire, le 28 février 1790, le tout remboursable en dix ans, et à un intérêt de 4 %; enfin du sieur Joseph Guillonda, pour la somme capitale de 3,000 gros écus de France; prêtés à la Société, ainsi que nous l'avons dit dans le chapitre premier, le 16 septembre 1789.

La Société des Quarante était en outre débitrice de 1670 gros écus de France, empruntés à M. A. De Cotti, remboursables en deux années, et avec un intérêt de 5 %; et de 1,000 gros écus de France, envers le sieur Ant. Joachin Grimaldi, dont actes avaient été passés chez le notaire Faraudi, les 28 février et 22 octobre 1790.

M. De Orestis répondit à ces diverses assignations par du papier timbré, et assigna à son tour M. Honoré Ferrero comme commanditaire et coobligé solidairement, ainsi que la plus grande partie des associés ; les héritiers, représentants légitimes de ceux décédés dans l'intervalle, se trouvant domiciliés et habitant hors de notre département, mais dans le territoire français, et ceux qui avaient expédiés les procurations à feu son père, afin de les faire déclarer tous solidairement tenus à le relever des condamnations qu'il pourrait subir.

Il est certain que si Mᵉ Baudoin, n'avait pas eu quelques clercs pour l'aider, seul il n'aurait pu suffire à toute cette besogne, car cela a dû être un bien gros travail pour l'époque, ou les études d'huissiers étaient loin d'avoir l'importance qu'elles ont malheureusement aujourd'hui.

En effet, le brave homme, vu toutes ces citations à signifier, aura dû passer plus d'une nuit pour les copier et plus d'une journée pour les porter, car nous voyons que, par acte du dit huissier, sont cités à la requête du sieur De Orestis, par devant Jean-Thomas Roux, juge de paix de l'arrondissement de l'Ouest de ce canton de Nice, les Messieurs, ci-après dénommés, savoir :

Antoine Gajetan d'Achiardi, demeurant à Lucéram ; Charles-Joseph Alberti, demeurant à Nice, place Impériale ; Hypolite Chiais, comme unique héritier et universel de la dame Marie-Crucifixe Ribotti sa mère, demeur^t à Nice, rue du Bonheur ; Pierre-Joseph Constantin, demeur^t à Nice, rue du Bonheur ; Louis Cays, demeur^t à Turin ; Antoine-François Cotti, demeur^t à Aix ; Octave, Justine, Appolonie, frère et sœurs, comme héritiers du sieur Octave Corvesi, leur père, le susdit Octave, demeur^t à Vintimille, et l'Appolonie, épouse de Jean-Baptiste Alziari, demeur^t à Rocca-Esteron, ce dernier pour assister et autoriser également son épouse à ester en justice ; Charles, François, Jean-Baptiste et Clémentin, frères Dayderi, à feu Ambroise, le dit Clémentin comme mineur de vingt-un ans accomplis et majeur de sept, tant à sa personne qu'à celle du sieur Dominique Dalbera son curateur, celui-ci demeur^t en cette ville, place de la Justice, et les dits Charles, François et Jean-Baptiste, en la personne du sieur François Dayderi, leur oncle et leur procureur général fondé, demeur^t en cette ville, rue Droite, comme héritiers du dit sieur Ambroise Dayderi leur père, sans préjudice des cohéritiers de celui-ci s'il y en a le cas échéant ; la dame Sabine-Antoinette Poulhariez, veuve du sieur François Foccart, demeur^t à Nice, rue du Collet ; la dame Gabrielle Mabille Maliverny, veuve du sieur Emmanuel-Anne-Louis Cauvet Marignan, demeur^t à Aix, ces deux dames comme cohéritières immédiates des sieurs Esprit-François, Joseph-Marie, père et fils Foccard, leur petit-fils, décédé à Marseille ; les dames Silvie et Hélène, sœur Grimaldi, comme héritières du sieur Marcelin Grimaldi leur père, la première épouse du sieur Auguste-Constantin-François Ricca, demeur^t à Nice, rue du Cours, ce dernier pour assister etc. ; Jean-Ant. Guillonda, demeur^t à Nice, rue de la Morale ; la dame Thérèse Gallea, veuve du sieur Pierre Raynaldi, épouse du sieur Maurice Roggiero, demeur^t rue du Collet, à Nice, le susdit Maurice Roggiero pour assister etc. ; Jean-Baptiste-François Peyre, demeur^t à Nice, place Impériale ; Jean-Antoine, Charlotte, frère et sœur Piccone, comme héritiers du sieur Victor-Amédée Piccone, le dit Jean-Ant. demeur^t à Turin, et la dite dame Charlotte, épouse du sieur Antoine Caroccio-Monati, demeur^t en la commune de Sudernante, ce dernier pour assister etc. ; Hyacinthe-Joseph-Marie Peyrani, demeur^t à Nice, rue Vermicellière, comme héritier de la dame Marie-Victoire-Gabrielle Peyrani de Lingua de Mos ; Jean-Louis Raynaldi, demeur^t à Nice, rue du Repos, quoique à raison de la place d'adjudant-commandant qu'il occupe, se trouve aujourd'hui à Montpellier ; Hyacinthe-Zacharie Ribotti, demeur^t à Clans ; M. Ramini, demeur^t à Turin ; Hylarion Spitalieri, demeur^t en cette ville, place Impériale, et prenant aussi son entrée vers la rue de la Volaille, en qualité de cohéritier du sieur Jean-Baptiste Spitalieri son père, se faisant fort quant à ce, et représentant aussi les autres cohéritiers, ses frères et sœurs, sous la réserve, si le sieur Hylarion Spitalieri le désire, d'appeler nommément aussi les autres cohéritiers susdits : Joseph Torrini, demeur^t en cette ville, place Impériale ; Gajetan, François, Delphine, frères et sœur Tondut, héritiers du sieur Joseph Tondut leur père ; la dite dame Delphine, épouse du sieur Jules Foccard, demeur^t à Nice, rue du Collet, et les dits frères, rue Droite ; le susdit sieur Jules Foccard, comme mari de la dite dame Delphine, pour l'assister etc. ; le sieur François Verani Masin, demeur^t en cette ville, rue du Bonheur, comme cohéritier du sieur André Verani Masin son père, faisant fait et cause quant à ce, agissant et se faisant fort pour ses sœurs, autres cohéritières du susdit commun père, sous la réserve, si le sieur François Verani Masin le désire, d'appeler nommément aussi les autres cohéritières susdites, tous membres de la susdite Société pour le théâtre de Nice, intervenus dans les actes de procuration sus-énoncés, qui ont représenté la dite Société ; pour comparaître devant nous dans notre Bureau de Paix, en notre demeure ordinaire en cette ville, rue de la Réunion, le 23 du mois de Septembre prochain, à neuf heures du matin, pour l'effet et fins susmentionnés et requises.

Prions et requérons, au besoin, MM. les Juges de Paix de l'arrondissement de l'Est de ce Canton de Nice, de Turin, Sudernante, Clans, Vintimille, Saorgio, Lucéram,

Roccaesteron, Aix et Montpellier, dans l'arrondissement desquels se trouvent domiciliés et demeurants celle ou celles des personnes ci-dessus dénommées et assignées en vertu des présentes, de permettre que par leurs huissiers respectifs, leur soit signifiée la dite présente cédule de citation pour l'effet de fins ci-dessus relatés, nous offrant en pareilles et plus fortes occasions.

Donné par nous, Juge de Paix susdit, dans notre bureau à Nice, chef-lieu du département des Alpes-Maritimes, le 21 août 1806, l'an troisième du règne de Napoléon, Empereur des Français et Roy d'Italie.

Signé : Roux, Juge de Paix.

L'an 1806, et le 16 du mois de Septembre, à Nice, chef-lieu du département des Alpes-Maritimes ; nous Pierre Baudoin, huissier exerçant près la Justice de Paix de l'arrondissement de l'Ouest de ce Canton de Nice, domicilié dans cette Ville, soussigné, muni de patente, délivrée par cette Mairie de Nice, sous le n° 102, en date du 28 mars dernier, de la 3ᵐᵉ classe du tarif.

Avons notifié la présente copie de la cédule ci-dessus au sieur X... (les 38 cités ci-dessus), dans son domicile, etc., etc., pour les fins requises, et la dite cédule de citation, comme nous huissier patenté soussigné certifions....

Signé : Baudoin, huissier.

Ces 38 citations, faites et signifiées par ce pauvre Baudoin, auront dû le rendre malade. Il y avait de quoi !

Cette avalanche de papiers timbrés, conséquence naturelle des procès mentionnés, eut pour effet de retarder le jugement de deux ans ; les conclusions cependant furent favorables aux requérants, car nous voyons par jugement du Tribunal de première instance, séant en cette ville, et rendu le 5 avril 1808, enregistré le 26 juillet même année, que M. De Orestis fut condamné à payer à M. Joseph Guillonda, la somme de 3,000 écus et de ses intérêts, comme il fut également condamné à payer aux hoirs Malleret et autres, les sommes par eux réclamées, ainsi que tous les intérêts. Il eut il est vrai une compensation dans son malheur, puisque par jugement rendu le 11 avril même année et enregistré le 6 août suivant, le même Tribunal condamna tous les associés précités à relever solidairement M. De Orestis, avec frais et dépens.

Mais tous ces frais, de part et d'autre, étaient énormes, partant préjudiciables aussi bien à la bourse des associés qu'à la Société elle-même ; aussi M. De Orestis, dans l'intérêt général n'hésita pas à faire des démarches pour les arrêter et les réduire le plus possible. Il fut assez heureux, après plusieurs entrevues avec les créanciers, de faire suspendre et arrêter toutes nouvelles poursuites, en leur donnant un acompte, et en leur garantissant par une nouvelle obligation le solde de leur créance.

Même arrangement fut pris à son égard par acte du 8 octobre 1808, reçu par Mᵉ Baudoin, notaire, et dûment enregistré, par divers des coassociés qui le même jour lui fournirent en outre, une somme assez importante pour remplir son engagement vis-à-vis des poursuivants et en décharge de la Société.

Malheureusement ce n'était pas fini, car malgré tout le mal que se donna M. De Orestis pour arriver à une entente, malgré qu'il eût fait, après les arrangements pris et cités plus haut, presque l'impossible pour venir à une liquidation amiable entre tous les associés, les procès recommencèrent.

En effet, une partie des membres des Quarante, se trouvant lésés dans leur quote-part de paiement, protestèrent et eurent recours à la justice, pour demander que ceux des coassociés, qui avaient fait partie de la Société des Quarante, ou de leurs héritiers qui n'avaient pas été touchés par les précédentes citations, fussent également responsables.

Par ces motifs et comme suite, nous voyons à la date du 18 octobre et à la requête de MM.

Gajetan d'Acchiardi, ex-sénateur au ci-devant Sénat de Nice ; dame Pauline-Antoine Pontharlier, veuve de M. Esprit Foucard della Rocca ; M. François Raynaldi, baron de l'Empire, officier de la Légion d'honneur, et adjudant commandant dans les armées impériales ; François Verani Masin ; Charles Torrini Fougassieras, avocat ; René, militaire, son frère, et dame Silvie Dedout, veuve du sieur Joseph Torrini Fougassieras, en qualité de mère et tutrice légale en Louis Torrini, ses enfants mineurs ; Ignace Rosseti, avocat ; Hylarion et Eugène Spitalieri Cessole ; leurs sœurs, la première, épouse de M. Thaon Revel, la seconde de M. Frédéric Riccordi, la troisième de M. Bruno Sordeati, toutes les trois autorisées, etc., etc. ; de M. Louis Ciais Giletta ; des dames Victoire Pascal, veuve du sieur Aimé Piccone del Val, et Thérèse Galea, veuve Raynaldi, épouse actuellement de M. Maurice Roggero, autorisée par son mari à ester en jugement, tous domiciliés dans la ville de Turin ; à M. Octave-Marie Corvesi, maire de Saorge, y domicilié ; tous propriétaires et membres de la Société du Théâtre de Nice, agissant pour leurs intérêts, comme lesquels font élection de domicile, dans le bureau de Mᵉ Ignace Rossetti, avocat avoué, sis à Nice, rue Droite, île n° 73, maison n° 7 ; ils exposent…… « tous les faits racontés depuis la fondation de la Société des Quarante jusqu'à l'arrangement intervenu chez Mᵉ Baudoin, notaire, le 8 octobre 1808, entre M. Dᵉ Orestis, d'une part, et les créanciers, d'autre part »….. et qu'ayant déjà fournis des sommes très conséquentes pour remplir leurs engagements en décharge de la Société ; qu'à la suite des démissions de MM. Philippe Ribotti ; Zacharie Ribotti son père ; de la dame Victoire Pascal, veuve du sieur Piccone del Val, en remplacement de son défunt mari, démissions pour lesquelles M. Ignace Rossetti, avocat, a été agréé, en remplacement de M. Philippe Ribotti (ce qui réduit les membres de la Société à 34) ; qu'il n'est pas juste que les charges sociales soient supportées par une seule partie des associés, mais que ceux qui ont déjà supporté de si grands débours et condamnations, doivent être relevés par chacun des autres pour leur quote-part ; demandant que l'on fixe définitivement le contingent de chaque associé, pour les égaliser ensuite entre eux. Ils désirent en outre, la reddition des comptes de ceux qui ont géré les affaires d'icelle, plus une liquidation générale en contradictoire des trente-quatre associés, avec réserve de tous les droits compétents, envers le sieur Charles-Joseph Thaon Revel, Marinetto Lascaris, pour les exercer lorsqu'il pourra y avoir lieu.

Par ces motifs, moi, Louis Masson, huissier, reçu au Tribunal de Commerce, et exerçant près de celui de Première Instance, séant en cette ville, y domicilié, et demeurant rue Droite, île 36, munie de patente, sous le n° 36, 3ᵉ classe du tarif ; j'ai bien dûment assigné les sieurs :

Charles-André Alberti Villeneuve ; dame Pauline Pazeri, veuve du sieur Thomas Auda Sᵗ Victor et son héritière ; M. Maurice-Xavier Barlifabri, comme héritier d'Honoré-Xavier son père ; Hyppolite Ciais Pierlas, héritier médiat de Pierre ; Antoine Cauvin, comme héritier de son frère ; Honoré Cameran ; Emile Cacciardi, héritier de Charles Jean-Baptiste son père, demeurant à Rome ; François et Angélique frère et sœur Dayderi Sᵗ Laurent, feu Etienne ; et autres Charles, François, Jean-Baptiste et Clémentin, frères Dayderi feu Ambroise, les trois premiers, héritiers pour trois quarts de leur père, et les trois derniers, pour un quart, comme représentants Ambroise leur père ; Pierre-Antoine Baudoin, curateur et avoué à succession vacante de M. Maurice De Orestis ; les dames Sylvie, Hélène Grimaldi sœurs, la première, épouse du sieur Auguste Constantin, et la seconde, épouse du sieur François Ricca Chateauvieux ; comme aussi, j'ai assigné leur mari, pour les autoriser à ester en jugement, les dites dames héritières de M. Marcelin père ; Jean-Antoine Guillonda Dubourg ; François Peyre Chateauneuf ; la dame Thérèse Peyre, comme héritière d'Ange, son père ; Hyacinthe-Joseph-Marie Vetite, demeurant à Paris, et Bremo frères Peyrani, héritiers de la dame Lingua Demos, épouse Peyrani dans son vivant ; Joseph-René Rainaldi Falicon, et François Tonduti Escarena, secrétaire général de la Préfecture de la Méditerranée, demeurant à Livourne, héritier testamentaire de Joseph-André son père ; et Auguste et Christine Constantin frère et sœur, héritiers pour deux tiers de M. Pierre-Joseph leur père, attendu la ranonciation de la dame Adèle, autre leur sœur, épouse du sieur Jean-Baptiste Ribotti, en faveur des sieurs Auguste et Christine ; et Delphine épouse Maulandi ; tous les susnommés, propriétaires, demeurants en cette ville, à l'exception de ceux qui ont été désignés ci-dessus comme demeurants ailleurs, tous à comparaître par devant le Tribunal de Première Instance, séant en cette ville, et dans la salle des séances, le 18 du prochain mois de Novembre 1810, pour le mercredi, à 9 heures du matin, pour voir dire et déclarer au profit de MM. les requérants, que chacun des cités ci-dessus (à la réserve du sieur François Peyre, qui est intervenu dans l'arrangement pris avec M. De Orestis) en la qualité de membres de la Société du Théâtre, sera déclaré tenu à relever et garantir pour la quote portion des condamnations solidaires, supportées par les requérants en suite des procès comme ci-dessus agités, de la part des hoirs Malleret, de M. Joseph-Marie Guillonda et autres, et se voir en conséquence, condamner au paiement, chacun toujours pour la quote-part, du montant de ce qui est dû aux dits hoirs Malleret, Guillonda et autres, soit en capital qu'accessoires, si mieux ils aiment, de supporter chacun pour sa quote-part, les suites des arrangements, que les mêmes requérants ont dû contracter envers M. De Orestis par acte ci-dessus cité, — reçu Baudoin, notaire, le 8 octobre 1808, — et quant à tous les cités, pour voir dire et déclarer qu'ils seront tous tenus de supporter pour leur quote-part, toutes les charges de la Société à la liquidation générale de laquelle il sera définitivement procédé.

Le coût du présent est de quatre-vingts francs, pour mes droits et droits de copies.

Signé : Louis MASSON, huissier.

M⁰ Masson, qui fit certainement la grimace lorsque son collègue M⁰ Baudoin eût la première affaire, aura poussé un soupir de contentement en instrumentant pour la seconde, ainsi que MM. Cavasso, César Philis et Ant. Martin, tous huissiers près le Tribunal Civil, qui eurent leur part de travail dans ce labyrinthe de procédure ; aussi dans l'honorable corps des huissiers, tous les membres eurent satisfaction et l'amour-propre de chacun fut sauvé.

Cette liquidation générale tant désirée par les intéressés a-t-elle finalement eu lieu ? A la façon dont marchaient les choses, on aurait pu croire que oui ; malheureusement pour les membres de la Société, et surtout pour M. De Orestis, il arriva le contraire, malgré que le Tribunal, dans sa séance du 18 novembre 1810, eut conclu en faveur des demandeurs en leur accordant tout ce qu'ils réclamaient.

Elle n'eut pas lieu, parce que MM. le comte Alberti de Villanova fils ; le comte Tondutti della Scarena et Vassalo Rameran s'y refusèrent pour leur compte particulier, opposant par exploit d'huissier, signifié par M⁰ Martin, le 18 avril 1812, que : « ne « faisant pas partie de la Société du Théâtre de Nice, ils ne pouvaient être compris dans « les frais et poursuites intentés par les coassociés, ni payer une quote-part qu'ils ne « devaient pas. »

Certes, M. De Orestis se serait empressé de répondre à ces trois intransigeants, mais les événements politiques qui se dessinaient vers cette époque, en France aussi bien qu'en Europe, prirent une tournure telle, qu'ils ne lui permirent point de donner suite à ce nouveau procès. Nice, ainsi que toutes les villes françaises ou soumises à l'Empire, devant fatalement subir le contre-coup des guerres terribles qui désolaient l'Europe vers la fin du règne de Napoléon et du désarroi général qui en était malheureusement la douloureuse conséquence.

Nous avons vu que sous le Consulat et sous l'Empire, notre grand théâtre vécut une vie obscure. Est-il resté ouvert après 1811 ? Nos recherches à ce propos ont été vaines. Nous avons eu beau consulter, chercher, feuilleter partout où nous espérions trouver un renseignement aussi minime fut-il, nous n'avons rien découvert, et comme nons ne voulons pas écrire une histoire fantaisiste, mais bien une histoire vraie, à l'appui des documents originaux que nous possédons, nous sommes forcément obligé, lorsque les documents nous font défaut, de nous abstenir dans l'intérêt même de la vérité.

Cette lacune de renseignements sur son existence pendant l'épopée napoléonienne, confirme notre idée première, qu'à cette époque on n'avait pas le temps de s'occuper, surtout en Province, d'art théâtral, mais plutôt à la fabrication de canons, de la poudre, de la mitraille, et qu'il y avait trop de raisons hélas, pour que notre scène restât fermée. Napoléon ne cherchait certainement pas à savoir si ses soldats étaient des comédiens ou des instituteurs.

Réunissant tout ce qu'il pouvait d'hommes valides, les artistes aussi bien que les citoyens, étaient pris, armés et expédiés là où le besoin les réclamait ; ainsi, nous nous expliquons le silence prolongé sur notre théâtre au commencement du dix-neuvième siècle.

Ces recherches, cependant, nous ont conduit jusqu'en 1816, lorsque quatre ans s'étaient écoulés depuis l'opposition faite par MM. le comte Alberti de Villanova, le comte Tondutti della Scarena et Vassalo Rameran.

Mais que d'événements en ce laps de temps ! Napoléon, dont l'étoile était à son déclin, voyait après la désastreuse retraite de Russie, l'Europe entière malgré ses revers et ses défaites, se dresser contre lui, plus menaçante que jamais. Définitivement battu à Waterloo, le colosse dut rendre son épée et partir pour Sainte-Hélène, en laissant après quatorze années de règne, la France ruinée tant en hommes qu'en argent !

La Restauration restituait aux anciens propriétaires les biens non vendus qui avaient été saisis aux émigrés, et le traité de Paris sanctionnait la rétrocession définitive de la Ville et du Comté de Nice à la Maison de Savoie : les services et les administrations furent complétement réorganisés. Aux fureurs des guerres succéda enfin, une paix bienfaisante qui permit à Nice de reprendre le cours de sa prospérité, interrompue dans sa marche par les tourmentes révolutionnaires.

Les actionnaires profitant de cette paix ardemment désirée purent finalement, s'occuper de ce théâtre qui leur avait coûté tant d'argent et d'ennuis.

Voulant cependant en finir une fois pour toutes, et liquider cette malheureuse affaire, la Société passant outre à l'opposition des trois membres sus-nommés, en demandent la liquidation définitive. Ils eurent recours au Sénat, pour supplier MM. les Sénateurs de vouloir bien entendre leurs raisons, faire droit à leurs demandes qui sont dans le fond, les mêmes que nous avons déjà exposées, que MM. le comte Alberti de Villanova, le comte Tondutti della Scarena, et Vassalo Rameran, soient tant comme héritiers de leurs pères, responsables à l'égal des autres membres de la Société, des frais et des poursuites dirigés précédemment contre eux, et s'entendre condamner à payer leur quote-part, et ordonner enfin, la liquidation générale et définitive de la Société.

Nous transcrivons fidèlement le document, dans lequel on remarquera la différence existant entre la façon vulgaire employée dans les diverses sommations faites par Mes Baudoin, Masson et autres, sous la République et le Premier Empire, et les termes de la présente requête présentée sous le règne de Victor-Emmanuel Ier.

Dans les précédentes citations, ces mêmes personnes citées devant le Tribunal Impérial, ne sont qualifiées ni de leurs titres, ni emplois ou grades, ce qui est étonnant sous le règne du premier Napoléon, étant donné son faible pour les fastes et les grandeurs, et qui ne pouvant s'attacher la vieille noblesse française, en créait de ce fait, une nouvelle à tout propos.

Etait-ce un mépris pour la noblesse niçoise restée fidèle à la Maison de Savoie, ou bien était-ce encore un restant de jacobinisme ? Nous penchons plutôt pour la première supposition ! En tout cas nous en faisons la remarque, elle en vaut la peine.

Nous le transcrivons intégralement, tel qu'il a été remis à MM. les Sénateurs, siégeant dans le Palais du Sénat, aujourd'hui, Asile de Nuit (grandeur et décadence). Nous connaîtrons ainsi les noms et les titres des principales familles niçoises de l'époque, en partie disparues aujourd'hui, ou ayant cessé d'habiter dans la suite, leur ville natale.

« Ill^{mi} ed Eccell^{mi} Signori,

« Espongono S. E. il Sig^r Marchese Thaon, Conte di Revel, St Andrea, cavaliere del Supremo Ordine della SS^{ma} Annonciata, Gran Croce dell'Ordine dei S^{ti} Maurizio e Lazaro, Generale di fanteria, Governatore della cittadella, città e provincia di Torino, Ispettore generale delle R. Armate ; il Sig. Conte Luigi Caïs di Giletta ; Dama Vittoria Pascal ved^a del Sig. Conte e Senatore Amedeo Picone della Valle, come rappresentante il pred° di lei marito ; Dama Teresa Gallea, ved^a del Sig. Barone Rainaldi di San Alberto, moglie ora del Sig. Cav^{re} Maurizio Rogeri, tutti abitanti nella città di Torino ; Conte Amedeo d'Achiardi di St Léger, erede del Sig. Gaetano, di lui padre ; Conte Francesco Rainaldi di Belvedere, Barone Verani Masin di Castelnuovo, erede del Sig. Barone Andrea, di lui padre ; Conte Carlo Luigi, Cavaliere Renato e Luigi, fratelli Torrini di Fogassieras, eredi del Sig. Vassolo Giuseppe loro padre, tutti abitanti in questa città ; Conte Ottavio Corvesi di Gorbio, abitante nel luogo di Saorgio, Conte e Senatore in quello Eccell^{mo} Real Senato, Illarion, prete Eugenio, Dama Sabina, Giulia e Giuseppina, fratelli e sorelle Spitalieri di Cessole ; la prima, moglie di S. E. il Sig. Conte Ignazio Thaon di Revel, di Pratolongo, Ministro di Stato di S. M., Luogotenente generale nella R. Armata, Governatore generale del Ducato di Genova e fungente le veci di Governatore generale di quello di Savoia ; la seconda, del Sig. Conte Federico Ricardo ; la terza, moglie del Sig. Conte Bruno Sordevolo, i due primi abitante in questa città, e gli altri in detta città di Torino, come eredi del fu Sig. Conte loro padre ; Conte Giulio Foccard della Rocca, tanto in proprio, che comme procuratore ed a nome della Dama Teresa Fortunata Foccard, di lui sorella, moglie del Sig. Vassallo Maurizio Ramini, a nome pure del Sig. Conte Gaetano Roux Tonduti di Peglione, in qualità di padre e leggittimo amministratore della D^{lla} Fortunata, in virtù di mandato ricevuto li 9 corrente mese, dal notajo Remusatti ed avv^{to} Ignazio Rossetti, come rappresentante il Sig^{ri} Conte Zaccaria e Filippo, padre e figlio Ribotti di Valdeblora ; tutti soci e membri del teatro di questa città ; esservi stato lite vertente nanti il supremo Tribunale di prima istanza di questa città, tra di loro esclusivamente a S. E. il Marchese Thaon di Revel, che era allora assente, e gli altri coproprietari infranominati, escluso soltanto il Sig. Barone Lascaris, pure assente, nella qual lite aveano li primi, chiesto d'esser rilevati dagli altri. Trattano il

8

Marchese Peyre della condanna della maggior parte di essi sofferto, come obligati in detta loro qualità di soci solidariamente verso la Dama Malleret e Sig. Conte Giuseppe Guiglionda del Borgo, creditori di dᵃ società, salvo volessero consentire ad acquitarsi alle convenzioni da essi prese coi sudᴸ creditori, con atto otto ottobre mille otto cento otto, rogato Baudoin, perchè in contradittori di tutti si ordinasse una liquidazione generale definitiva di dᵃ società dopo la medᵃ. fossero condannati li soci al pagamento della somma di cui ciascheduno risulterebbe debitore. I Sigʳⁱ Conte Alberti Villanova figlio, e Conte Tonduti della Scarena e Vassalo Rameran, tre dei soci che opposero che non avevano tal qualità; quest'opposizione doveva prima decidersi per poter poi fissare il numero degli associati, e della somma alla quale ciascheduna porzione rilevava, e perciò si erano già dalle parti discusse, le rispettive ragioni e la causa a sentenza erano già emanate conclusioni dell'uffizio del Procuratore del Re, favorevole alla domanda degli sponenti, ma la causa non si è potuta decidere a causa dei cambiamenti politici che avevano avuto luogo. Incombe agli sponenti di far terminare una tal lite in contradictorio di tutti gli interessati e perciò ricorrono dall'E. V. con fede di dᵗⁱ atti di lite, con exploit delli dieciotto aprile mille otto cento dodici, affⁱᵒ dal nᵒ 1 sino a 64 ;

« Supplicandole si degnino concederle le lettere cittatorie contro il Sig. Conte Cavaliere D. Carlo Andrea De Alberti di Villanova figlio, Luogotenente Colonnello nelle Regie Armate; Sig. Vassallo Maurizio Ramini, ambi abitanti nella città di Torino, Dˡˡᵃ Teresa Peyre, come erede del Sig. Vassallo Angelo, di lei padre, abitante nella città di Moncaglieri; Sigᵃ Contessa Paulina Pazeri, vedᵃ del Sig. Conte Giuseppe Tomaso Auda di San Vittorio, erede di quᵗᵒ Signor Vassallo, e Luogotenente nella brigata di Cuneo, Maurizio Barli Fabri de Castellar, come erede di suo padre, Conte Ippolito Cais di Pierlas erede del Sig. Conte Giuseppe suo padre, avvocato e congiudice al magistrato del Consolato; Pietro Antonio Cauvin, come erede del Sig. Maggiore Pietro Antonio Cauvin, suo fratello; e Emilio Cacciardi, erede del Sig. Governatore Carlo, di lui padre; la Dama Silvia e Ellena, sorelle Grimaldi, la prima moglie del Sig. Vassallo Augusto Constantin, e la seconda del Sig. Cavʳᵒ Luogotenente Colonnello Francesco Ricca di Castelvecchio, come eredi del Sig. Barone Marcellino loro padre ; Sig. Conte Giuseppe Guiglionda del Borgo, come erede del Sig. Conte Gian Antonio, suo fratello; Marchese Francesco Peyre di Castelnuovo ; Conte e Maggiore della brigata di Genova, Giuseppe Renato Rainaudi di Falicone; Conte Gian Francesco Paulo Maria De Orestis, come erede del Sig, Conte Bartolomeo suo padre ; Barone e consigliere di S. M. Pio Maria Ricci, come erede del fu Sig. Barone di lui padre; Abbate e commendatorio Gian Batᵗᵃ assente dei R. Stati, Vassallo e capitano Francesco, e Dˡˡᵃ Angelica, Conte e Colonnello della brigata di Saluzzo Carlo Francesco, Clementino e Gian Batᵗᵃ, assente dei R. Stati, zii e nipoti Daideri di Castelnuovo e San Lorenzo, come eredi li tre primi per un quarto ciascheduno, e litre ultimi per un quarto tra tutti. tre del fu Sig. Conte Stefano Daideri loro rispettivo padre e avo, tutti li sopra nominati, abitanti in questa città, sclusivamente ai Sig. Abati Gian Batᵗᵃ ed altro Sig. Batᵗᵃ Daideri, zio e nipote, assenti dai R. Stati, contro l'eredità giacente del Sig. Maurizio De Orestis, già provvisto di curatore nella persona del fu Sig. causidico Pietro Ant. Baudoin resosi defunto ultimanente, ossia chiunque voglia e pretenda d'esser erede codiffendere li beni di dᵃ eredità ; Sig. Vassallo Augusto assente dai R. Stati, Dˡˡᵃ Cristina, abitante in questa città, e Dama Delfina fratello e sorelle Constantin, questa moglie del Sig. ufficiale Maulandi, abitante nella città di Sospello, come erede del fu Sig. Vassallo Pietro Guis, loro padre ; Sigⁱ Marchese Marcello, ·Emmanuele Edoardo, Gioachino Pietro Giacinto, Dˡˡᵃ Giuseppina Prospera, fratelli e sorella Ferreri di Bonsone, come eredi del fu Sig. Marchese Onorato loro padre, li cinque ultimi nominati provvisti di curatore e tutore, in persona della Dama Luigia Canalis di Cumiana Ferreri, loro madre, abitante in Alassio ; li Sigʳⁱ Conte Marineta Lascaris Castellar d'Aspermonte ; Conte Francesco Tonduti della Scarena ; Vassallo Onorato Cameran e Dama Francesca Maria Eudossia Lascaris Vintimiglia, moglie del Sig. Stefano Giuseppe Rousset Sommabre, come erede mediata del Sig. Conte Teodoro di lei padre ; Antonio Francesco de Cotti ; Vassali Giacinto ; Giuseppe Maria Brunone ; Fratelli Peirani, come eredi della fu Dama Gabriela Lingua de Mos, vedᵃ Peirani loro madre, assenti dai Regi Stati, quanto agli assenti nella forma prescritta dalle R. C., per veder li Signori Conte Alberti di

Villanova, Tonduti della Scarena e Vassallo Rameran, di dichiarare, che sono membri del teatro di questa città congiuntamente a tutti li S^{ri} suplicanti, e come tali per vedersi dichiare tenuti insieme a tutti gli altri, di rilevare per la loro porzione quelli dei soci, che sono stati condannati verso gli eredi della Dama Malleret e altri creditori della detta Società, delle condanne da essi sofferte, salvo amano meglio di acquitarsi e consentire alla convenzione passata tra alcuni dei supplicanti, ed il Signor Conte De Orestis, con atto otto ottobre mille otto cento otto, rogato Baudoin, o quanto a tutti per veder ordinare una liquidazione generale e definitiva di tutti li debitori della Società, e dei pagamenti che ciascheduno dei soci proporrà d'aver fatti, onde risulti che ogni associato deve ancora pagare e per vedersi condannare al pagamento di cui ciascheduno risulterà debitore, nella qual liquidazione, quelli che hanno amministrato il sud° teatro, e ritirato li redditi del med°, sono dichiarati tenuti di render conto di quanto hanno esatto, e rappresentare e pagare a beneficio della Società e alla cassa della med^{ma}, quella somma di cui risulteranno debitori, sotto pena in caso diricuso, di dar conto di stare a quello che verrà presentato ed affermato dai supplicanti, e finalmente per vedere dichiarare, che nel caso che fra gli associati ve ne fossero degli insolvabili, la loro porzione sarà a carico di tutti gli altri soci, e sarà ripartita fra di essi, e per veder, fare e pronunciare in conformità di quelle altre conclusioni, che si faranno in corso di causa con provedervi come meglio. Il che sotto scritto. — Ciais pr^e ff. 3 d^{si}.

Le Sénat répondit à cette requête par une ordonnance de comparution personnelle de tous ces Messieurs, par devant le Sénateur Borrea, délégué à cet effet. Voici le texte :

Il Senato di S. M. in Nizza sedente.

Udita la relazione del'alligata supplica presentataci per parte dei (suivent les noms des requérants), tutti soci e membri del teatro di questa città, sottoscrita detta supplica dal causidico Ciais, e delle unitevi Corte, del tenor del tutto considerato ; mandiamo e commetiamo al primo usciere o sergente Regio richiesto, di citare ed assegnare nella forma voluta delle Regie Costituzioni, li supplicati Signori (suivent les noms de tous les requis), à comparire leggitimamente nanti à noi, ed al banco del attuaro Borrea, fin à termine di giorni quindici dopo l'essecuzione delle presenti per l'effetto supplicato.

Notificando esser relatore delle causa il Signor Senatore Fascio.

Nizza, 5 aprile 1816.

Per D° Eccell^{mo} Real Senato.

Signé : Giovanni Tomaso Roux, segretario.

Qu'advint-il après cette ordonnance sénatoriale ? Les documents officiels nous font défaut, nous sommes en conséquence dans l'impossibilité de fournir le moindre renseignement ; cependant, par différents comptes et quelques lettres que nous avons sous les yeux, il y a lieu de croire que le Sénat n'ayant pas sanctionné la requête des dissidents, la Société du Théâtre, continua à être gérée par les anciens directeurs, qui, chargés de sauvegarder les intérêts des associés, eurent surtout soin de faire rentrer le solde des quotes-parts dues par quelques actionnaires ou par leurs héritiers.

Ainsi, une partie des fonds fut recouvrée, ce qui permit aux directeurs de payer les intérêts dûs tant à Madame Malleret qu'à divers autres créanciers, dont Monsieur le Baron Roassard, la créance duquel, selon l'expression de Monsieur De Orestis, était ruineuse :

Cependant on n'avait pour regler ces intérêts accumulés, et les créances qui existaient encore, que l'argent versé par les actionnaires, les modiques sommes que donnaient la location des dépendances du théâtre et le loyer de la salle réouverte depuis peu, et dont le produit était plutôt minime. Malgré ce peu de ressources, les administrateurs firent face à leurs engagements, et amortirent même une partie de la dette Malleret.

La liquidation proprement dite était difficile à faire. Comment aurait-on pu payer les sommes assez importantes qui étaient dues? Comment aurait-on pu rembourser aux actionnaires le montant versé de leur quote-part, ainsi que les intérêts des sommes jadis versées? Il n'y avait que l'alternative de vendre le théâtre, ce qui était presque impossible à cause de la crise que Nice venait de traverser, ou attendre un événement qui permit de vendre à un prix normal; en attendant, on devait penser à économiser le plus possible. Les Directeurs se rangèrent au dernier avis, aussi le théâtre ne fut point réparé, et ce défaut d'entretien lui fit perdre, par des détériorations continuelles, le cachet d'élégance qu'il avait conservé jusqu'à ce jour.

Les directions artistiques qui se succédèrent sur cette scène à partir de 1816, n'ont rien laissé qui mérite d'être signalé. On y a remarqué cependant le passage de quelques troupes de comédie françaises et italiennes, et même de plusieurs troupes d'opéras italiens, avec ballets.

Par la reproduction de l'affiche que nous donnons ci-dessous, il y a lieu de croire que ces troupes ne devaient être que secondaires, car il ne s'est conservé ni un nom, ni un souvenir.

PAR PERMISSION DE MM. LES MAIRE ET ADJOINTS DE CETTE VILLE

———

AVIS THÉATRAL

La Troupe Italienne, sous la direction du sieur Vincent Romolino, qui a eu l'honneur d'occuper ce théâtre pendant l'automne et le Carnaval derniers, étant de passage dans cette ville, se propose de donner *Dix Représentations*, parmi lesquelles il y aura trois Ballets et deux Opéras nouveaux. Le premier sera un opéra bouffon, et le second dans le genre sérieux, intitulé : *La Mort d'Olopherne.*

Les Ballets nouveaux seront intitulés comme suit :

L'Hôpital des Fous, Le Solitaire d'Écosse, et la *Rosière de Salancy.*

La première Représentation aura lieu Dimanche 12 avril (l'année a été omise), par l'opéra intitulé : *Le Sourd,* suivi du ballet : *L'Hôpital des Fous.*

Le spectacle commencera par : *Le Solitaire d'Écosse.*

Dans le Ballet des Fous, le sieur Romolino chantera : *L'Aria dei Gatti.*

L'abonnement personnel pour les dix représentations est fixé à 5 francs.

PRIX DES LOGES :

Au 2me rang,	avec 4 entrées pour 10 représentations,					24 fr.
Premier rang	»	4	»	»	»	21 fr.
Troisième rang	»	4	»	»	»	20 fr.

Prix des billets : Premières, 1 fr. 10 sols ; Parterre, 15 sols ; Paradis, 6 sols.

N. B. — Le Bureau pour l'abonnement sera ouvert depuis jeudi 9 courant. Jusqu'au 12, depuis dix heures jusqu'à midi, et depuis trois heures, jusqu'à 6 heures du soir.

On commencera à 7 heures.

On prévient qu'on ne recevra plus d'abonnés après la première représentation. — Le Directeur n'a épargné aucun soin pour rendre le spectacle brillant, tant pour le nouveau choix des morceaux de musique, que pour les décorations et costumes. — Il ose espérer, en conséquence, d'être honoré par un nombreux concours de spectateurs.

*
* *

Le sieur Romolino, tout comme les directeurs de nos jours, adresse son petit boniment au public ! Rien n'a été épargné, dit-il : « pour rendre le spectacle brillant, tant pour le choix des morceaux de musique, que pour les décorations et costumes ! En effet, n'y a-t-il pas lieu d'être satisfait ? En dix jours, trois ballets et deux opéras nouveaux, sans compter les anciens !

Monsieur Saugey qui tient le record parmi les impresario pour monter rapidement des opéras, se trouverait battu par ce directeur d'outre-tombe, dont l'intelligence cependant n'a pas su inventer une Commission théâtrale, et surtout la créer pour faciliter les . . . . . . directeurs, ni trouver le 10 °/₀ en sus des prix, pour les places prises en location. Il aurait dû découvrir au moins ce petit truc, ce pauvre Romolino, car de ce fait, les recettes auraient été moins maigres ! Une loge au 2ᵐᵉ rang (le premier dans le théâtre actuel) 4 entrées comprises pendant dix représentations, 24 francs !!! Juste de quoi payer un parterre numéroté de nos jours. Nous ne sommes pas étonnés que ces malheureux fissent de mauvaises affaires !

Enfin nous arrivons au commencement de l'année 1824 ; A cette date, la salle était louée à une Compagnie Française qui non seulement ne faisait pas ses affaires, mais était dans un état voisin de la misère, le directeur de la troupe ne pouvant parer à cette situation, se vit obligé d'adresser une supplique au Conseil municipal, en le priant de bien vouloir lui accorder un subside, lui permettant ainsi qu'à ses artistes, de quitter notre ville.

Le Conseil municipal fut réuni le 4 février 1824 en séance extraordinaire, sous la présidence de Monsieur le comte Alex. Crotti di Castiglione, Intendant Général. Sur la proposition de Monsieur le marquis Alli de Maccarani, premier consul, le Conseil vota un crédit de 400 francs en leur faveur, et émit en outre le vœu : que les propriétaires du théâtre tous gens distingués et riches, allouent pareille somme *à titre de secours,* pour que ces malheureux puissent rentrer dans leurs foyers.

La Troupe française, la dernière qui passa sur cette scène, put quitter Nice en emportant un bon souvenir des braves citoyens niçois qui l'avaient secourue dans sa triste situation.

Immédiatement après, l'intendant général, d'accord avec le premier consul, fit voter par le Conseil que « le théâtre resterait fermé pendant quelques jours » : à cause du deuil que la nation éprouvait de la mort de S. M. Victor-Emmanuel Iᵉʳ.

Sic transit Gloria Mundi... Fermé en cette occasion, le pauvre petit théâtre ne devait plus rouvrir ses portes, la pioche du démolisseur allait faire son œuvre. On devait il est vrai, en reconstruire un autre quelques mois plus tard, un plus beau, plus élégant, plus spacieux, qui, hélas ! un demi-siècle après devait être aussi détruit dans des circonstances autrement douloureuses !

Ce pauvre petit théâtre en bois, sans prétentions aucunes, construit par une illustre famille niçoise en 1777, rajeuni, embelli, devint par cela même douze ans plus tard, Théâtre Royal, comme il devint plus tard encore, Théâtre de la Montagne. Contraste partout, même avec son premier nom, Association Olympique !

Pauvre petit théâtre, tu as su amuser nos pères, qui allaient le soir, ouïr en fumant leur pipe, les bonnes blagues d'antan, ou peut-être aussi entendre les mélodieuses musiques des Paesiello, Haydn ou Mozart !

Où êtes-vous, belles soirées, où nos vieilles grand'mères, avec leur chien à côté, et leur « Marito [1] » sur les genoux, écoutaient religieusement ces bons drames en six actes et huit tableaux avec prologue et épilogue !... et qui étaient d'autant plus heureuses et contentes, qu'elles pleuraient davantage !

Quelles soirées ont du se passer dans ce pauvre petit théâtre, lorsque les farouches, Montagnards, alternaient leurs représentations sanglantes, avec celles que donnaient quelques malheureux Cabotins, qui tremblants de peur grimaçaient sur leur faces blafardes un semblant de sourire pour apaiser ces bêtes féroces, dont les voix avinées faisaient retentir les couloirs pendant les entr'actes, par le fameux *ça ira*....

Il ne reste plus rien de tout cela, excepté quelques vieux papiers de procédure, ou quelques arrêtés, que nous avons tirés de la poussière où ils dormaient depuis plus d'un siècle !... Dormez, dormez encore vieux parchemins, peut-être qu'après nous, personne ne vous exhumera plus !

Cependant n'ayant subi aucune des réparations dont il avait tant besoin, le théâtre fermé en signe de deuil, ne devait, ainsi que nous l'avons déjà dit, plus rouvrir ses portes. En effet, on s'inquiétait en haut lieu de l'état de dégradation dans lequel il se trouvait et profitant de ce que le privilège accordé à la Société des Quarante avait expiré, le Secrétaire d'État des affaires intérieures, écrivit, vers la fin de l'année 1824, à M. le baron Vittorio Caravadossi de Toetto, alors premier consul, pour l'informer de la notification faite par S. E. le Ministre à M. l'Intendant général. Dans cette lettre il était dit que [2] :

« Le Gouvernement étant informé que depuis quelque temps, le théâtre se trouve dans un mauvais état et nullement en rapport avec les goûts de la population tant niçoise qu'étrangère, il conviendrait de faire entendre à la noble Société des Quarante, Propriétaires dudit théâtre, que le privilège qui lui avait été accordé par S. M. Victor Amédée III étant expiré, le Gouvernement serait disposé à le lui renouveler à condition toutefois, que la Société se mette en mesure de faire toutes les réparations nécessaires pour qu'il offre les garanties possibles de sécurité, en même temps qu'un monument digne de la Ville, ou bien qu'elle se mette en mesure de le reconstruire sur un plan

(1) Petite chaufferette ronde, en terre cuite, avec anse, que les marchandes et les bonnes femmes tenaient sur les genoux pour se chauffer les mains.

(2) Ces pièces sont traduites de l'italien.

tout à fait nouveau, avec tout le confort désirable et dans un temps limité, d'autant plus que Sa Majesté, ayant manifesté le désir de venir au printemps prochain passer quelques jours à Nice, il serait de toute utilité que le théâtre fut construit pour cette époque, à défaut, si la Société n'était pas en mesure de donner suite à pareille demande, ou pour des motifs quelconques atténuer telle responsabilité, la Ville de Nice serait autorisée de construire un théâtre dans l'endroit qui lui plairait... »

Cette lettre ayant été communiquée aux directeurs de la Société, ces derniers convoquèrent les actionnaires en Assemblée générale. Ces Messieurs, après avoir pris connaissance de la lettre délibérèrent : « Ch'inseguito alla fattale notificazione, non risulta che possa farli carico di riedificare il teatro sudetto come desiderebbe la prefata Eccelenza : che si pensa in qualche altro modo efficace, o a una pronta recostruzione déll'attuale teatro, o alla formazione di un nuovo, giaché come aveva avuto l'onore di farlo sentire a questo Ecc^mo Sr Governatore, non era improbabile che S. M. facese una gita a Nizza, nella ventura Primavera ... »

Le premier consul, baron Caravadossi de Toetto, réunit le Conseil municipal le 13 janvier 1825, et lui donna lecture de la lettre des directeurs de la Société du théâtre ; le Conseil chargea alors M. l'Intendant général, comte Crotti, de faire les démarches nécessaires auprès de MM. les Directeurs des Quarante, pour les prier de faire connaître leurs projets, soit pour la vente de l'immeuble, soit pour l'indemnité qu'ils réclame-raient pour abandonner immédiatement le théâtre, en le priant, sitôt les démarches achevées, d'en référer à la Municipalité, pour que celle-ci prit des mesures en conséquence.

Deux des directeurs, le comte d'Achiardi et le comte De Orestis, étant conseillers municipaux, se trouvaient présents à la séance. M. l'Intendant leur demanda de vouloir bien lui donner leur appréciation sur les prétentions de la Société, ou bien de donner le plus tôt possible l'avis des actionnaires pour permettre à la Ville de prendre une décision définitive.

M. De Orestis répondit par un historique de la Société depuis l'achat du théâtre fait à la famille Alli de Maccarani en 1789, jusqu'à l'heure présente ; il parla des ennuis dans lesquels s'est trouvé la Société par suite de cet achat, des pertes sensibles subies par les actionnaires pendant la Révolution et des tristes conséquences qui en résultèrent. Il analysa ensuite le contenu de la lettre de M. le Ministre qui, d'après lui, était une mise en demeure. La discussion lui semblait trop importante, et d'autre part, malgré sa qualité de directeur, n'ayant pas d'autorisation pour traiter et répondre à toutes les questions qu'on venait de lui adresser, il déclara ne pouvoir émettre aucun avis ni faire aucune proposition. Il demanda donc pour cela faire un délai, très court d'ailleurs, pour en référer aux actionnaires, promettant que réponse serait donnée le plus promptement possible, tant pour seconder les vues du Gouvernement, que pour adhérer aux désirs de la population, et sauvegarder en même temps les intérêts de la Société.

Néanmoins, le Conseil n'ayant qu'une confiance très limitée dans le résultat des pourparlers engagés décide que : « Per preparare ed adottare il progetto che puo essere riconosciuto il piu adattato ed il piu celere... il convient de traiter directement avec la Société pour avoir et lui donner toute satisfaction. Que dans tel état de chose, le meilleur moyen d'arriver à une solution, est de nommer une Commission qui entamera des pourparlers avec MM. les Actionnaires ou leurs députés, et qui pourra s'entendre contradictoirement pour le montant de l'idemnité à payer... En outre, ladite Commission pourra présenter, étudier tous les projets qui lui seront soumis pour l'achat, reconstruction, études... En un mot, que le Conseil s'en rapportant à cette Commission, n'ait qu'à résoudre définitivement cette importante affaire.

Adoptant ces conclusions : « Il Consiglio ha deliberato e delibera a voto unanime di nominare, come nomina a membri della detta Commissione gl'ill[mi] Sig[ri] Consiglieri, Cavaliere Luigi Ratti, comte Luigi Ongran, e negociante Gugliemo Thaon ; e consigliere straordinario gl'ill[mi] Sign[ri] cavaliere di Nieubourg, comte de Pierlas, ed architetto Ant. Scoffier, quali il consiglio ha incaricato ed incarica di riunirsi in conferenza coi Sig[ri] azionari del teatro ed i loro deputati, per discutere le questione e proposizioni che fanno l'oggetto del prefato despaccio ministeriale, per procedere in contraditorio dei Sig[ri] Azionari del teatro all'estimo del attuale fabricato, proporre e discutere l'oggeto dell'acquisto e di quella giusta indennita che dovrebbe essere in tal caso accordata alla Società proprietaria ; preparare insomma tutti quei progetti che per una ricostruzione, nuova edificazione ed altre previsti ed imprevisti casi, riconosceranno i piu convenienti e segnatamente propore i mezzi da eseguirsi immediatamente, accioché all'arrivo di SS. R. M., la citta possa avere un decente teatro per riceverla se si degnera onorarla di sua presenza.

En outre, le Conseil décide que : « Vu l'importance de la question, le temps matériel et restreint pour la liquider, la présente délibération sera transmise immédiatement à la noble Société du théâtre, qui devra, dans un délai de huit jours, donner ses conclusions aux délégués de la Municipalité, qui se réuniront à cette date pour les recevoir.

Signé : comte Caravadossi del Toetto, 1er consul ; C[l]. Vassalo Dayderi de Saint-Laurent ; comte Ongran ; comte H. di Pierlas ; comte C. Andrea di Villanova ; Piétro Toselli ; Ant. Fossati ; G[m]. Thaon ; comte Illarion-Pierre Niewbourg ; B. Audiffret ; Guis Maggiorin ; G.-Giusep. Franco ; G.-B. Pecoud ; O[n]. Vivaudo ; G.-B. Borreli ; Carlo Carlès ; Giuseppe Barla ; Giuseppe Bremont ; Pietro Thaon ; Ant. Maino ; G.-Ant. Scoffier ; Cav. Luigi Ratti ; Ignace Buer ; Pietro Alziari ; G. Gautier ; And. Labé ; Dom. Caldellary ; Franco Durante ; Giac. Ravel ; Dom. Cougnet ; Franco Roux, segretario.

Cette délibération votée à l'unanimité a été remise à S. E. M. l'Intendant général, pour qu'il soit à même d'en rendre compte : alla prefata Regia Segretaria di Stato.

La Commission municipale, chargée de l'enquête théâtrale acheva bientôt ses démarches. Elle s'empressa d'en référer à M. l'Intendant général Crotti, qui de concert avec S. E. D. Emilio Boero di San Severino, gouverneur de la Ville, et le Comte Caravadossi, Premier Consul, décidèrent de réunir le Conseil municipal, le 19 janvier 1825, à 8 heures et demie du soir, au lieu du 21, devançant ainsi de deux jours la date arrêtée antérieurement.

M. de Nieubourg, rapporteur de la Commission, exposa que conformément aux désirs de la Municipalité, on avait fait les démarches auprès de MM. les Directeurs de la Société des Quarante, pour les faire revenir sur leur décision première, mais que vu leur réponse négative, la Commission juge qu'un théâtre est un établissement public, et que par conséquent, il y a tout intérêt à ce qu'il soit dorénavant dirigé par l'Administration municipale ou par un seul directeur.

Que n'ayant pu se mettre d'accord avec la Société, la Commission décide à l'unanimité, de chercher un local convenable pour construire le théâtre projeté. Qu'après avoir étudié la question, elle croit ne pouvoir proposer que deux emplacements : 1° Celui de l'ancienne église Saint-Dominique[1], église occupée actuellement par la *Panelerie delle Regie Truppe*, et divers magasins. Le terrain couvert par ces constructions, en y ajoutant un espace de cinq mètres, mesurerait 53 mètres. de profondeur et 20 mètres de largeur ; 2° Le terrain sur lequel est construit le théâtre, qui a 47 mètres 20 centimètres de long, sur 19 mètres 25 centimètres de large.

La Commission expose qu'ayant également étudié les avantages particuliers des deux terrains, tout en préférant celui de Saint-Dominique, elle estime cependant, que celui sur lequel est construit le théâtre actuel, offre l'avantage de pouvoir construire la nouvelle salle de façon à ce que le fond soit : *di livello con la superficie del Bastione*, et qu'on pourrait ainsi obtenir *d'in mezzo il teatro*, la vue de la mer, ce qui dans certaines circonstances augmenterait de beaucoup : *l'effetto della decorazione e del spettacolo teatrale*.

Malgré plusieurs considérations favorables au local St-Dominique, la Commission prévoyant les dépenses nécessaires pour le transfert des fours, avant de prendre une détermination définitive, crut bien faire en essayant de renouer les pourparlers avec les Directeurs de la Société, pour leur demander le dernier prix qu'ils exigeraient pour la vente de leur immeuble. Ainsi fut fait.

Le Chevalier Ratti, à la suite d'une lettre en date du 14 janvier 1825, adressée à ce sujet à MM. les Directeurs, reçut de M. De Orestis la réponse suivante, que nous donnons textuellement :

« J'ai l'honneur de vous informer que la Société, propriétaire du théâtre, ayant de « nouveau reconnu dans la réunion d'aujourd'hui, l'impossibilité absolue où elle se « trouve de faire opérer la reconstruction de la salle des spectacles, a chargé MM. le « Comte Achiardi, Chevalier Cacciardi et le soussigné, de rentrer en conférence pour « l'aliénation de cet édifice, avec MM. les Conseillers nommés par le double Conseil. « (Délibération du 13 courant).

« En conséquence, et par suite du contenu dans la lettre que MM. les Commis- « saires du Conseil m'ont fait l'honneur de m'adresser aujourd'hui, les Députés de la « Société vous proposeraient si vous l'avez pour agréable, de vous réunir à eux pour « tâcher de parvenir à une conciliation à l'amiable de cette affaire, demain dimanche, « 16 courant, à 10 heures du matin, ou à la salle des spectacles, ou dans la maison « particulière de l'un de MM. les Commissaires du Conseil qu'il vous plaira de leur « faire indiquer.

« En priant M. le Chevalier Ratti de faire connaître cette proposition à MM. les « Commissaires, j'ai l'honneur d'être... etc., etc. »

Signé : Comte DE ORESTIS.

(1) Emplacement où se trouve le Palais de Justice actuel.

9

Cette entrevue ne fut pas plus heureuse que les précédentes. En effet dit M. de Nieubourg, la Société *ne ha addimandato la non indifferente somma di 65,000 lire*, somme qui dépasse de beaucoup les dépenses calculées pour l'autre local, dont les fondements et les murailles pourraient être utilisés. Cette demande nous parut exagérée, nous avons alors proposé de procéder à une estimation par l'entremise de : *due Periti*, élus par les deux parties. Cette offre a été refusée par MM. les Députés pour diverses raisons, notamment : que le prix demandé de *65.000 Lire nuove*, n'a rien d'exagéré, *quando la Società medesima fu costretta di pagare 75,000 Lire vecchie* pour l'achat de ce local.

Votre Commission fit alors remarquer à MM. les Députés, les privilèges qu'avait à l'époque (1777) la famille Maccarani, privilèges qui passèrent plus tard à leur Société des Quarante lorsqu'elle se rendit acquéreur du théâtre, qu'étant propriété particulière, en augmentaient la valeur, et par cela même il n'y avait rien d'étonnant à ce qu'il fut alors payé cette somme, mais qu'actuellement ces privilèges n'existant plus, l'immeuble perdait beaucoup de sa valeur ; d'autre part, la Commission municipale dont le devoir est de défendre le plus possible les intérêts de la Ville, surtout lorsqu'il s'agit des deniers publics, estimant que la somme énorme demandée, permettrait non seulement le déplacement des fours, mais de régler les autres dépenses, nous avons, continue M. de Nieubourg, après expertise faite au préalable par le *Perito Laurenti* qui a estimé le local du théâtre à « Lire 47 230, 70 centesimi », de laquelle somme on devrait déduire les dépenses pour le rendre utilisable, dépenses qui s'élèveraient à Lires 11.400, c'est alors que nous avons offert la somme de 35.000 Lires, sauf approbation du Conseil.

Cette somme également refusée par les Directeurs sus-nommés, la Commission n'ayant pu malgré son désir arriver à une entente, et jugeant son mandat terminé, son rapporteur conclut qu'elle a fait tout son devoir, dicté par les principes d'économie et d'impartialité, et remettant entre les mains du syndic le mandat qu'on lui avait confié, M. de Nieubourg termine en disant que malgré tout, il y a lieu de croire que l'on pourrait encore essayer d'arriver à une entente avec les Directeurs, qui croit-il, seraient disposés à faire une concession sur le prix demandé.

Après avoir remercié la Commission, le Conseil municipal sur la proposition du Premier Consul délibère : « Che la Città si assumera come fin d'ora si assume l'incarico, di edificare un nuovo teatro di forma decente e leggiadra » ; adopte ensuite, en attendant ratification du projet, que ce nouvel édifice sera élevé sur le terrain de l'ancienne église St-Dominique.

En conséquence, le Conseil décide d'écrire à M. le Ministre des affaires intérieures, pour le supplier qu'il daigne obtenir : *della sovrana munificenza* la concession du local choisi ; la Municipalité, en compensation s'engageait de faire reconstruire à ses frais, dans un autre quartier de la ville, les fours et les appartements nécessaires pour les boulangeries royales.

Le Conseil prie en outre la *Regia Secretaria* de vouloir bien faire choix d'un architecte pour dresser les plans du nouveau théâtre, dont les travaux, sous sa direction, commenceraient sitôt que S. E. le Ministre *si sarà degnato ottenere della Reala Munificenza*, la concession demandée.

Il maintient définitivement la Commission théâtrale, en ajoutant aux membres déjà nommés, MM. les Conseillers Giuseppe Bremond, et Giuseppe Maggiorin, et comme Conseillers adjoints, Domenico Caldelary et Francesco Durante.

Le Conseil charge enfin M. le Premier Consul de transmettre copie de la présente délibération, à M. l'Intendant Général, pour qu'il veuille bien appuyer ces votes auprès de la *Prefata Segretaria per gli affari interni.*

Le tout fut expédié d'urgence à Turin ; la réponse ne se fit pas attendre. En effet, par une lettre du 25 janvier, le Secrétaire d'Etat des Affaires intérieures informe M. l'Intendant Général que : « S. M. a cui ha avuto l'onore di referire in udienza di ieri, la « deliberazione presa da codesta Civica Amministrazione per la costruzione di un nuovo « teatro, abbenchè abbia apprezzato molto i motivi che hanno indotto la stessa « Amministrazione a scegliere quel sito, non ha creduto tuttavia di poter consentire che « venga detto teatro, costrutto in un antico tempio cattolico... » et prie en conséquence le Conseil... de chercher un autre emplacement !... *Signé :* Roget de Choley. »

Cette réponse imprévue renversa l'œuvre si difficilement conçue. Tout était à recommencer, ce que fit fort heureusement la Commission après s'être adjoint comme commissaire, le Comte della Scarena, conseiller municipal.

Avec toute la bonne volonté dont elle était capable, de rechef elle se remit à la recherche d'un terrain qui d'après le vote du Conseil municipal (séance du 1er février 1825) devait mesurer au moins 55 mètres de long sur 23 de large « espace sur lequel « sera construit un théâtre offrant tout le confort moderne, bien en rapport avec les « goûts luxueux qui commencent à se développer en ville, et surtout créer un établis- « sement devant donner toutes satisfactions aux nobles étrangers qui daignent venir « passer la saison d'hiver parmi nous ! »

Après de longues recherches, la Commission, par son rapporteur M. de Pierlas, soumettait au Conseil (séance du 18 février 1825) les emplacements suivants, réunissant les conditions exigées, en le priant de faire un choix immédiat pour terminer d'une façon favorable les pourparlers en cours.

1° L'emplacement du théâtre existant.

2° Les terrains sur la droite du Pont-Neuf (rive gauche) en y ajoutant la propriété Bermond, d'une valeur de 15.000 lires, ainsi que quelques terrains attenants à l'ancienne fabrique des tabacs [1].

3° Le local de l'ancien Couvent Saint-François, se trouvant sur la Nouvelle Promenade [2] à laquelle le théâtre serait aligné, et dont la façade serait au Midi et ferait face à l'Hôtel de Ville.

4° Les terrains attenant à l'ancienne Place de la Paix [3] qui offriraient plusieurs avantages, notamment celui d'être contigu au Palais Royal [4] et ferait face à la Rue du Pont-Neuf.

---

(1) Actuellement Ecole Municipale de la rue Saint-François-de-Paule.
(2) Boulevard du Pont-Vieux, entre la rue de la Tour et la place Saint-François.
(3) Place de la Préfecture.
(4) Palais de la Préfecture.

Par les expropriations que l'on serait forcé de faire, ce quartier serait débarrassé des vieilles bicoques y existantes, et malgré la dépense de 50 à 60.000 lires qu'occasionneraient ces expropriations, l'espace très grand que l'on acquierait, permettrait de bâtir une salle *spaziosissima,* sans compter les embellissements de toutes sortes que l'on pourrait apporter.

Après une sérieuse discussion, le Conseil se rangeant de l'avis de M. le Gouverneur, que le Gouvernement pencherait plutôt pour l'emplacement situé à proximité du Pont-Neuf, à la majorité, délibère que le nouveau théâtre sera construit, tout en observant les exigences du plan régulateur, sur les terrains Bermond : « Tra l'antico Bastione, così « detto del Tabacco, l'antica Cortina, il Bastione del Giardino Supériore di S. E. il Signor « Governatore (qui le concède gratuitement), il torrente Paglione ed il mare [1] ». Vote ensuite 15.000 lires pour l'achat des jardins Bermond, puis calculant les dépenses qu'occasionnera l'exécution de ce *grandioso progetto* délibère à l'unanimité, un emprunt de 150.000 lires, rapportant 5 o/o d'intérêt, remboursables en dix années et par annuités.

Approuvant quelques considérants en faveur du futur théâtre sur les autres salles de spectacles de la ville, le Conseil renouvelle le vœu pour que S. E. le Ministre daigne faire choix d'un architecte capable... construire... diriger les travaux..., cependant dans le cas où S. E. ne pourrait s'en occuper, s'agissant d'une œuvre locale, M. le Premier Consul serait chargé de trouver dans la capitale, ou dans toute autre ville du Royaume, un architecte expérimenté dans ce genre de travail, qui avec le concours des architectes de la Ville, dessinerait les plans... devis... etc... et que les travaux soient menés de façon à ce qu'ils se trouvent terminés au plus tard, dans le courant du mois de mai de l'année prochaine.

Dans le Conseil de Cabinet, tenu le 12 Mars, S. M. ayant été favorable tant au projet de la construction sur l'emplacement choisi, qu'à l'émission de l'emprunt, cette souveraine autorisation fut communiquée par dépêche à M. l'Intendant Général qui en référa immédiatement à M. le Premier Consul qui, quelques jours avant, malgré que le décret autorisant l'emprunt ne fut promulgué que le 21 mars, avait déjà fait appel à la population Niçoise, pour que celle-ci lui facilitat la tâche en souscrivant cette somme aux conditions et garanties, autorisées par Sa Majesté.

Spontanément un groupe de négociants niçois, s'empressèrent de répondre à l'appel du Premier Consul, offrirent pour un premier versement 40.000 lires, souscrites le 2 avril, 21.000 lires par M. Louis Girard, le 4 avril, 12.000 lires par M. Ant. Barras, le 6 même mois, M. J.-B. Pécoud, 3.000 lires et le 8 avril M. Francesco Girard souscrit 4.000 lires pour compléter la somme.

Cependant malgré le vote émis dans la séance du 18 fevrier 1825, le Premier Consul était loin de partager l'avis de la majorité, aussi le 21 mars suivant en pleine séance, le Comte Caravadossi n'hésita pas à se montrer réfractaire au projet. Il déclarait que cet édifice. construit en dehors de la Ville, sur un emplacement excentrique, isolé, *discosto dalle contrade,* exposé à tous les vents ; *all'aria di tramontana e del torrente*

[1] A peu près au centre de la place Charles-Albert, sur l'emplacement ou se trouve la Caisse d'Epargne.

Paglione, poco sarebbe frequentato; meschino ne sarebbe il produtto, e conseguentemente diventerebbe onere au public, plutôt qu'*un luogo di publico trattenimento !*

Mais se conformant aux désirs exprimés par le Conseil, le Premier Consul ayant appris l'arrivée à Gênes du célèbre architecte milanais Cav. Luigi Canonica, où il s'était rendu pour inspecter les travaux du théâtre *Carlo Felice*, que l'on construisait d'après ses plans, il lui écrivit immédiatement, le priant de vouloir bien pousser jusqu'à Nice pour entrer en pourparlers avec la Municipalité, au sujet de la construction du nouveau théâtre que la Ville se proposait d'édifier. Celui-ci très occupé par divers grands travaux qu'il dirigeait, répondit qu'à son grand regret il ne pouvait se rendre à cette invitation, mais cependant, si la Municipalité voulait bien lui faire tenir à Milan, le plan des terrains où devait s'élever le nouveau théâtre, il dessinerait plusieurs croquis qu'il s'empresserait d'envoyer sitôt prêts.

Le 23 avril, ledit plan lui fut expédié avec toutes les instructions nécessaires, mais par la même occasion, le comte Caravadossi lui faisait parvenir un rapport sur les terrasses, emplacement qui d'après lui, était unique pour la construction d'un édifice aussi somptueux que la Municipalité se proposait de construire, ainsi qu'un relevé de toute la partie Est de la Ville, depuis l'embouchure du Paillon jusqu'à la rue du Gouvernement, que le Premier Consul avait fait dresser, pour que le chevalier Canonica put se rendre exactement compte des différents terrains choisis précédemment par la Commission et sur lesquels, il demandait son avis pour l'élévation du futur théâtre.

Bien que surchargé de travail et malade, le chevalier Canonica s'occupa immédiatement de dresser croquis et devis, qui furent remis le 30 juin à M. le chevalier Buonamico, consul des Etats Sardes à Milan. Ce dernier s'empressa de les faire parvenir au Premier Consul, qui dans la séance du 19 juillet les communiqua au Conseil municipal, en lui soumettant en même temps que ses impressions personnelles, une lettre de M. Canonica ainsi conçue : « Le théâtre dont je vous adresse dessin et plans peut se construire partout où il vous plaira, et sur n'importe quel terrain que vous choisirez. Quant à la salle, je crois qu'elle vous plaira certainement, car dans sa forme intérieure : « di bel genio, contiene tre ranghi di loggie, divisi in numero « di dieci da ogni lato, oltre la grande di mezzo, ed il paradiso al quarto rangho. « La lunghezza interna del teatro è di 30 metri, la sua larghezza di dodici. La « mole intiera poi contiene uno spasso di 50 metri di lunghezza e 34 1/2 di larghezza. « Dalla parte della platea, vi ho praticato la sala di ridotto, coi necessari appartamenti « contigui ». Faisant ensuite allusion à l'emplacement des terrasses, M. Canonica ajoute : « Collocandolo poi contro il terrazzo, vi farebbe anche un appartamente per « un publico café. Sotto il porticolo designato sulla facciata di quella parte, di belissimo « prospetto, ho delineato altro disegno per il due facciate viste da ponente o da « levante..... » et l'on pourrait, s'il vous plairait, augmenter le nombre des loges, comme en construire quatre rangs, sans que cela puisse nuire à l'ensemble de l'effet au contraire..... et finalement, en sa qualité d'artiste et comme auteur du théâtre *Carcano*, de Milan et du *Municipal de Mantoue*, M. Canonica conclut en faveur d'une construction élevée dans un endroit central.

Dès que la lecture de cette lettre fut terminée, le Premier consul, confirmant ses idées au sujet de l'emplacement choisi, idées déjà exposées dans la précédente séance, combattit à nouveau le vote du 18 février dernier. Il insiste ensuite, pour que le Conseil, avant d'ordonner les travaux, veuille bien de rechef étudier la question très importante de l'emplacement le plus favorable pour ériger la construction de la nouvelle salle. Ensuite, pour les motifs soumis, il conviendrait dit-il, de revenir sur la décision prise et voter l'édification du théâtre, vis-à-vis du Palais du Gouvernement, car à son avis un édifice de cette nature, dans cette situation, se prêterait admirablement à l'ornementation de la place : « e dal Palazzo medesimo si avrebbe in linea retta l'ingresso al teatro ». Il prie en outre le Conseil de vouloir approuver : « 1° Que le théâtre soit « construit d'après les dessins de l'architecte Canonica « contro il pubblico terrazzo » ; « 2° autoriser la Ville d'acheter des propriétaires.....à leur valeur effective.....du côté « des terrasses.....contre lesquelles s'appuierait l'édifice ; 3° Commettere ad una speciale « delegazione composta di quei soggetti che stimerà prescegliere S. M. :..... de résoudre « toutes les questions incidentelles qui pourraient surgir entre la Ville et les proprié- « taires.....en raison de l'achat, et de la « disponibilità di quei fabbricati. »

Il termine son exposé en exprimant l'espoir que le Conseil, convaincu de tous les avantages qu'il y aurait d'élever le théâtre sur l'emplacement par lui proposé, en votera sans retard la construction d'autant plus que le terrain étant absolument libre, l'on pourrait sitôt l'approbation royale obtenue, commencer immédiatement les travaux.

Monsieur Caravadossi en fut pour ses frais d'éloquence puisque le Conseil pour plusieurs raisons, notamment : « que le théâtre appuyé contre cette promenade cacherait la vue de la mer au Palais du Gouvernement », à la majorité repousse son projet, néanmoins ayant reconnu l'inconvénient d'une construction hors les murs de la Ville, le Conseil revient sur son vote précédent et nomme une nouvelle Commission composée de MM. les conseillers, Conte d'Achiardi, Barone Passeroni, Cav. Garin di Cocconato, Giuseppe Bremond, Lorenzo Gioan et Giov. Ant. Scoffier, avec mission de chercher à nouveau un emplacement offrant tous les éléments nécessaires, pour doter la Ville d'un monument digne d'elle !

Après s'être adjoint comme membre Monsieur le Capitaine Ingénieur Gardon, officier niçois de grande valeur, la nouvelle Commission se mit immédiatement à l'œuvre. Elle fit tant et si bien que le 30 Août 1825, elle proposa au Conseil reuni l'achat des terrains suivants :

1° La maison et le jardin appartenant à MM. Borgina et Faraut frères, situés près du Palais Royal, sur la Place de la Paix et en plein midi, d'une superficie de 39 mètres sur 33. Cette situation serait splendide, dit M. Scoffier, si on pouvait y ajouter quelques terrains avoisinants, ce qui permettrait alors aux voitures de stationner sur la Place, le soir de représentation.

2° L'Albergo detto dei Forestieri. [1] — Cet emplacement, situé en plein centre de la Ville, à proximité de l'aristocratique quartier : Croix de Marbre, aurait, si l'on acquierait en même temps le jardin du comte Crovesi, ainsi que les deux petits jardins

(1) L'hotel des Etrangers, dans la rue du Pont Neuf, aujourd'hui rue du Palais.

de l'hôtel [1], non seulement pour y construire un théâtre avec toutes les dépendances, mais on pourrait encore y créer une petite place. Le coût de ces différentes expropriations serait relativement minime, 80,000 francs.

3° L'Ile dénommée : *de Sainte-Marie*, d'une longueur de 62 mètres et d'une profondeur de 23.75. Ce local également en plein centre, se trouve limité au levant, par la petite place de la Poissonnerie et la rue Saint-Jaume, au midi par la Promenade du Cours, au couchant par une ruelle [2], et au nord, par la rue Barillerie. Cet espace de terrain concorde parfaitement avec celui exigé par le devis de M. Canonica, et aurait même un excédant de huit mètres de longueur.

L'Expropriation de cette île, ajoute M. Scoffier, coûterait il est vrai de 90 à 100,000 fr., mais par le fait, ce serait une heureuse combinaison, car le théâtre bâti en cet endroit embellirait non seulement tout ce quartier, mais en construisant la façade un peu en arrière, il serait d'un accès facile aux voitures. On pourrait en outre tout en s'uniformant au plan régulateur, l'aligner du côté du levant avec l'église Saint-Jaume, que l'on mettrait au goût du jour soit par un gracieux péristyle, soit par une façade artistique... Par cette même occasion on ferait disparaître l'angle saillant de la Maison Gioan, qui s'avance sur la rue Saint-Jaume, et l'on aurait ainsi une belle rue parfaitement droite.

M. Scoffier, à la fin de son rapport, insiste pour que le Conseil veuille bien prendre en considération ce dernier projet qui offre dit-il, tous les avantages pour la réalisation du magnifique devis Canonica ; cependant, ajoute-t-il, si par raison d'économie l'on ne pouvait y donner suite, il resterait toujours le local du théâtre actuel, que les propriétaires seraient bien aise de céder, si on leur en offrait un prix raisonnable.

Cette affaire était d'une importance capitale pour la Ville, aussi le Conseil, tout en approuvant les conclusions du rapporteur, jugea qu'il ne convenait pas de faire les choses trop précipitamment, et préféra-t-il attendre une nouvelle séance pour se prononcer, ce ne fut donc que le 2 septembre suivant, après un discours de Monsieur le Premier Consul en faveur du local *Sainte-Marie*, que le Conseil, adopta par 21 voix contre 5, la construction du théâtre sur ce terrain, en votant les fonds pour les expropriations nécessaires.

Il décida en même temps de remettre copie du procès-verbal de cette séance à Monsieur l'Intendant Général pour la transmettre à Turin à la *Regia Segretaria* ; afin que S. M. daigne approuver la décision du Conseil, ainsi que le dessin précédemment agréé du Cav. Architetto Canonica.

Le Gouvernement, indécis principalement à cause des trop fréquents changements survenus depuis un an dans les décisions municipales, et voulant sauvegarder les intérêts de la Ville, avant de donner son adhésion aux désidérata de la dernière séance, envoya à Nice M. Le Chev. Brunati, major et inspecteur du « Corpo Reale del Genio Civile », avec mission de se rendre compte de *visu*, des différents terrains proposés, et choisir ceux qui à son avis, seraient les plus convenables à la réalisation du projet de la *Civica Aministrazione*.

[1] Jardins sur lesquels sont construits, les deux petits pavillons qui sont à droite et à gauche de l'entrée de l'hotel
[2] Ruelle Sainte-Marie.

Son enquête terminée, le Chev. Brunati se hâta de soumettre son rapport à S. M. Il désignait les trois locaux ci-dessous comme les plus favorables pour la construction de la nouvelle salle.

1° La località che comprende la Casa Feraudi, la piccola contrada à meriggio e la parte inferiora dell afrea dell'antica chiesa San Domenico.

2° La località tra i due bastioni in fondo alla contrada del Corso, gia deliberata del Corpo Civico, in adunanza del 18 febbraio 1825.

3° La località in cui trovasi situato l'attuale teatro [1].

Après que le Roi en eut pris connaissance, le sous-secrétaire d'Etat aux affaires intérieures le fit parvenir à Monsieur l'Intendant Général, avec prière de le communiquer au Conseil municipal, convoqué pour la circonstance en séance extraordinaire, le 10 février 1826. Le comte Crotti après en avoir donné lecture, ajoute que conformement aux désirs exprimés par S. M. le 25 janvier 1825, il convient d'écarter définitivement le local n° 1. Par contre, il engage le Conseil, avant de statuer sur les locaux 2 et 3, de bien se rendre compte lequel des deux serait le préférable, S. M. désirant qu'on ne revienne plus sur la décision une fois votée.

Un des conseillers fait observer qu'avant de se prononcer, il conviendrait de consulter les propriétaires du local n° 3, leur demander s'ils seraient disposés de faire une concession sur le prix qu'ils avaient fixé lors de la dernière entrevue, et dans l'affirmative traiter aux meilleures conditions possibles.

Cette motion ayant rallié la presque totalité des voix, le Conseil décida de nommer pour la dernière fois une Commission composée de MM. Cav. Luigi Ratti, Lorenzo Gioan et Ignazio Bues, avec mission de se mettre en rapport avec les directeurs propriétaires du théâtre. Discuter les prix et conditions auxquels ils céderaient leur immeuble...... faire un rapport détaillé...... donner leur avis sur l'emplacement le plus favorable...... mais le temps matériel étant relativement restreint, le Conseil prie la Commission de faire toute diligence pour qu'il puisse statuer définitivement à la prochaine séance qui aura lieu le lundi 13 courant, à 4 heures de l'après-midi, afin que toutes les pièces relatives à cette affaire puissent être expédiées à Turin, par le courrier du jeudi 16.

On comprend aisément que les membres du Conseil attendaient avec impatience le résultat des démarches faites, aussi le 13, bien avant l'heure convenue, la presque généralité des conseillers était réunie dans la salle des délibérations. A 4 heures précises, le comte Caravadossi ouvre la séance et annonce que la Commission s'étant prononcée pour le projet n° 3, elle s'est immédiatement mise en rapports avec les délégués des propriétaires du théâtre; qu'après plusieurs entretiens, et sur l'insistance de la Commission municipale, les propriétaires ont finalement consenti à céder leur immeuble pour la somme de 50.000 lires. Il exprime le désir que par un vote unanime, le Conseil ratifiera ces conclusions qui sont on ne peut plus favorables pour la Ville.

Passant immédiatement au vote, par 18 voix contre 13, sur 31 votants, le comte d'Achiardi, comme membre de la Société, s'étant abstenu, la Municipalité approuve,

---

(1) Torino Archivio di Stato. — Rapporto Brunati, 19 janvier 1826.

l'achat de l'ancien théâtre aux prix, clauses et conditions arrêtés par la Commission [1], et décide que le procès-verbal de la séance soit transmis immédiatement à M. l'Intendant Général, qui voudra bien par le courrier de jeudi, l'expédier à Turin........ et permettre de commencer les travaux, sitôt que S. M. aura fait parvenir sa royale adhésion.

Cette délibération unanimement attendue, fit grand bruit dans la Ville, et fut favorablement accueillie par la grande majorité des Niçois, mais d'aucuns prétendirent voir dans cette combinaison, un acte de favoritisme envers l'ancienne Société des nobles. Le comte Crotti [2] partageant cette idée, n'hésita pas en envoyant copie du procès-verbal de la séance au comte Roget de Choley, de faire suivre ce procès-verbal d'une lettre particulière dans laquelle il dénonce le vote du Conseil comme « contraire aux intérêts du public » et le qualifie de « conséquence d'intrigues et d'intérêts particuliers [3] ».

Presque en même temps, le ministre recevait cinq lettres de Nice, dont trois anonymes, toutes ayant trait à la votation du 13 courant. La première était signée par Gio. Batt. Borelly, négoçiant, conseiller de 2e classe (14 février 1826) [4] et la deuxième par le lieutenant-colonel Saint-Pierre de Nieubourg, adjudant général (chef d'état-major de nos jours) de la division de Nice, également conseiller (15 février 1826) [5]. Ces deux lettres sont dans le fond à peu près conformes aux idées exprimées par le comte Crotti; leurs auteurs protestaient contre la décision du Conseil municipal.

Des trois anonymes, une écrite en Français, était signée : « un homme sincère » (14 février 1826). Une autre en italien, parsemée de mots français se terminant par ces mots : « un vero nicese disinteressato ed amante del pubblico » (15 février 1826). La troisième, la plus violente mérite d'être rapportée. Nous en donnons quelques passages assez caractéristiques à nos lecteurs, pour bien démontrer à quel point cette question du théâtre avait passionné les esprits, et à quels diffamatoires procédés de polémique ceux qui se croyaient lésés, avaient recours.

L'auteur, après avoir qualifié le premier consul Ratti « d'Uomo debole, venale ed indegno di portar due croci del nostro buon Re, sia per la sua cattiva condotta, la falsa sua religione e il sue maniere da facchino », continue en accusant le Conseil de corruption et d'incapacité en n'ayant pas su défendre les intérêts de la Ville. Puis s'adressant au ministre il dit : « Sò anche che il primo moto di V. E. è di non credermi, « ma oso assicurarla che non ho detto che ciò che è bene pubblico; nè voglio ch'Ella mi « creda : ma mi lusingo che V. E. avrà la compiacenza di prender informazioni su « quanto io prendo l'ardire di communicarle confidenzialmente, non già di grazia, da un « autorità interessata, nè da una persona nobile del consiglio, esclusi peró da questo il « nostro beato vescovo ed amatissimo governatore, il présidente capo, i conti di Roubion, « della Scarena e De Orestis, tutte persone come alcune altre oneste e sincere, contro « anco il loro proprio interesse, una delle quali potrebbe per meglio assicurare V. E.

(1) Bibliothèque Municipale de Nice. Conditions de vente du théâtre; atti consolari, 13 febbraio 1826, folio 25.

(2) Nous tenons ces documents de la courtoisie de Monsieur le lieutenant Jules De Orestis di Castelnuovo, qui a bien voulu les transcrire pour nous, des manuscrits de la Bibliothèque Royale de Turin et nous les faire parvenir. Nous prions instamment notre concitoyen Monsieur Jules De Orestis, de vouloir agréer nos plus vifs remerciements et l'expression sincère de toute notre reconnaissance.

(3) Archivio di Stato. Torino : lettere Intendenza generale di Nizza. — 16 febbraio 1826.

(4) Archivio di Stato : lettera no 2219. — 18 febbraio 1826.

(5) » » : lettera nᵉ 2230. — 18 febbraio 1826.

10

« chiamare à casa sua, ed in segreto alcuni subalterni delle anzidette amministrazioni ».
L'auteur se cache sous le pseudonyme de cav. Passadesco, et sa.....missive est datée du
14 février 1826 [1].

Cependant M. de Choley désirant avoir des renseignements précis sur cette affaire,
s'emppressa d'expédier ces lettres à Monsieur Brunati, en lui demandant un rapport
détaillé, rapport que ce dernier lui fait parvenir le 19 même mois et dans lequel il
désapprouve le Conseil Municipal qui dit-il, *s'étant dans tous les votes montré réfractaire*
à l'achat de l'ancien théatre, se décide tout à coup, quoique rien ne soit arrivé pour modifier
la situation, à le payer 50.000 lires, lorsque personnellement je l'avais estimé 30.000.

Quand aux lettres signées et anonymes, le Chev. Brunati s'exprime ainsi :
« Passando ora a dar ragguaglio delle varie memorie che il ministro si è degnato di
« communicarmi, si ricava in primo luogo che basato appunto sugli enunciati riflessi,
« sarebbe il sentimento del Sig. Intendente generale conte Crotti per la scelta del locale
« dei bastioni.

« Le memorie Borrelly e Nieubourg, contengono per la massima parte circostanze
« quali trovansi già accertate, discusse e risolte nella relazione del 19 Gennaio scorso ;
« nella seconda in particolare viene corroborata la convenienza di aver sale publiche
« disponibili in attiguità del Teatro, e sembrerebbe vieppiù, giustificata la scelta del
« sito suddetto. Quanto alle tre memorie anonime, sebbene in generale non debbasi
« far gran caso di tale sorta di produzione, tuttavia esse racchiudono elementi che non
« lasciano di dover esser presi in considerazione. » [2]

Cependant tout le dossier relatif au théatre, ainsi que le procès verbal de la dernière
séance, fut présenté au Roi par Monsieur de Choley le 21 février 1826, mais au préalable,
le ministre désirant donner satisfaction à la Ville de Nice, avait eu soin d'écrire de sa
propre main sur la marge du rapport la note suivante : « S. M. approva la déliberazione
del Consiglio Civico di Nizza, quanto alla scelta del sito del teatro progettato costrursi.
Quanto poi al prezzo di quel sito, ella dichiarando *opus publicum* la costruzione da farsi,
ordina che venga fatto l'estimo di tale sito, e se ne paghi l'ammontare, comme prescrive
in tal caso la Regia-Legge (21 Febbraio 1826) [3].

Cette note fut approuvée le jour même par le Roi, et M. de Choley s'empressa de
rédiger une lettre qu'il fit parvenir le lendemain à M. l'Intendant général, et dans laquelle
il l'avisait que « avendo avuto l'onore di referire ieri à S. M. la deliberazione di cotesto
« Consiglio Civico in data 13 corrente, la prefata S M. si è degnata di approvare la
« stessa deliberazione, in cui venne prescelto il sito del vecchio teatro per la costruzione
« del nuovo stato progettato. Quanto al prezzo di quel sito, S. M. avendo dichiarato :
« *Opus publicum* : la costruzione da farsi, ha ordinata che venga fatto l'estimo di tale
« sito, e se ne paghi l'importare come prescrive in simile caso la Regia Legge. Ne rendo
« partecipe la S. V. Ill.ma, pregandola di dar comunicazione di questa sovrana deliberazione
« a cotesto Consiglio Civico, ed alla società proprietaria di detto teatro, perchè ne curino
« l'eseguimento :... Torino, 22 Febbraio 1826. » [4]

(1) Archivio di Stato : lettera n° 2220. — 18 febbraio 1826.
(2) Archivio di Stato. Torino. Relazione Brunati à S. E. il Ministro dell'Interno Conte Roget de Choley. 19 Feb. 1826
(3) Archivio di Stato. Teatro di Nizza. Uff. 5°. N° 2217.
(4) Archivio di Stato. Torino. Lettera del ministro dell'Interno all'Intendente générale de Nizza. 22 Feb. 1826. N° 2248

Cette question qui trainait depuis plus d'un an, grâce à l'energie de Monsieur Roget de Choley, fut enfin réglée par un mot du Roi Charles-Félix.

Il nous reste maintenant pour achever ces recherches historiques, à exposer de quelle manière après avoir été reconstruit, notre Grand Theâtre se développa et sut acquérir une réputation Européenne.

DEUXIÈME PARTIE

CHAPITRE PREMIER

Pendant que S. E. Monsieur le Comte Peyreti di Condove, premier Président de notre Sénat, en sa qualité de délégué Royal (Regio Delegato) discutait avec MM. Joseph Bremond et le Chev. de Nieubourg, délégués par la Municipalité afin d'aplanir le plus tôt possible les quelques difficultés qui existaient encore et qui empêchaient l'ouverture des travaux de la nouvelle salle, Monsieur le premier Consul, oubliant on ne sait trop pourquoi le : « Grandioso progetto Canonica » agréé sur sa proposition par le Conseil Municipal, remettait à l'ingénieur Chev. Brunati, le relevé du terrain sur lequel on devait bâtir le nouveau théâtre, ainsi que les notes ayant trait à l'acquisition de l'ancien immeuble, et un devis dressé par un architecte de notre ville; et le priait en même temps de vouloir bien lui remettre un projet de construction d'un théâtre, digne de ses hauts talents et de la Ville de Nice, projet qu'il s'empresserait de soumettre au Conseil Municipal, et en hâter l'approbation.

Monsieur Brunati probablement très occupé, demanda d'avoir un collaborateur. Il désigne l'architecte turinais Dominique Perruti. Ces deux artistes vers la fin du mois de Mai soumirent par l'entremise du baron Carovadossi, un dessin magnifique que le Conseil Municipal dans sa séance extraordinaire du 5 juin approuva à unanimité des suffrages.

Mais ce plan exigeait un emplacement beaucoup plus grand que celui dont on pouvait disposer ; le Conseil alors sur l'avis de l'ingénieur Brunati décida de prendre du côté Est, la moitié de la ruelle longeant l'ancien théâtre, ainsi qu'une maisonnette adossée à la maison Borelli, et une partie de cette dernière située au Midi, près des remparts.

Il décida également qu'en plus du terrain déjà pris du côté de la maison Saint-Pierre pour pouvoir ouvrir une rue isolant ainsi le théâtre [1], il convient pour donner : « al palco scenico la dovuta lunghezza o quella proporzione che richiede l'eleganza dell'intero edifizio » prendre tout le terrain nécessaire jusqu'à l'alignement du Boulevard projeté [2].

Charge le premier Consul de faire parvenir tout d'abord au premier secrétaire d'Etat pour les affaires intérieures, Monsieur Roget de Choley, les remerciements et les félicitations que le Conseil à l'unanimité à votés à son adresse. Prie Monsieur le comte Alexandre Crotti de Costigliole, intendant général, d'expédier plans, devis, procès-verbal etc. à S. E.;.... et de solliciter l'arrivée à Nice de l'architecte Perruti.

(1) Rue Ernst.
(2) Quai du Midi.

Le comte Crotti fut forcé de s'exécuter, mais gardant quelques rancunes encore, envers la Municipalité à cause de son précédent échec, il fit suivre les documents de la note suivante, ce qui ne servit qu'à retarder de quelques semaines la démolition du vieil édifice.

« L'Intendente Generale sottoscritto, non approva la redazione dell'atto consolare
« perchè confuso e non affatto conforme al voto emesso, come fu quella d'approvare il
« disegno del Sig. Arch. Brunati in tutta sua estensione, dandolli la facoltà di ampliarlo
« verso il vicolo, ove siano risolti gli ostacoli, e di servirsi della casa Borelli, qualora ne
« sia fatto l'acquisto. »

Signé : CROTTI. — GIUS. DABRAY, Segretario.

Heureusement que le Ministre Comte de Choley ne partageait point les idées de son subordonné. Désirant encore une fois témoigner son affection à la Ville de Nice, il autorisa vers la fin du mois de décembre 1826 le commencement des travaux, en ayant soin toutefois, de recommander au Premier Consul de faire ces travaux avec la plus grande économie et sous la direction de l'architecte Perruti.

Les entrepreneurs Fedelle et Jules Baudoin, adjudicataires pour la démolition se mirent sérieusement à l'œuvre. Au bout de deux mois l'ancien théâtre avait disparu, le nouveau, dont l'entreprise avait été confiée à M. Gayet, atteignait déjà au premier étage. En mars 1827, après une étude faite par divers membres compétents, le Conseil décida que pour sauvegarder l'élégance de la salle, le théâtre n'aurait que quatre rangs de loges au lieu de cinq ainsi qu'on avait décidé d'abord.

Les travaux de constructions étaient achevés vers la fin du mois d'août de la même année, aussi dans la séance du 12 septembre 1827, Monsieur le comte d'Achiardi de Saint-Léger; premier Consul, s'empressa d'annoncer à ses concitoyens, que le théâtre avait été construit beaucoup plutôt qu'on ne l'espérait, grâce au zèle de tous ceux qui avaient prêté leur œuvre.

Après en avoir témoigné au nom de la Ville sa reconnaissance, le Premier Consul était heureux d'annoncer que LL. MM. voulant remercier les Niçois du profond amour qu'ils n'ont jamais cessé de témoigner à la Famille Royale, tâcheront de profiter de la belle saison, pour passer quelques jours à Nice, et honorer ainsi de leur présence l'ouverture solennelle du nouveau théâtre, qui aura lieu probablement après les fêtes de la Noël (1827).

Le Conseil nomma séance tenante une Commission théâtrale, où furent admis pour la première année, deux amateurs distingués de la Ville, et dont le nombre devait être augmenté l'année suivante.

Cette Commission, sous la présidence du Premier Consul avait pleins pouvoirs; elle présidait à l'administration du théâtre et au choix du personnel artistique, et introduisait toutes les modifications au règlement du théâtre qu'elle jugeait nécessaire, etc.

La Première Commission créée à Nice, nommée le jour même, se composait de

MM. Le Comte d'Achiardi de Saint-Léger.	1ᵉʳ Syndic	Président
Baron Jules Caravadossi du Toet	Conseiller	Membre
Commandeur Pierre Joseph Arson	id.	id.
Joseph Bremond	id.	id.
Jean-Antoine Scoffier	id.	id.
Comte Hilarion Spitalieri de Cessole, Président de l'Eccᵐᵉ Royal Sénat de Nice . . .	Membre amateur	
Joseph Girard, négociant.	id.	id.

Dès sa première réunion, la Commission décida que l'ouverture du théâtre aurait lieu par l'Opéra Italien et qu'on engagerait une troupe : *Seria Buffa con Ballo*, aux meilleures conditions possibles.

Pour achever ce théâtre dont les dépenses totales s'élevèrent à lires 246,825 45, on se vit forcé de recourir à un emprunt [1]. Cet édifice obtint l'approbation générale à cause de ses deux façades. La principale sur la rue Saint-François-de-Paule, était vraiment admirable tant par la pureté du style que par l'élégance et la légèreté de son architecture ; l'autre sur les vieux remparts, aujourd'hui : Quai du Midi.

A cette seconde on avait laissé une grande ouverture, ce qui permettait aux spectateurs de voir la mer au delà de la scène. Cette baie fut murée en 1866 pour y placer un grand cadran solaire, du capitaine Wagner, sculpté par l'artiste Raymondi.

La salle spacieuse en rapport à la population de notre ville, était en forme de fer à cheval, sur le modèle du San Carlo de Naples et des grands théâtres d'Italie. Entourée de quatre rangs de loges, au centre en face de la scène on voyait la *Loge Royale*, soutenue par deux cariatides s'élevant jusqu'au second rang des loges.

Une sculpture artistique harmonisait admirablement avec les tentures distribuées avec un goût exquis. Ce qui en relevait surtout l'éclat, c'étaient les fresques du Maître Milanais, le peintre Galeari, qui avait su par son talent en faire une vraie bonbonnière, et sans nul doute, le théâtre était un des plus beaux monuments de Nice.

Quoique les décors fussent brossés par Galeari, le comte d'Achiardi en ordonna deux à notre concitoyen *Paul-Emile Barberi*, dont le pinceau nous donna deux merveilles, notamment la reproduction fidèle du Panthéon de Rome.

On ne doit pas oublier de faire une mention spéciale du rideau, peint par notre illustre concitoyen Jean-Baptiste Biscarra, professeur de peinture à l'Université de Turin et premier peintre du Roi.

Certainement nos lecteurs agréeront la description que nous laissa la *Gazzetta Piemontese*, de cette magnifique toile, d'autant plus que ce chef d'œuvre n'existe plus. Il disparut dans le terrible incendie qui détruisit notre théâtre dans la soirée du 23 mars 1881, et dans lequel tant de malheureux trouvèrent la mort.

Biscarra s'inspira naturellement d'un sujet de l'histoire locale : *Catherine Segurane marchant vers le Temple de la Gloire*. Le critique du journal officiel de Turin [2], duquel nous traduisons l'article, s'exprime ainsi :

« La Renommée à pas accélérés, devance *Segurane* au temple de la Gloire et couronne la grande femme, dépliant un turban pris à l'ennemi pour s'en ceindre les flancs. Elle relève en même temps, le visage rayonnant de joie et de satisfaction, le drapeau turc enlevé tantôt aux assiégeants, témoignage éloquent de la liberté rendue à sa patrie.

« La Ville de Nice représentée par une grande et noble matrone, avec un chien à ses pieds, symbole de sa fidélité envers la Maison de Savoie, indique à sa fille généreuse

---

(1) Exactement il fut souscrit : Lires 153,300.
(2) *Gazzetta Piemontese*, N° 117, 29 septembre 1827.

le chemin qu'elle doit suivre pour arriver au seuil du Temple de la Gloire. Le Courage et la Valeur personnifiés l'un en *Siméon Balbo*, [1] l'autre en *Odinetto de Montfort*, [2] suivent de près l'Héroïne.

« Siméon Balbo est plein d'ardeur et d'impatience ; Odinetto de Montfort a une massue de fer dans ses mains et une peau de lion flottante sur ses épaules. Entre deux colonnes d'ordre dorique du temple majestueux vers lequel marche le cortège, on voit un autel ; le parfum des Olibans nous prépare à l'accueil que l'on entend faire à Ségurane ; le sommet du temple est rayonnant de lumière très vive se perdant insensiblement à gauche, où l'on voit éclore *Iris*, symbole de la paix.

« A droite trônent trois matrones, admirables par leur jeunesse, par leur beauté inspiratrices des beaux-arts : l'Histoire, la Poésie et la Peinture, dont la mission est de chanter à leur manière l'Héroïne Niçoise, afin d'en immortaliser le nom. Au pied de la grande estrade du temple, la Paix avec un rameau d'olivier dans les mains (plante féconde du sol niçois), s'associe à l'Agriculture et marchent vers le Commerce, toujours favorable à la Ville de Nice.

« Les environs du temple sont couverts de verdure et de fleurs : on y voit tracé un sentier étroit et rapide ainsi qu'il convient au Chemin de la Gloire, descendant vers la plaine, où des jeunes couples dansent gaiement autour de la statue de la Victoire, élevée après la défaite des ennemis qu'on voit fuir au loin. La Vue du Château, de la Ville, du Port et des Montagnes se perdant au Cap d'Antibes où les flottes ennemies durent se réfugier, produit un très bel effet. Pour mieux faire ressortir le tout, le Temps sous les formes d'Hercule, qui détruit les bronzes et les marbres, assiste à l'apothéose de Ségurane, gravant son nom sur les pages immortelles de l'Histoire pour en transmettre le souvenir aux générations futures ! »

Nous qui avons admiré ce *Sipario* depuis notre jeune âge jusqu'au jour de sa disparition, nous ne pouvons que reconnaître la justesse de la description de cette immense toile, et nous associer aux éloges du rédacteur de la *Gazzetta Piemontese*. Grâce à cette petite feuille que nous tenons de notre maître, le professeur Henri Sappia, nous pouvons heureusement quatre-vingts ans après, faire revivre un chef-d'œuvre que les nouvelles générations n'ont pu admirer.

Cependant nous sommes heureux de porter à la connaissance de la Municipalité, que l'ébauche du tableau de Biscarra existe encore. Elle fera preuve de patriotisme en ordonnant d'en brosser une copie et la placer au théâtre, témoignage de la valeur de notre illustre concitoyen.

Oui le maître par son talent, par sa variété de mouvements, d'expressions et de coloris, avait su faire revivre une foule de personnages qui, chose rare, dans leur ensemble faisaient pour ainsi dire, briller le plus important, Catherine Segurane.

Biscarra avait brossé cette œuvre magistrale d'un effet vraiment théâtral, avec la noblesse des formes et la pureté de style qu'il avait étudié sur les modèles des grands

[1] Paul Siméon *Balbo* ou *Balbs*, lieutenant de Odinetto de Montfort qui pendant le siège de 1543, parvint à traverser les lignes ennemies et pénétrer dans la place avec le colonel *Erasme de Galléan*, conduisant un faible détachement de troupes et quelques provisions.

[2] Odinetto de Montfort, Gouverneur du Château de Nice, dont on connaît la fière réponse à la sommation faite par les alliés : Je me nomme *Montfort* ; mes armes sont des *pals;* ma devise, *il faut tenir*. Avec l'aide de Dieu et le courage des habitants, je défendrai ces remparts tant qu'il me restera un souffle de vie.

maîtres qui fleurissaient tant à l'époque de la Renaissance, que sous le Pontificat de Léon X.

Ce chef-d'œuvre n'avait coûté à la Municipalité, que la modique somme de 3,700 lires.

Les travaux d'ensemble étant près d'être terminés, le comte d'Achiardi, le 26 octobre 1827, invita le Conseil Municipal d'adresser une supplique à Sa Majesté pour la prier de prendre sous sa protection le nouveau théâtre, ainsi qu'autoriser la Ville à le dénommer Teatro Regio, et lui permettre d'orner son fronton des armes royales. Cette motion votée à l'unanimité des membres présents, fut rédigée séance tenante par Joseph Dabray, secrétaire de la Mairie, et remise immédiatement à M. l'intendant général Don Pietro Bianchi, pour quelle fut transmise à S. Ex. le ministre Roget de Choley, qui n'avait jamais cessé de s'intéresser aux choses de Nice et dans lequel le Conseil de notre ville avait toute confiance. En effet le vote émis reçut à Turin, l'accueil le plus empressé.

Voici dans ses propres termes, la supplique soumise à Sa Majesté et dans laquelle figurent également les règlements économiques du théâtre. Ces règlements se composant de différents articles, nous ne donnons que le premier, le seul qui nous intéresse, les autres étant d'ordres particuliers et ayant trait aux dispositions intérieures du théâtre.

Sacra Real Maesta,

Affidati alla paterna bontà della Maestà Vostra, che nel far paghi i voti di questi fedeli suoi sudditi, già si mostro disposta a favorire la costruzione di un nuovo teatro, i consoli e consiglieri della città di Nizza-Marittima, dopo aver sollecitato il compimento dei lavori per secondare il publico desiderio e nella lusinghiera speme, che la solenne di lui apertura avrebbe potuta essere onorata dell'Augusta presenza di V. M. osano umilmente supplicarla di voler confermare colle seguenti concessioni quanto Ella si e degnata determinare in vantaggio di quella publica opera.

1° Che questo nuovo teatro favorito della protezione di V. M. e onorato del titolo di Regio, possa essere fregiato sul suo culmine della stemma Reale a vece di quella della città, bene inteso che la manutenzione dell'Edifizio sarà sempre a carico della città......

Suivent les autres articles ; puis le Conseil termine ainsi :

Stando sperando dalla clemenza di V. M. li sottosegnati consoli e consiglieri della città di Nizza-Marittima, profondamente s'inchinano nanti l'Augusto di Iei Real Trono.

Data in Nizza addi 26 ottobre 1827.

Di vostra Maestà : umilissimi, ubbedientissimi e fedelissimi sudditi e servitori.

Signé : Conte d'Achiardi, primo Console ;
Audiffret Bartolomeo, secondo Console ;
Alziari Pietro, terzo Console.

Conte Ongran, Commendatore Arson Pietro Giuseppe, Barone Caravadossi del Toetto, consiglieri di prima classa ;
Bremond Giuseppe, Barla Giuseppe, Martin Guiglielmo, Scoffier Gio.-Ant., Pecoud Gio-Bat., Thaon Guiglielmo, consiglieri di seconda classa ;
Maggiorin Giuseppe, Vivaudo Onorato, Carles Carlo, Maïno Antonio, Cavasso Pietro, consiglieri di terza classa ; Bianchi, Intendente Generale ; Giuseppe Dabray, Segretario di Città.

Le Roi après avoir accordé la demande et autorisé les réglements, les approuva par ses royales patentes le 22 novembre 1827. En voici le texte :

CARLO FELICE
PER GRAZIA DI DIO

RE DI SARDEGNA, DI CIPRO E DI GERUSALEMME

DUCA DI SAVOIA, DI GENOVA, ECC.

CONTE DI NIZZA

PRINCIPE DI PIEMONTE

« La Città di Nizza, divenuta proprietaria del Teatro che ivi fu eretto nei tempi addietro da una Società di Azionari, avendone fatto ora ricostrurre un nuovo, secondo il disegno da noi approvato, ci ha supplicati di volerle concedere alcuni favori espressi nel qui annesso memoriale a capi.

« Volendo dare alla Città di Nizza, una nuova prova dell'interesse che noi prendiamo a tutto ciò puo essere a lei vantaggioso, ci siamo ben di buon grado disposti ad accogliere favorevolmente la domanda che ci e stata rassegnata.

« Epperciò, per le presenti di nostra certa Scienza e Regia Autorità, avuto il parere del nostro Consiglio, abbiamo conceduto e concediamo alla Civica Amministrazione di Nizza, in favore del Teatro di questa Città, i privilegi e prerogative espresse nelle risposte fatte, di nostro ordine a ciascun capo di domanda, dal nostro segretario di gabinetto, il quale ha egualmente firmato di nostro ordine, il detto memoriale.

« Mandiamo a chiunque spetti, di osservare le presenti secondo la loro forma e tenore, ed al Senato nostro di Nizza ed alla camera dei conti, di registrarle che tale è nostra mente.

« Dato in Genova, il ventidue di Novembre l'anno del Signore, mille otto cento ventisette ; Del Regno nostro il settimo.

Signé : CARLO FELICE, RE.

Contresigné : BARBAROUX, VIS.to LANGOSCO, ecc.

Sitôt l'autorisation royale obtenue, et conformément à l'article XX, une Commission spéciale, composée de MM. Jean-Antoine Scoffier ; Baron Joseph Barlet ; Com.r Pierre Joseph Arson et Joseph Bremond, décida des prix des places par soirée et par abonnement, à partir de l'ouverture de la saison qui aura lieu incessamment (Stagione di Carnovale).

La Commission théâtrale au commencement de l'année 1828, prit officiellement possession du théâtre qui venait d'être achevé. Le Conseil Municipal réuni le 8 janvier, à voix unanimes adressa de vives félicitations à Monsieur le Comte d'Achiardi, qui, grâce à son zèle et son dévouement, obtint, dans l'espace de moins d'une année l'achèvement d'une œuvre aussi importante pour notre ville.

Lorsque le Premier Consul réunit les membres chargés de la direction, rien ne manquait, ils trouvèrent tout en ordre et le jour même on aurait pu commencer les représentations. La Commission théâtrale de son côté se montra à la hauteur de sa tache. Chanteurs et danseuses étaient à Nice depuis plusieurs jours, ainsi que tous les accessoires, qui arrivés de Milan se trouvaient rangés dans les divers magasins du théâtre.

Dans cette séance, le Conseil enthousiasmé de l'œuvre des architectes Brunati et Perruti, vota pour chacun de ces messieurs une tabatière en or sur lesquelles seraient gravées les armes de la Ville. Celle offerte à M. Brunati était d'une valeur de 550 lire, celle de M. Perruti de 450 lire. Avant de clôturer la séance, le Conseil confirma dans son emploi Pierre Camous, ancien concierge du théâtre disparu, aux appointements annuels de 350 lire avec logement gratis dans le nouvel immeuble.

L'ouverture officielle eut lieu quelques jours après, soit pendant la première semaine du Carnaval, par : *Il Barone di Dolsheim*, opéra bouffe en 2 actes, paroles de Felice Romani, musique de Giovanni Pacini [1]. Cet opéra avait été représenté pour la première fois au théâtre de la Scala de Milan, le 23 septembre 1818.

Quels furent les artistes qui le chantèrent à Nice ? Les documents à ce propos nous font défaut. Certes si ce malheureux théâtre n'avait pas été détruit dans le désastre de 1881, peut-être aurions-nous pu trouver dans sa bibliothèque des renseignements précieux, mais hélas rien n'a pu se soustraire à la fureur des flammes, aussi sommes-nous obligés par le manque de documents, de laisser de temps en temps subsister des lacunes qu'à notre grand regret nous ne pouvons combler.

Faisant de notre mieux, nous espérons que le lecteur ne nous en gardera pas rancune, et qu'il appréciera au contraire, la valeur des documents très rares que nous avons pu lui soumettre, ainsi que la peine que nous nous sommes donnés pour les receuillir.

Quoiqu'il en soit, d'après les documents officiels les affaires de la première saison ne furent pas brillantes. En effet la Comission théâtrale vu le manque de recettes, se vit forcée de faire appel à la caisse municipale, car d'après les résultats obtenus jusqu'au 28 janvier, et d'après les comptes proportionnels, à la fin de la saison la Commission directrice se serait trouvée avec un déficit d'environ 20,000 lire. Le Conseil dans la séance du 29 même mois, vota cette somme pour faire face aux dépenses et éloigner toute responsabilité des membres de la direction,

Il est certain cependant que la saison se termina à l'époque voulue, mais comme il restait à règler un arriéré pour la construction du monument, et à rembourser les 20.000 lire de perte, le Comte Ongran premier consul voulant liquider cette situation, pris d'accord avec le Conseil Municipal, la détermination de louer pour une espace de neuf années, trente huit loges de différents ordres.

« La Civica Amministrazione di Nizza Maritima :

« In conformità del disposto dell'atto consolare in data di ieri, offre l'affittamento novennale di 38 palchi del Regio e Civico, Teatro di questa Città alle seguenti condizioni :

---

(1) Giovanni Pacini : Compositeur italien, né à Catane en 1796, mort à Pescia le 6 décembre 1867. Il avait 17 ans lorsqu'il donna son premier opéra, *Annetta e Lucindo*, et 71 ans lorsqu'il donna son dernier à Naples en 1867, *Berta di Varnol*; Paccini fut un des compositeurs des plus féconds, il composa 71 opéras. Ses trois meilleurs sont : *Gli Arabi nelle Gallie, Niobe* et *Saffo*, dont de temps à autre la musique municipale joue une fantaisie.

« 1° Chiunque vorrà divenire affittavolo d'un palco, dovrà farne la domanda in
iscritto al Sig^r Primo Console, entro il giorno 20 del prossimo venturo mese di Giugno,
indicando in essa, l'ordine in cui lo brama.

« 2° Per divenire affittavoli di palchi, si dovran fare alla Città li seguenti imprestiti, cioè : per i palchi di prima categoria, composta di nove palchi del primo ordine,
e di altri nove del secondo ordine, lire 2.400 d'imprestito per caduno ; per quelli di
seconda categoria, composta di dodici palchi del terzo ordine, lire 1.800 d'imprestito
per caduno ; e per quelli della terza categoria, composta di otto palchi del quarto ordine
lire 1.200 per caduno.

« 3° Gli anzidetti imprestiti frutteranno agli affitavoli l'annuale interesse alla
ragione comune del cinque per cento, e saranno restituibili per nona parte, cogl'inte-
ressi, d'anno in anno fine..... ecc. (suivent les articles 4, 5, 6, 7 de moindre importance
sans intérêt pour notre étude).

« Dato in Nizza, il 21 Maggio 1828,

« Il Primo Console della Città,
« Signé : Conte ONGRAN. »

Les trente-huit loges ayant été louées aux principales familles de la ville conformément à l'arrêté ci-dessus, les anciennes dettes furent soldées, et les avances faites à la
Municipalité furent annuellement remboursées.

A cette époque, il n'y avait comme à présent qu'une seule saison théâtrale que
l'on divisait en deux, car suivant l'usage le théâtre restait fermé pendant l'Avent.
C'est ainsi que l'on distinguait la saison d'Automne et celle de Carnaval. Aussitôt que
la compagnie italienne eut terminé la saison, la Commission théâtrale avisât de varier
le spectacle, entra en pourparlers avec un certain « Pierre-Jean de Vaux, dit Belfort »,
directeur de théâtres de... Provence. Celui-ci promit monts et merveilles si on voulait
lui faire l'avance nécessaire pour amener à Nice une troupe de premier ordre, jouant
la comédie et le vaudeville, ainsi qu'une troupe d'opéra. La Commission et la Municipalité lui avancèrent le 1er août 1828, la somme de 2,400 lire, remboursables, 800 lire
pendant la saison d'automne et 1,600 lire quinze jours avant la clôture de la saison
de Carnaval.

En effet quelques jours après, M. Belfort arrivait à Nice avec une troupe complète ;
il s'installait au théâtre et faisait distribuer dans la ville le prospectus suivant. Nous
possédons ce prospectus, l'unique peut être de cette époque qui ait survécu, et sommes
heureux de le mettre sous les yeux de nos lecteurs. Ils constateront aisément que de
tous temps, les directeurs de théâtres ont toujours été de véritables..... fumistes.

THÉATRE DE LA VILLE DE NICE

PROSPECTUS DE LA TROUPE FRANÇAISE, SOUS LA DIRECTION DE M. BELFORT

(Thalie, en badinant, sait démasquer le Vice)

SAISON 1828-1829

Messieurs,

Quoique arrivé un peu tard pour solliciter de la confiance de MM. le Premier
Consul et les membres de la Direction, le privilège du théâtre de la ville de Nice, je n'en
ai pas moins fait les démarches nécessaires à la formation de ma troupe. Toutefois en

prenant les rênes d'une nouvelle entreprise, et me soumettant d'ailleurs aux vœux du Public, j'ai dû ne pas chercher à réunir des artistes d'opéra. La musique plaît, elle charme quant on peut jouir de sa mélodie, elle ennuie au contraire lorsque les chanteurs chargés de la transmettre n'ont pas un talent propre à flatter le goût et l'oreille du spectateur ; Les plus grands sacrifices même ne suffisent pas aujourd'hui pour offrir des sujets capables de rendre les douces et touchantes inspirations des Rossini et des Boïeldieu...

Que l'on me pardonne d'allier ce dernier nom à celui d'un immortel Maestro, mais je suis français, et l'on doit me passer une erreur peut être en faveur de mon pays ! Dès à présent, j'abandonne donc à l'indulgence les opéras (sic) qui pendant ma gestion, seront représentés sur le théâtre de Nice.

Ma troupe jouera la comédie, la tragédie et le vaudeville. C'est parmi les chefs-d'œuvres anciens et modernes de nos grands maîtres que je choisirai les pièces de mon répertoire ; les vaudevilles nouveaux, ceux qui ont obtenu le plus de succès à Paris, ajouteront à sa variété. Mais comme je suis bien convaincu que les yeux ont besoin de distractions, je ne négligerai rien pour la mise en scène de ces ouvrages qui doivent une partie de leur réputation à l'attrait des décors et à la pompe du spectacle. Ce n'est point par de simples promesses que je prétends me concilier les suffrages du public, je fus toujours à même de connaître et d'apprécier ses goûts, le temps prouvera ce que j'avance.

J'ai l'honneur d'être, avec le plus profond respect ; Messieurs, Votre très humble et très obéissant serviteur.

BELFORT,
Ex-Directeur des Théâtres de Nîmes
et Administrateur de ceux de Marseille.

Nice, le 25 Août 1828.

TABLEAU DE LA TROUPE FRANÇAISE DU THÉÂTRE DE LA VILLE DE NICE

Pour la Saison d'Automne 1828, et celle du Carnaval 1829

Monsieur BELFORT, Directeur privilégié

Administration. — M. Delacroix, Inspecteur général ; M. Alfred, Régisseur.

M. Messy, chef d'orchestre ; M. Désiré Basile, peintre décorateur du Théâtre de Nîmes, engagé annuellement ; M. Arnaud, machiniste en chef du Théâtre Français de Marseille, engagé aussi annuellement ; M. Louis, bibliothécaire, chargé de tous les détails du théâtre.

Comédie et Vaudeville. — *(Suivent les noms des artistes engagés, parmi lesquels nous relevons) :* M. Victor Jenin, premier rôle, les Ferville du Vaudeville, Nîmes. — M. Belfort, jeune premier ; les Gouthier, Bosquier-Gavaudan et Vernet du Vaudeville, Nîmes. — M. Emile, amoureux de Comédie et Vaudeville, Marseille, etc., etc.

Mme Hugens Armand, premier rôle et forte jeune première en tout genre, du théâtre de la Porte Saint-Martin. — Mme Belfort, jeune première de Comédie et Vaudeville, Nîmes, etc., etc.

M. Honoré, soufleur. — Six choristes, hommes et dames.

NOTA : *La Dame Blanche* et *Robin des Bois* seront les premiers opéra *(sic)* mis à l'étude.

Conditions de l'Abonnement. — Article 1er. — L'abonnement pour la Saison d'Automne 1828 et celle du Carnaval 1829 datera du 6 septembre prochain et finira le Mardi-Gras de l'an 1829 (suivent les autres articles peu intéressants).

Prix de l'abonnement pour une seule Saison à dater de l'ouverture : 20 francs.

Prix des Loges pour les deux Saisons, deux entrées personnelles comprises

Premier rang : 280 francs. — Second rang : 280 francs. — Troisième rang : 200 francs.

Le public jouira librement des loges du 4ᵉ rang sans payer ancune rétribution, il sera tenu seulement d'assurer quatre billets au directeur.

Prix des Places. — Billet d'Entrée 1 franc. — Paradis 40 centimes.

Lorsque un ténor est chéri du public, ou un baryton enlève la salle par sa voix puissante et son jeu scénique, l'impresario presque toujours en homme intelligent s'empresse de les rengager pour la nouvelle saison. De même lorsqu'un directeur arrive dans une ville avec une troupe de comédie homogène, il est rare que le propriétaire du théâtre ne le retienne pour l'année suivante.

Parlant en connaissance de cause, nous pouvons donc affirmer que la troupe de Monsieur de Vaux dit Belfort, ne devait pas exceller, car la saison théâtrale venait à peine de terminer, que déjà Monsieur Caravadossi réélu premier syndic s'occupait, le mois de Mars 1829 de deux questions très importantes ; la première, de l'arrivée à Nice de LL. MM. qui devait avoir lieu vers la fin de l'année, la deuxième, de trouver un genre de spectacle qui par sa nouveauté et sa variété charmerait les hôtes illustres qui séjourneraient quelques mois en notre ville.

Après mûres réflexions..... le Conseil décida que pour la nouvelle saison, le théâtre sera donné de nouveau à une troupe française ; que le Premier Consul et la Commission théâtrale auraient soin de chercher une compagnie de comédie qui se recommanderait au public par sa réputation. Les membres de la direction mis en rapport avec différents candidats, jettèrent leur dévolu sur un certain Monsieur Sauvan Dorson, directeur des principaux théâtres (?) de France. Ils lui imposèrent une troupe de 15 à 20 sujets de premier ordre, capable à jouer la comédie, la comédie de genre et le vaudeville ; de donner au moins trois représentations par semaine l'automne, et quatre dans la saison de Carnaval.

Monsieur Sauvan Dorson accepta avec empressement les conditions qu'on venait de lui imposer, mais désirant présenter pendant le séjour de LL. MM. deux artistes de *primo cartello*. il demanda pour cela faire une indemnité de 3.000 lire, qui lui furent généreusement accordées. C'est ainsi que Nice eut le bonheur d'abriter dans ses murs, pendant la saison 1829-30, Monsieur Saint Clair (?) et Mademoiselle Darcay (?) du théâtre de l'Odéon de Paris.

LL. MM. le roi Charles-Félix, et son Auguste épouse Marie-Christine, fidèles à leur promesse, arrivèrent à Nice en octobre 1829. Ils furent reçus avec enthousiasme par la population Niçoise. Leur Cour, très nombreuse, augmenta l'éclat des réjouissances qui eurent lieu à cette occasion.

Les détails sur les soirées théâtrales pendant le séjour de LL. MM. à Nice sont excessivement restreints. Il n'est parvenu jusqu'à nos jours que quelques notes sur la soirée du 4 novembre, jour de la fête du Roi[1]. Toute la Cour, en tenue de gala, assista à la représentation donnée en l'honneur de Leurs Majestés.

On exécuta une cantate composée expressément pour cette circonstance par le baron Emile Cacciardi de Berra, sous l'invitation de l'administration municipale. Cette cantate fut mise en musique par Jean Gonnella, ancien chef de la musique du régiment de la Reine, et exécutée sous la direction de notre compatriote Rosalinde Rancher, comme chef d'orchestre, qui, quelques jours plus tard, devait être le héros d'une histoire assez comique qui fit rire la ville entière [1].

Le gai poète avait écrit un vaudeville en un acte intitulé : Les Bergers des Alpes-Maritimes, dont MM. Philippe Oddo et Gaëtan Siccardi, avaient composé la musique. Ce vaudeville fut représenté pour la première fois sur notre théâtre, le 20 décembre 1829 par devant le roi Charles-Félix et la reine Marie-Christine. Le vaudeville terminé, Rancher fit paraître sur la scène son neveu âgé de 9 ans, qui, en costume villageois, joua sur le violon un air de circonstance.

Le Roi et la Reine furent enchantés de cette agréable addition au programme, mais le comte de Faverges, alors gouverneur, à qui Rancher n'avait pas demandé l'autorisation, se crut blessé dans son amour propre, et par cela même ordonna, le lendemain l'arrestation du célèbre auteur de la Nemaïda.

Dom Sappia [2], aumônier et confesseur du Roi, apprit le fait avant d'aller au Palais Royal pour célébrer la messe. Il eut le courage d'en causer à Charles-Félix dont il était beaucoup aimé ; une heure après Rancher fut rendu à la liberté [3].

La saison théâtrale venait à peine de commencer, que déjà M. Sauvan Dorson adressait une lettre au premier Consul pour lui annoncer que dans l'état où se trouvait sa troupe, il se voyait dans l'impossibilité de continuer les représentations, à moins, toutefois, qu'on ne la renforçat de deux ou trois autres premiers sujets. Pour cela faire, il demandait une nouvelle subvention de 6.000 francs.

La municipalité qui en prévision de l'arrivée de LL. MM., avait déjà dépensé une somme assez forte pour des réparations au théâtre (4.171 Lires), engagé un chef d'orchestre, versé 3.000 francs pour les artistes en représentations, la municipalité disonsnous, en raison des circonstances fut forcée de s'exécuter et de passer sous les fourches caudines du nouveau directeur. Elle paya donc la somme demandée, se réservant le droit de régler les comptes avec lui... une fois la saison terminée.

Ce trop intelligent directeur tout en fatigant l'administration, ne cessait de créer à la Commission toutes sortes d'ennuis. Un jour c'était un artiste de passage qu'il engageait à 100 francs par soirée et dont ensuite il exigeait de la municipalité la moitié des émoluments ; une autre fois, il refusait d'aller en scène au moment du lever du rideau. Pour le moindre motif, il menaçait de cesser les représentations où il faisait annoncer : Relâche, à l'heure de l'ouverture des bureaux, et tout cela pour soutirer le plus d'argent possible à la ville, et pour cacher les nombreux abus qui se renouvelaient journellement au théâtre.

La Commission craignant une fermeture en pleine saison, ce qu'il fallait éviter à tout prix, soit à cause des hôtes illustres dont la présence avait attiré une foule d'étrangers, soit pour le bon renom de la ville, décida d'envoyer en France Monsieur Salvi, contrôleur du théâtre, pour recruter coûte que coûte, quelques artistes de comédie afin de ren-

---

(1) J.-B. Toselli, *Précis Historiques de Nice*, Tome 4, page 135.

(2) Dom Pierre Sappia, aumônier-confesseur du roi Charles-Félix, oncle du professeur Henri Sappia, secrétaire-perpétuel de l'*Academia Nissarda*.

(3) « Biographie de Rosalinde Rancher », par Henri Sappia, *Nice Historique*. 1re Année, N° 2, page 23.

forcer la troupe Sauvan Dorson, très faible au point de vue artistique, et un corps de ballet pour apporter quelques attractions nouvelles.

Malheureusement la saison trop avancée ne permit point à Monsieur Salvi de réunir les éléments nécessaires, et, après avoir visité les théâtres de Marseille, Nimes, Arles, Avignon, etc., il fut obligé de rentrer de Lyon avec... trois comédiens, et un corps de ballet composé de... onze artistes chorégraphiques ! Ce surcroit de dépenses occasionnées par le mauvais vouloir du directeur s'éleva à 7.240 francs que la Ville devait débourser.

Au lieu de savoir gré à l'administration municipale des sacrifices quelle s'imposait et remercier la Commission de ce qu'elle le tirait d'embarras, Monsieur Sauvan Dorson profita de l'arrivée de ces quelques nouveaux sujets pour réunir les artistes et leur annoncer que non seulement il n'aurait plus continué sa gestion, mais qu'il allait exiger de la municipalité le remboursement des fonds (?) qu'il avait perdu dans cette malheureuse entreprise.

Malgré tous ces ennuis, la Commission théâtrale en prévision de l'anniversaire de la naissance de S. M. la Reine, organisait au théâtre, en dehors des réjouissances publiques, une fête artistique pour le samedi 17 et le dimanche 18 janvier 1830. Sauvan Dorson profita de cette circonstance pour signifier aux membres directeurs qu'il aurait reparu sur la scène pendant ces deux jours, mais qu'à partir du mardi suivant, il ne reprendrait le cours de ses représentations que tout autant que lui serait accordée pleine et entière satisfaction...!!!

Cette fête en l'honneur de la Reine, si aimée à Nice, fut vraiment touchante et fit les délices des deux Souverains[1]. Nous n'en donnons pas les détails, nous nous bornerons à dire que LL. MM., pour arriver au théâtre, depuis le Palais Royal, passèrent sous un magnifique dôme de verdure et de lumière.

La salle, dit Toselli, était éclairée à giorno, toute pavoisée et ornée de guirlandes et de fleurs dont seul notre climat peut produire la variété en hiver. Une cantate composée, musique et paroles, par MM. Paul Grosson et François Girard, fut précédée par une allégorie sur l'heureuse circonstance de la fête de S. M. la Reine. Trois génies : la Ville de Nice, l'Amour et le Temps, vinrent lui exprimer les sentiments bien sincères et le dévouement des Niçois. A la fin de l'allégorie, le Temps conduit les autres génies dans le temple de l'immortalité. On entend au loin la musique militaire qui précède les bergers, les villageois, soldats, matelots, etc., qui viennent faire l'offrande de bouquets, de guirlandes de branches d'oranger et de citronier au buste de S. M. la Reine, qui s'élève sous un temple dressé au fond du théâtre.

A ce point la cantate commence par un chœur, et vers la fin, la femme d'un marin dans le costume de Catherine Ségurane, s'avance sur la scène, une branche de laurier et une d'olivier à la main et chante :

> Les vieux bardes et les nobles preux,
> Fiers soutiens de l'antique gloire,
> Disaient qu'une femme en ces lieux,
> Par son bras fixa la Victoire ;
> Que ne fit l'honneur cette fois ?
> Il sut inspirer Catherine,
> Mais de nos jours, pour nos bons Rois,
> On verrait plus d'une héroïne.

(1) J.-B. Toselli, *Précis Historiques de Nice*, tome 4, page 137.

Cette fête fut excessivement brillante, car tous les ministres avec leur suite se trouvaient à Nice, ainsi que le futur Roi Charles-Albert, Prince de Carignan, obligés de quitter la capitale pour venir faire leur « bacciamano » dans notre ville.

Toutes ces fêtes laissaient complètement froid notre intéressant Directeur, dont la gestion était ruineuse. Malgré les recettes qu'il encaissait journellement, la situation financière était désastreuse et la commission avait perdu tout espoir d'achever la saison théâtrale ; aussi M. l'Intendant Bianchi se vit obligé d'écrire le 30 janvier 1830 [1], une lettre au premier consul, lui exposant la situation créée à la ville par M. Sauvan Dorson, et mettant en garde la commission, contre les agissements onéreux de cet impresario inqualifiable.

Aussi conformément à l'Arrêté Municipal du 12 janvier 1830, MM. J.-B. Bellone et Ant. Risso, conseillers de 2ᵉ classe, qui avaient été nommés Directeurs du Théâtre, furent le 30 du même mois, confirmés dans leurs fonctions, avec ordre de *contrôler*, *encaisser*, *retirer* tout argent et toutes recettes rentrant au théâtre ; *surveiller*, *supprimer* tous les abus commis pendant la gestion Sauvan Dorson, *parer à toutes les dépenses*, et continuer sans interruption les représentations pour compte du susdit Sauvan Dorson.

Toutefois étant donné les circonstances dans lesquelles se trouvait la Municipalité vis à vis de ce directeur, MM. Jean-Baptiste Bellone et Antoine Risso, d'accord avec les membres de la commission, décidèrent de l'interpeller et l'amener à donner un détail exact du budget théâtral ; discuter ensuite si possible, les bases d'une entente qui permettrait la continuation des représentations jusqu'à la fin de la saison théâtrale.

Appelé à un rendez-vous, M. Sauvan Dorson s'y rendit immédiatement ; puis sur la demande de ces messieurs, il leur soumettait quelques jours après, un compte dans lequel après avoir forcé sur la note, il restait d'après l'état des recettes et dépenses, créancier envers la ville de la somme de 889 fr. 21 cent. [2]

Cependant, les membres de la commission craignaient avec raison qu'un nouvel arrangement avec un directeur aussi peu sérieux serait nuisible aux intérêts de la Ville ; toutefois voulant être généreux jusqu'au bout, ils décidèrent d'accord avec lui, que le contrat du 7 juillet dernier serait annulé. Par contre, qu'à partir de la date de l'ouverture du théâtre jusqu'à ce jour, sa gestion serait considérée comme ayant eu lieu pour le compte de la Municipalité ; qu'à cet effet, Sauvan Dorson recevra comme acteur, 400 francs par mois à dater du 1ᵉʳ septembre dernier, et ce jusque y compris le mois de février courant.

En conséquence des dispositions ci-dessus arrêtées, la commission délibère, que M. Sauvan Dorson reste créancier de la Ville de la somme de 2,400 fr., laquelle somme lui sera payée sous déduction de celle de 889 fr. 20 dont il est déjà nanti.

Et en vertu de la convention qui précède portant annulation de l'entreprise, et l'arrêté des comptes ci-dessus, ledit Sauvan Dorson, ne pourra plus être recherché par la Ville et vice-versa, les effets de l'entreprise du 7 juillet dernier ayant totalement cessés.

(1) Bibliothèque Municipale de Nice. Atti consolari 1830, Séance du Conseil municipal du 30 janvier 1830. ;

(2) Etat des recettes : Gestion Sauvan Dorson 1829/30. Recettes des avances. Entrées, abonnements, loyer des loges, subventions, don de la Cour, etc., etc. Lires 27,557 fr. 80.

Dépenses : aux artistes, frais de représentations, différents artistes en représentations, voyages et transports d'effets, petites affiches, ports de lettres, aux ouvreuses, etc., etc. Lires 26,668 fr. 59. Bibl. Municipale de Nice. Atti consolari 1830.

La présente convention sera pourtant soumise à l'approbation du Conseil de Ville, sans laquelle elle ne pourra avoir aucun effet, les parties en cas négatifs demeurant au même état comme elles étaient auparavant.

Signé : Sauvan Dorson ; comte Saïssi; de Roubion ; B. Barla ; J. Bellone; Le premier Consul; commandeur Arson.

Nice, le 12 février 1830.

Ainsi se termina la gestion Sauvan Dorson, qui suscita tant d'ennuis à la commission théâtrale, et qui fut au point de vue financier très onéreuse à la Ville, et très médiocre au point de vue artistique.

Après que la troupe de Sauvan Dorson eut quitté Nice, nous trouvons en remplacement une troupe de comédie italienne dirigée par le sieur Giuseppe Griffanti, à qui le théâtre avait été donné pour la saison de printemps (mars, avril, mai 1830). Mais ce nouveau directeur ne devait pas nager dans l'or, car le 2 mai, il s'adresse au Conseil municipal en le priant : « che gli venga favorito il grazioso imprestito di 1200 lire, pour *subvenir aux plus urgents besoins de sa compagnie*, avec promesse de rembourser cette somme à la Ville, au plus tard le 10 juin prochain, date de son début au théâtre de (nom de ville illisible).

Cette demande ayant été discutée le jour même, le Conseil, par 9 voix sur 18 votants, accorda le crédit sollicité. Néanmoins, vu le nombre égal des votes, le premier Consul pria M. l'Intendant Général, de bien vouloir résoudre la question, et ce en vertu de l'article 12, titre Ier, des *Règlements Publics*, approuvés par Patentes Royales, le 16 juin 1775.

Dom Bianchi, fit répondre immédiatement par le sous-intendant qu'il serait préférable que la question de l'emprunt Giuseppe Griffanti, fut liquidée par le Conseil de Ville. Se ralliant à cet avis, par 8 voix sur 13 votants, le lendemain 3 mai, le Conseil fit verser à ce malheureux, les 1200 lires demandées, contre promesses de remboursements sur les recettes du théâtre de (illisible) que M. Antoine Risso, directeur, fut chargé de recouvrer. En effet, M. J.-B. Bellone, ayant démissionné, le Conseil municipal reconnaissant en Antoine Risso, un administrateur intègre et dévoué, lui avait renouvelé le 30 avril 1830, par 14 voix sur 16 votants, la charge directoriale « con tutte le facoltà, prerogative ed oneri, attribuiti a quel posto dalle precitate Regie Patenti, e regolamento economico. »

Les essais pratiqués pendant les deux années précédentes ayant été absolument négatifs, il y avait lieu de varier le spectacle pour la saison prochaine ; le Conseil municipal, dans la séance du 18 juin 1830, chargea la commission, de trouver un *impresario* sérieux et capable, obligé d'engager pendant les saisons d'automne et de carnaval 1830-31 une troupe italienne d'opéra bouffe « semi seria » avec un corps de ballet complet.

Ce fut M. Giovenale Vignola, de Mondovi!... qu'on agréa, et le 18 du même mois le nouveau directeur signait à Nice l'engagement qu'il venait de prendre avec la Ville.

Nous n'avons rien trouvé sur cette gestion, ce qui nous fait croire que le public, d'après les exigences de l'époque, avait été satisfait. Il en avait besoin !

M. De Vaux, dit Belfort, ayant été de nouveau agréé comme impresario pour les saisons 1831-1832, s'empressa, dès qu'il arriva à Nice, de savoir si la Direction était encore disposée à lui faire une avance de fonds. A ce propos, le 15 octobre 1831, en se prévalant des pertes qu'il avait subies pendant sa gestion de 1828-29, il insistait auprès de la commission théâtrale, et la suppliait de vouloir bien faire un sacrifice à son égard, en lui prêtant la somme de 1600 lires. ce qui lui permettrait de liquider quelques affaires laissées en suspens. Il s'engageait en même temps à les restituer au commencement du mois de février suivant, époque du second encaissement des abonnements. Nous ignorons absolument de quelles manières les affaires se passèrent. Par les documents que nous avons sous les yeux, nous voyons qu'à la date fixée, Belfort encaissa des abonnés les sommes lui revenant, mais que gené comme d'habitude, il garda l'argent, promettant toutefois qu'il payerait sa dette sur les recettes des trois derniers bals du Carnaval.

Cette promesse fut suivie d'une soumission pour la saison 1832-1833, s'obligeant à fournir une troupe de comédie française, composée d'artistes de choix, d'un corps de ballet complet, ce moyennant une avance de 2400 lires, payables au mois de septembre suivant et remboursables pendant le courant de la saison nouvelle.

La commission ne pouvant faire mieux pour encaisser les 1600 lires, se vit forcée d'attendre, tout en faisant la sourde oreille à la demande du nouvel emprunt, ce à quoi elle fit bien, car le pauvre Belfort, criblé de dettes, harcellé par les huissiers et acculé à la faillite, ne se trouva en sûreté que lorsqu'il eut mis le Var, entre lui et les Etats sardes. Il oublia même dans la précipitation de son départ, de payer à ses artistes une partie des appointements du mois de janvier, et ceux du mois de février. Il avait aussi oublié de régler les frais des trois bals s'élevant à Lires 613, 10.

Tout compte fait, le déficit laissé par cet excellent Devaux dit Belfort s'éleva à Lires 3168 10 c. que la Municipalité, comme d'habitude, fut forcée de payer.

Le Conseil municipal comprit enfin qu'une ville comme Nice, avait besoin pour son théâtre, de directeurs honnêtes et prévoyants. Ce n'était pas trop exiger ; le nombre des étrangers augmentait tous les hivers. C'est alors que la Municipalité prit la détermination d'écarter impitoyablement tout impresario insolvable, mais voulant d'autre part favoriser les entreprises sérieuses, le 8 mars 1832, sur l'avis du comte Saïssi de Châteauneuf, premier consul, on alloua une subvention de 1200 lires à titre d'essai, en dehors des prérogatives établies. Le sieur François Raymond, directeur français, agréé le 8 juin de la même année pour les saisons 1832-1833, en fut le premier bénéficiaire.

A cette séance, le Conseil nommait comme directeurs artistiques MM. le comte Don Agapit de Roubion, par 23 voix ; le comte Dom Raymond Garin de Cocconato, par 26 voix, et Antoine Risso, par 31 voix sur 35 votants, qui, d'accord avec la Commission, firent voter le même jour lires 1.375, 25 c. pour payer diverses réparations réclamées pour le besoin du théâtre.

Continuant ses améliorations, le 29 mars 1833, la Commission théâtrale fit porter pour la saison suivante la subvention à 1.410 lires et fit voter 993 lires 92 c. pour la formation d'un orchestre dont M. Bellotti, premier violon et compositeur de musique, fut nommé chef aux appointements de 700 lires par an. Il avait en même temps mission de former les élèves musiciens du cours gratuit que la Municipalité venait de créer.

La gestion Raynaud fut satisfaisante, aussi les nouveaux directeurs lui renouvelèrent leur confiance ; mais, dans l'entretemps, l'impresario ayant pris un associé : le
Teatro Regio fut exploité alors par MM. Pierre Raynaud et J.-B. Durand, associés pour
l'entreprise théâtrale, saison 1833-1834.

Sur les désirs exprimés maintes fois par la population, dont le goût penchait vers
le spectacle lyrique, le Conseil de ville, le 8 fevrier 1834, priait la Commission d'abandonner pendant quelque temps la comédie et le vaudeville, et de faire un essai avec
l'opéra comique français, peu connu à Nice, et dont on faisait de tous côtés de très grands
éloges.

M. Dengremont, entrepreneur parisien, accepta de venir à Nice donner une série de
représentations pendant les saisons 1834-1835 avec des artistes de chant qu'il amènerait
de Paris. Le Conseil lui accorda 1.200 francs. Malheureusement. vers le commencement
de l'hiver, en raison d'une épidémie cholérique sévissant à Marseille, la Municipalité se
vit forcée d'établir un cordon sanitaire le long de la frontière ; la saison en eut beaucoup
à souffrir. En outre, Dengremont, n'ayant pu arriver à temps, dut rebrousser chemin
avec sa troupe.

La Commission pensa alors d'écrire à une agence théâtrale de Milan qui se hâta de
former une troupe d'opéra sous la direction d'un sieur Negri. Les frais d'engagement
des artistes s'élevèrent à 550 lires ; plus 860 lires furent allouées au sieur Negri à titre
gracieux et en récompense de ses bons services.

Se rappelant les sacrifices que Dengremont s'était imposé pour faire bonne figure à
Nice pendant la précédente saison, et pour le dédommager si possible des pertes qu'il
avait eu pour la non-exécution de son contrat, MM. les directeurs lui confièrent l'entreprise théâtrale pour la saison 1835-1836 avec 2.000 francs de subvention et un prêt de
2.500 francs, remboursables 1.500 francs pendant la saison d'automne et 1.800 francs
pendant celle du Carnaval. Continuant ses prodigalités, le Conseil alloua en plus 2,450
lires pour apporter quelques améliorations au matériel du théâtre qui commençait à
vieillir, et 550 lires demandées pour un *Campidoglio* : toile qu'il était nécessaire de
remplacer et pour laquelle la Commission ne voulait dépenser que 350 lires.

L'année théâtrale se termina à la satisfaction générale ; l'Opéra comique fut remplacé par une troupe de Comédie française appelée par le Conseil Municipal à la majorité
de 14 voix sur 26 votants. Il n'est rien dit ni du directeur, ni de sa troupe, ce qui prouve
que pendant l'automne 1836, et l'hiver 1837, le Conseil n'éleva aucune observation ;
mais il n'en fut pas de même du public, qui ayant eu occasion d'entendre la musique
des Maîtres Italiens et d'en apprécier les riches mélodies, réclama contre tout autre
genre de spectacle.

Il réclama tant et si bien que le Conseil Municipal s'empressa d'informer la Com-
mission, que la nouvelle saison d'automne devait être ouverte et continuée par une
Compagnie lyrique Italienne. Negri qui avait laissé de très bons souvenirs fut pressenti.
Il répondit aussitôt qu'une bonne troupe chantante serait prête en temps voulu, mais il
exigeait une assez forte somme pour amener en même temps un corps de ballet complet.
Le Conseil recula devant cette dépense; il se borna le 14 juin 1837, à allouer 400 lires

d'appointements pour une contrebasse qui manquait à l'orchestre. Donc pendant la saison 1837-1838, le public eut un ballet en moins mais en compensation il eut... une contrebasse en plus.

La saison de Carnaval approchant de sa fin, le 9 février 1838, la Commission directrice fut réélue de la manière suivante :

Président : Dom Ant. d'Achiardi, premier Consul.

Membres : Ant. Risso, Baron Joseph Barlet des Ferres, François Girard, Jules Bessi.

Le premier travail de la Direction fut d'accorder à M. Bellotti, qui depuis cinq ans exerçait les fonctions de chef d'orchestre et de professeur de violon à l'Ecole Municipale, une augmentation de 200 lires par an, et de traiter avec M. Rossetti, impresario Milannais, pour la saison lyrique Italienne 1838-1839. Rossetti, dont la gestion avait été appréciée par les nombreux dillettanti, tant pour la troupe de chanteurs qu'il avait présentée au public, que pour les nouveaux opéras qu'il avait importés, et ce sans subvention aucune, se vit le 7 janvier 1839, refusé pour la nouvelle année, par 18 voix contre 6, le Conseil Municipal désirant pour la saison 1839-1840, une troupe d'opéra, de comédie et de vaudeville Français.

Ce changement inattendu dans le genre de spectacle, impressionna la population au point que des protestations furent adressées à Dom Pantaleone Gandolfo, Intendant général, qui après avoir désapprouvé la détermination prise par le Conseil, déclarait à la Municipalité, qu'il ne sanctionnerait ce vote, qu'après avoir reçu de Turin l'approbation Royale.

Mais le Roi ayant ratifié la conduite de son représentant, celui-ci fit convoquer le Conseil municipal le 22 mars 1839. Dans cette séance, le premier consul, comte d'Achiardi, donna lecture de la lettre ministérielle, dans laquelle il était dit : « Qu'aussi bien dans l'intérêt général que dans l'intérêt artistique, il convenait que les représentations d'opéra fussent continuées au Teatro Regio....., qu'il n'était d'aucune utilité d'abandonner ce genre de spectacle..... apprécié par le public Niçois et Etranger. »

Tout en priant l'administration Municipale de revenir sur son vote, l'Intendant général concluait : que comme par le passé, la Commission veuille bien s'appliquer à concéder le théâtre à un Directeur probe et intelligent :

Immédiatement par un vote unanime, le Conseil chargeait les Directeurs d'entrer en pourparlers avec un impresario offrant toutes les garanties précitées, s'engageant à donner pendant les saisons prochaines une troupe lyrique italienne de grand opéra, digne d'un théâtre apprécié comme l'était déjà celui de Nice.

Le 27 mars la Direction soumettait au Conseil réuni à cet effet, la convention signée par l'impresario Giovanni Grini de Florence, alors à Nice, dans laquelle il était stipulé : qu'aucune subvention ne lui serait accordée pendant la saison ; et que, contrairement à ce qui s'était passé jusqu'à ce jour, d'après l'article XV du cahier des charges : un cautionnement de 1.000 lires serait versé par le dit impresario en garantie de la valeur de la troupe qu'il s'engageait à présenter pendant la saison 1839-1840 [1] :

Comme il était également dit dans la convention que : « L'impresario devait con-

---

[1] Bibliothèque municipale de Nice. Conventions théâtrales entre la Ville et Giov. Grini, 27 mars 1839. Atti Consolar di Nizza. Anno 1839, p. 82.

courir pour une somme de 800 lires à la dépense de six décors que la Direction devait faire appreter pour cette saison » Grini redoutait l'exécution de cette clause, car cette perte ajoutée à celles qu'il avait déjà subies durant la saison, auraient certainement causé sa ruine. Ses déboires commencèrent par la maladie survenue à son premier ténor. Il se vit forcé de le remplacer à un prix exorbitant, comme il avait été forcé de payer très cher une *Prima donna assoluta*, engagée pour la création de divers opéras nouveaux. Ces frais énormes, réduisant à néant les faibles bénéfices probables, le pauvre Grini tremblait pour ses 1000 lires déposées à la recette Municipale, mais la Direction, composée de bons et honnêtes Niçois, comprit aisément qu'on ne devait pas tenir compte des 800 Lires imposées pour les décors. Aussi non seulement elle se désista de réclamer cette somme, mais encore dans la séance du conseil de Ville du 14 mars 1840, elle fit voter en plus du remboursement du cautionnement, le paiement du cinquième des appointements de la saison du Carnaval, aux artistes qui venaient de terminer leur engagement, « en compensation des sacrifices supérieurs à ses forces que Grini s'était imposés », dans le seul but de contenter le public.

Cette saison terminée, le Conseil désireux d'avoir ses coudées franches décida d'adresser à S. M. le Roi Charles-Albert une supplique dans laquelle il exposait que :

« Nice ville frontière où une colonie étrangère se donne rendez-vous depuis de « nombreux hivers..... Par cette aglomération progressive..... même dans l'intérêt « général la variété s'impose au théâtre.

« La langue française parlée et comprise dans l'Europe entière ne fait qu'en « augmenter l'attraction..... d'autant plus que depuis plusieurs années l'Opéra Italien « y règne..... difficile d'y être maintenu, vu le prix élevé des artistes de *primo* « *cartello*.

« S'étant, en bons et fidèles sujets, soumis l'année dernière aux ordres du Gou- « vernement, le Conseil, se recommandant des bons vouloirs de S. M. le Roi Charles « Félix, exposés dans ses Royales Patentes du 22 Novembre 1827 où il est dit aux Art. 1er et 8me :

« La Direction de ce théâtre reste exclusivement autorisée de faire représenter « toutes les œuvres en Musique, Comédies, Tragédies, Drames, etc., qui seront sou_ « mises par la Direction et acceptées par les autorités compétentes, ce qui cependant « n'exclue pas, que les représentations seront alternativement et suivant le goût du « public, données soit en langue italienne ou française. »

« A l'honneur de recourir humblement et respectueusement à Votre Majesté Sacrée, « pour qu'à l'avenir, il soit conservé à cette fidèle administration la faculté de choisir et « varier la nature des dits spectacles... qui furent autrefois entendus avec plaisir par « S. M. le Roi Charles-Félix, de vénérée mémoire, quand en 1826 et en 1829-30, son « amour pour Nice l'entraîna à venir passer la saison en notre ville.

« Espérant que l'Illmo Sigr Intte Genle voudra bien faire parvenir, etc. »

Monsieur l'intendant Gandolfi, en homme intelligent, transmit immédiatement, sans commentaires, cette supplique à Turin, et sitôt que la réponse lui parvint, il s'empressa d'écrire à M. Giacinto Audiberti di Sant Esteffano, Premier Consul, la lettre suivante :

Illmo Signor Primo Console,

« Rassegnato alla Regia Segretaria di Stato Interno, l'ordinato di questo Corpo Civico del 14, or scaduto Marzo, concernente le rappresentazioni teatrali per le due stagioni primo avvenire di Autunno e Carnovale, i rincontri che ne ricevo dal corriere d'oggi per dispaccio Ministeriale del 30 detto Marzo sono *che S. M. avrebbe già lasciato in arbitrio del Sig^r, Governatore di codesta divisione la scelta di quanto meglio puol convenire che sia sullo stesso teatro rappresentato,* »

« Nel rendere V. S. Illma informato di quanto sopra per quanto del caso, ho l'onore ecc..., ecc... Di V. S. Illma, Dev^{mo} Obl^{mo} Servitore. — Signé, Gandolfo.

« *P. S.* — L'ordinato Civico di cui nella presente viene rasse;nato in originale, alla Regia Segretaria di Stato e colà ritenuta. »

Signé : Gandolfo.

Cette lettre, remettant les choses au point, il y avait lieu de prendre des mesures pour la saison 1840-1841. Ce fut encore l'opéra italien qui fut décrété, et le 29 avril 1840, le Conseil de Ville prit connaissance de la convention passée entre la Commission théâtrale et le sieur Giacinto Contestabile. Le lendemain, ce nouvel impresario déposait en garantie, 1.000 Lires remboursables le jour où les artistes de la troupe lyrique qu'il devait produire, seraient arrivés à Nice, c'est-à-dire vers fin août prochain.

Les étrangers, empêchés par le mauvais temps qui, cette année, sévissait en Europe, arrivèrent moins nombreux et plus tard que d'habitude. Contestabile fut obligé, les recettes étant plus que médiocres, d'entamer ses économies, à tel point que vers la fin Décembre, ayant tout dépensé, il ne put continuer à payer ses artistes. Il eût alors recours à la Municipalité qui, dans l'intérêt même de la Ville, n'hésita pas à lui faire une avance de 3.000 lires, qui lui permirent de continuer les représentations ; mais les affaires n'étant pas redevenues meilleures, Giacinto ne put rembourser le prêt que la Ville lui avait fait. Il quitta Nice avec 200 Lires qui lui furent octroyées comme subside. Il laissait un déficit de 2.282 Lires 30 centimes. Pauvre Giacinto !

Dans la séance du 4 Mai 1841, le Conseil de Ville ayant décidé que la nouvelle saison serait de nouveau affectée à l'opéra italien, le 7 Juillet suivant Monsieur Paul Gardon, conseiller municipal, rapporteur de la Direction artistique, donnait en séance, connaissance de la convention qu'il venait de signer avec Monsieur Pietro Gorla, impresario milanais. dont le choix fut ratifié à la majorité de 13 voix contre 10, sur 24 votants.

L'ouverture de la nouvelle saison eut lieu le premier septembre 1841, et se termina d'une façon très satisfaisante, le mardi gras 1842.

Malgré que, dès la création de notre Grand-Théâtre, les diverses gestions qui s'y succédèrent aient occasionnées des nombreux ennuis, les membres de la Commission, persévérant dans leur but, s'efforçaient par leur dévouement à la chose publique, d'élever de plus en plus l'éclat de notre scène. C'est grâce à eux que notre *Théâtre Royal* était déjà parvenu, en 1840, à jouir d'une grande renommée artistique. Il faut savoir gré à ces hommes dont la droiture était unanimement reconnue, de ne s'être occupé, en dehors des affaires municipales, qu'au développement du goût artistique. Avec les faibles ressources dont ils disposaient, ils introduisirent parmi notre population la musique tant admirée des maîtres italiens, et, plus tard, celle des maîtres français.

Oui, c'est à tous ces directeurs artistiques, aux Risso, Girard, De Cessole, Sasserno, Gauthier, etc., maîtres dans l'art, musiciens eux-mêmes par excellence, dignes en conséquence de faire partie d'une Commission théâtrale, que nos pères, sans trop dépenser, purent entendre les délicieuses mélodies des Mercadante, Mozart, Rossini, Bellini, Donizetti, etc. C'est bien à leur persistance, à leur éducation élevée, que les habitants de la ville de Nice purent applaudir l'opéra-bouffe : *L'Italiana in Algieri*, proclamant Rossini [1] auteur comique de premier ordre, renommée que confirmait plus tard son immortel *Barbiere di Siviglia*. Ils l'apprécièrent aussi comme auteur lyrique dans *Semiramide*, œuvre contestée au début, mais qui reste quand même une des plus belles pages du maître ; dans son *Mosè*, de si grande envergure ; dans *Otello* que Nice garde encore le souvenir et qui fut interprété pour la dernière fois sur notre scène, en 1869, par le ténor Pardini ; dans *Guillaume Tell* et enfin dans de nombreux chefs-d'œuvres, tels que *Tancredo, Arminda, Mathilde di Shabran, La Gazza Ladra*, etc., etc.

Grâce à cette élite d'artistes, Nice put apprécier Donizetti [2], l'écrivain musical, qui composa, pendant le cours d'une trentaine d'années, plus de soixante opéras dont les pages font encore de nos jours, les délices des dilettanti. Ce maître dont les admirateurs sont toujours nombreux, dans le débordement de son inspiration et de son génie, n'est-il pas sublime dans le septuor de *Lucie* ; surprenant dans la *Linda di Chamonix ?* si comique et si tragique. Dans sa *Parisina*, dont le duo du rêve, au second acte, entre Parisina et Azzo, est un des plus beaux, des plus expressifs, des plus terribles qui soient sortis de sa plume féconde ; sa *Favorite*, un chef-d'œuvre auquel le quatrième acte seul suffirait à la gloire d'un homme...; son *Poliuto*, autre chef-d'œuvre dont le succès fut si éclatant...; sa délicieuse *Fille du Régiment* ; le bijou incontesté qu'est *Don Pasquale ; Don Sebastiano, Torquato Tasso, Maria Stuart, Gemma di Vergy, Il Paria*, et combien en oublions-nous ?

Oui, nous le répétons, c'est bien à ces Messieurs, amateurs distingués, que les dilettanti purent jouir des mélodies de Bellini, [3] mort à la fleur de l'âge, mais dont la réputation musicale, à trente ans, fut aussi grande que celle de ses œuvres ! On n'oubliera jamais le succès de Bellini à l'apparition du *Pirata*, qui le plaça de premier abord à l'égal des grands maîtres. Oubliera-t-on *Giulietta e Romeo*, œuvre si tendre, si poétique, que nous eûmes le bonheur d'entendre par les deux célèbres Borghi-Mamo mère et fille ; sa délicieuse et inimitable *Sonnambula*, que Rubini, son créateur, chanta avec un égal succès dans le monde entier ; sa *Norma*, que l'on ne chante plus, et pour cause ; ses *Puritani ed i Cavalieri*, dont les beautés musicales les rendent tout aussi frais, tout aussi jeunes, qu'à leur apparition. Le splendide ténor qu'est Bonci se fait, de nos jours, une joie de les chanter sur les premières scènes d'Europe ! Certes, nous en oublions des créations de ce maître si tendre, si jeune, si passionnant, comme aussi des Mercadante, des Cimarosa, des Piccini, des Paccini, des Ricci, tous ces grands maîtres, qui défilèrent pourtant devant le public dilettantissime des Niçois d'alors !..

En ces quelques années, de 1837 à 1842, *Otello*, de G. Rossini ; *Il Nuovo Figaro*, de Luigi Ricci ; *Torquato Tasso*, de G. Donizetti ; *La Straniera*, de Bellini ; *Chiara di Rosemberg*, de Ricci ; *Olivo e Pasquale*, de Donizetti ; *L'Italiana in Algieri*, de Rossini ; *L'Esule di Roma*, de Donizetti ; *La Pazza per Amore*, d'Ant. Coppela ; *L'Ajo nell'Imbarrazzo*, de Donizetti ; *Mathilde di Shabran*, de Rossini ; *I Puritani ed i Cavalieri*, de Bellini ; *Gli Arabi nelle Gallie*, de Paccini ; *Crispino e la Comare*, de Ricci, etc., etc., virent le feu de la rampe.

Le succès en fut d'autant plus grand, que la musique des jeunes maîtres, par sa fougue, sa puissance, sa mélodie, évoqua des idées inconnues jusqu'alors, et créa une ère nouvelle de chant, de poésie et d'amour !

C'est à partir de cette époque que commence la réputation de notre Grand-Théâtre. Nous en avons suivi le développement historique depuis son ouverture jusqu'à ce jour, et notre plume, quoique inexpérimentée, tâchera, à partir de cette date, d'en dépeindre le mieux possible les évolutions lyriques.

N'écrivant que pour l'Art et en son nom, nous n'hésiterons pas, au fur et à mesure que se dérouleront les événements, de dire la vérité, comme nous nous efforcerons de distinguer, d'après nos forces, le vrai du beau, le beau du bien et le bien du mauvais.

Nous serons critiqués, on nous attribuera même des idées... rétrogrades. Peu nous importe ; nous apprécierons d'après l'élan de notre cœur, et, forts de notre indépendance, nous ne cesserons point de proclamer, comme nous l'avons toujours fait, que l'Art n'a pas de Patrie.

Cinq saisons d'opéra italien se sont succédées sur notre scène. La Municipalité éprouve le besoin d'offrir aux habitants un autre genre de spectacle. L'opéra français, voire même la comédie ou le vaudeville ont des partisans dans le Conseil.

Le premier Conseil prévoyant l'impuissance qu'il aurait à combattre l'idée prédominante, en informe le Gouverneur qui, après mûres réflexions, lui adresse le 18 Juin 1842, une lettre que nous jugeons inutile de reproduire *in extenso*, seules les quelques lignes que nous publions ci-après, suffiront, croyons-nous, pour démontrer à nos lecteurs, l'esprit un peu fantasque du comte Rodolphe de Maïstre.

All'Illmo Signor Primo Console della Città di Nizza,

« All'occasione dell'instanze verbali fattemi da V. S. Illma, da cui apparisce che questa Civica Amministrazione, propenderebbe a scritturare per il Teatro di Nizza una Compagnia Francese, mi venne in pensiero di schiettamente palesare ai membri dell'Illmo Corpo Civico, i motivi che mi rendono ritroto a questo progetto ; sapendo che, animati al par di me, dal desiderio del pubblico bene, ne ponderaranno l'importanza, prima di emettere un voto in proposito.

« Il teatro francese moderno, sì tragico che comico, è tale, che la madre prudente non vi conduce i suoi figli, giacchè la religione e la morale non sono solamente l'oggetto di qualche frizzo od è equivoco da muovere il riso, ma generalmente, la situazione drammatica, la *Vis Comica* stessa, è immorale, è per entrare per gli occhi, come per le orecchie megli incanti spettatori, il disprezzo d'ogni santa costuma.

« Ne fanno fede i pubblici foglie, le analise letterarie, e la nostra stessa non lontana esperienza.

« A questo si potrebbe aggiungere un altro oggetto di minor importanza... »

Mais nous croyons inutile de continuer ; ces quelques lignes suffiront pour dévoiler les idées du..... digne Gouverneur.

On lut cette lettre toute paternelle, pleine de bonnes idées, en séance du Conesil, le 28 du même mois. Le Premier Consul qui, peut-être lui aussi, penchait pour la variation du spectacle, ajouta quelques observations sur la moralité des productions théâtrales, mais ne voulant se brouiller ni avec Dieu, ni avec le Conseil Municipal, laissait « l'Ill.mo Corpo Civico », libre de se prononcer comme il l'entendait.

Le Conseil écouta dévotement les bonnes paroles du Comte de Saint-Etienne, puis, à la majorité de 24 voix sur 29 votants, décréta que pour la saison 1842-1843, le théâtre serait cédé à un entrepreneur Français, lequel devra fournir une troupe de comédie de premier ordre ainsi qu'une troupe d'opéra français.

MM. Bremond et Modeste furent agréés comme Directeurs. Toutefois, il y aurait lieu de croire que la Commission fut loin d'être satisfaite du choix qu'elle avait fait, car, l'année suivante, le théâtre ayant été de nouveau confié à un impresario français, M. Allain Durville, il fut stipulé dans la convention signée le 23 mars 1843, « qu'aucun des artistes et chanteurs de la troupe Bremond-Modeste, ne devaient faire partie de celle présentée par M. Allain Durville [1] ».

Pendant le mois de juin 1843, M. le Marquis de Chateaugiron, Consul de France à Nice, recommandait à la Municipalité, le sieur Monteavel, directeur d'une troupe connue en France, sous le nom de « Gymnase Castelli », composée de 15 enfants, acteurs et danseurs, âgés de 6 à 12 ans. Trois représentations furent autorisées à la suite desquelles, le théâtre ne rouvrit ses portes que le 1er septembre, sous la direction de M. Allain Durville, entrepreneur de théâtre, natif de Rouen, habitant Paris, qui s'était engagé à donner pour la saison 1843-1844, « une troupe composée d'au moins 25 personnes, tous sujets habiles, jouant le vaudeville de haut genre (?), la comédie de genre, l'opéra comique de meilleur goût, quelques grands opéras et quelques drames accessoirement », et dont les débuts devraient avoir lieu à partir du 1er septembre 1843, jusqu'à la fin du Carnaval 1844.

Il était en outre stipulé, dans la susdite convention, que tous les frais relatifs à l'éclairage, orchéstre et musique, appointements des artistes, musiciens, machinistes, ouvriers, etc., toutes les fournitures et dépenses relatives aux représentations et à l'exploitation du théâtre « seront exclusivemeut à la eharge de l'entrepreneur.

Nous nous demandons avec effroi, quelle mine ferait M. Saugey, si aujourd'hui la Commission théâtrale exigeait un pareil engagement de sa part ! Mais, n'y pensons pas : Autres temps, autres mœurs !

Le Conseil municipal ayant décidé que l'opéra italien reviendrait au Regio pour la saison 1844-1845, la direction fut offerte au sieur P. Negri, impresario très sérieux, ayant laissé à Nice de réelles sympathies. L'ouverture eut lieu par la *Norma*, de Bellini, chantée par les artistes suivants :

Signori : Valentino Valgi (Pollione); Agost. Novaro (Oroveso). — Signore : Marietta Riva Giunti (Norma); Zenobia Deandrea (Adalgisa), etc., accompagnés à l'orchestre par une pleïade d'amateurs distingués qui n'hésitaient pas, pour l'amour

(1) Convention entre M. Allain Durville et la Commission Théâtrale. *Atti Consolari*, 1843.

de l'art, à sacrifier leur loisir et à mettre leur talent à la disposition de la Commission théâtrale, travaillant ainsi à la réalisation de l'idée commune : La prospérité de notre belle ville.

Plus tard, cet orchestre, par l'adjonction de professeurs salariés et l'admission des solistes des deux musiques régimentaires de la garnison, devint un des meilleurs de l'Italie.

Nous avons eu la bonne fortune de trouver chez notre vénéré ami, le professeur Henri Sappia, les noms des principaux professeurs attachés à l'orchestre de cette époque. Nous nous faisons un plaisir d'autant plus grand de les publier, que deux d'entr'eux sont encore en vie : MM. Broch et Perny.

Fils d'un de leurs anciens collègues, nous sommes vraiment heureux de leur présenter nos salutations respectueuses, et nous les prions de vouloir agréer l'assurance de notre considération la plus dévouée.

ORCHESTRE DU THÉATRE ROYAL

MM. Jean-Baptiste Bellotti. violon, 1er chef d'orchestre. — Antoine Vieil, violon solo, 2e chef d'orchestre. — Pierre Perny, pianiste accompagnateur.

Violons : MM. Adami, Auda, Bessi, Broch, Conqui, Léopold Imbert, César Pellegrini, Sasserno, Spinelli.

Violoncelles : MM. Maurice Augier, Faraudi, Palliari Lea. — Contre basses : MM. Joseph Ciaudo, Joseph Saïssi, Antoine Zedda. — Clarinettes : MM. Averino, Pierre Repetto. — Flûtes : MM. Laurent Auda, Antoine Bouchon, Prosper Girard. — Trombonnes : MM. Joseph Auda, Ferrara. — Trompette : M. Paul Faraut, ainsi que tous les premiers sujets des musiques des deux régiments de la garnison « Brigade Coni ».

DEUXIÈME PARTIE — CHAPITRE III

Avec la fin du Carnaval, la clôture régulière du théâtre approchait. En vue des dispositions à prendre pour la nouvelle saison, le Conseil s'assembla le 27 février 1845. Le comte Caravadossi, premier consul, lui exprima l'idée de varier le spectacle, et d'alterner le genre de représentations pour, disait-il, contenter tout le monde, et prévenir les désirs du public. Partageant cet avis, le conseil par 20 voix contre 3, décide que la saison théâtrale prochaine, serait occupée par des productions françaises. La Commission de direction, en vertu de ses pleins pouvoirs, s'engageait le 13 mars, avec le sieur Bruyat, dit Joanny, qui s'obligeait d'amener à Nice, en même temps qu'une troupe de comédie, composée de sujets de premier ordre, une troupe de ballet féerie.

L'ouverture eut lieu le 4 septembre 1845. La soirée fut terminée par : *Le Royaume des Fleurs*. Ce ballet féerie très apprécié, fut suivi de plusieurs autres, qui eurent un égal succès jusqu'à la fin de la saison.

A M. Bruyat succéda en 1846-1847, M. Pietro Negri, à qui la Commission confiait pour la troisième fois, la gestion de l'opéra italien sur notre scène.

A cette époque, une nouvelle gloire musicale venait de surgir, Joseph Verdi, jeune compositeur que le Conservatoire de Milan avait refusé comme élève, avait donné à la Scala (1839) son premier opéra *Oberto, conte di San Bonifacio*, dont le succès fut retentissant. Par contre, un *Giorno di Regno*, écrit spécialement pour ce même théâtre, subissait un an après (1840) un fiasco complet, conséquence des terribles malheurs qui avaient assaillis le jeune maître au début de sa carrière artistique. Mais fort heureusement, sur l'insistance de quelques amis dévoués, Verdi réagissant contre la mauvaise fortune, écrivait après deux ans d'intervalle, le *Nabucco* (1842), puis *I Lombardi* (1843), œuvres magistrales, dont les succès lui assurèrent une renommée immortelle.

La popularité du Maître arriva au comble l'année suivante, lorsque l'*Ernani* reçut les applaudissements du délicat public de la Fenice, de Venise, et que les *Due Foscari* furent accueillis avec enthousiasme par les sévères dilettanti de l'Argentina, de Rome.

Couvert de lauriers, Verdi retournait à Milan, qu'il affectionnait d'une manière toute spéciale. Dans sa nouvelle retraite, il composa successivement la *Giovanna d'Arco*, pour la Scala ; *Alzira*, pour le San Carlo de Naples, et son grandiose *Attila*, pour la Fenice, de Venise.

La Commission théâtrale, cette année, en dehors des opéras *Belisario* et la *Linda de Chamonix*, de Donizetti, eut l'heureuse idée d'imposer à Pietro Negri *Nabucco* et *Ernani*, de l'illustre Maëstro, encore peu connu à Nice, et dont les œuvres étaient impatiemment attendues. Le succès fut tel, que des félicitations furent adressées aux directeurs, par la population enthousiaste.

Confirmés dans leur mandat, ils confièrent, suivant l'idée adoptée en 1845, la direction du Regio pour la saison 1847-1848, à M. Bruyat, auquel ils imposèrent en plus de l'opéra de genre et de l'opéra comique, une troupe de comédies, drames, etc. Pour le dédommager de ses dépenses, il était dit dans la convention que : « l'entrepreneur avait la faculté si bon lui semblait, de garder le théâtre pour la saison de printemps, et de continuer les représentations jusqu'à la fin juin, s'il croyait faire recettes : »

Le 4 septembre 1847, le théâtre rouvrait ses portes avec *Les Mousquetaires de la Reine*, opéra comique de Halevy et la comédie *La Femme qui se jette par la fenêtre*. Pendant cette gestion, divers opéras et opéras comiques, furent représentés, mais leur ensemble ne répondit point aux désirs du public, car des réclamations nombreuses s'élevèrent contre la direction, tant à cause de l'infériorité des artistes, que par le choix du répertoire, usé au point de lasser le public.

Cet état de choses, écrit le critique artistique de « l'Echo des Alpes-Maritimes », nous fait désirer le retour du Théâtre Italien, qui, par le choix des artistes et l'exactitude des entrepreneurs répond mieux aux exigences du Pays [1].

Ces paroles sévères du journal sont la preuve que la troupe de notre théâtre devait être de beaucoup au-dessous de la médiocrité. En 1847, le public Niçois avait plutôt à cœur de faire des manifestations politiques, que de s'occuper de la valeur de quelques artistes. En effet, tous les jours, de nombreuses farandoles parcouraient les rues de la Ville, pour hâter les réformes espérées depuis longtemps, et qui n'arrivaient jamais.

Finalement elles furent promulguées le 30 octobre 1847. Pour fêter dignement cette liberté tant désirée, le 1er novembre la population se donna rendez-vous pour le surlendemain, le 3, à huit heures du soir dans la salle du théâtre, qui fut envahie bien avant l'heure aux cris de : Vive la Liberté ! Vive le Roi ! Vive Pie IX !

Echo des Alpes-Maritimes (Journal de Nice), N° 3, mercredi 26 Janvier, 1848.

Après que l'orchestre eut joué la Marche Royale, un hymne au roi Charles Albert, composé par notre concitoyen Cesar Fighiera, mis en musique par M. Ferdinand (?) excita l'enthousiasme général. Une cantate patriotique de Mlle Agathe Sophie Sassernò, termina cette manifestation, qui devait être reprise quelques mois après, le 10 février 1848, lorsqu'on fêta la proclamation de la Constitution.

Ce soir-là, la salle était archi-comble. La Municipalité assistait au spectacle, ainsi que toutes les autorités civiles et militaires. Les Dames dans les loges portaient des cocardes tricolores dans les cheveux [1] et agitaient des bannières nationales aux cris de : Vive le Roi ! Vive la Liberté ! mille fois répétés, ce qui troublait considérablement les artistes. La Marche Royale, continuellement redemandée, interrompait le spectacle à chaque instant.

L'opéra comique de Boisselot [2] Ne touchez pas à la Reine n'eut pas plus de succès que la comédie Le Chef-d'Œuvre inconnu interrompu qu'il était par les cris de vive le Roi! vive la Nation! qui se renouvellaient sans cesse. Enfin la lecture d'une pièce de vers de Mlle Sasserno, calma un moment l'effervescence, et les artistes espéraient pouvoir continuer la représentation ; ce fut en vain. Le public préféra quitter le théâtre, se rendre au palais du Gouvernement pour témoigner à l'autorité, les sentiments qu'il professait pour ce Roi bien aimé, qui venait d'un trait de plume, de donner la liberté à tout un peuple.

Trois semaines après ce jour mémorable, Bruyat terminait sa gestion, et renonçait à garder le théâtre pendant la saison du printemps. Le sieur Henry Donnay, autre entrepreneur, profita de ce désistement pour demander l'autorisation de donner 30 représentations de Comédies Françaises, ce qui lui fut accordé le 20 mars 1848, par 13 voix, contre 11, sur 24 votants.

Le 19 mai 1848, le Conseil de Ville manquait encore à ses engagements, car à l'unanimité des membres présents, il prenait la détermination de laisser le répertoire Français pendant l'année 1848-1849. Henry Donnay, dont l'habilité directoriale avait été reconnue durant l'été précédent, acceptait de présenter comme son prédécesseur, le grand opéra et l'opéra comique français, ainsi que le vaudeville, drame, etc., comme accessoires. Le 7 juin, après la signature du contrat, il déposait la somme de 1.500 fr. de cautionnement, en garantie de ses engagements.

Après un début assez brillant avec Lucie de Lamermoor, le public abandonnait peu à peu le théâtre, et malgré tous les sacrifices que s'imposait cet intelligent Directeur pour le ramener, la salle restait vide, mais vide au point que, le pauvre Donnay, après avoir sacrifié environ 6.000 francs, se vit forcé de demander à la Municipalité, la moitié de son cautionnement, pour payer les artistes qui menaçaient de l'abandonner.

Pourquoi le public se désintéressait-il entièrement du théâtre ? Etait-ce par indifférence ou par mesure de protestation ? Ou bien le mouvement libéral qui se manifestait en Europe se repercutant jusqu'à Nice, tenait-il la population dans l'aspectative de quelque grand événement, ou bien encore, les bruits de guerre qui circulaient, lui faisaient-ils

(1) J.-B. Toselli. Précis Historiques de Nice. Tome 4, page 270.

(2) Xavier Boisselot, compositeur français, né à Montpellier en 1811, mort à Paris en 1893. — On ne connaît guère de lui, que deux opéras : Ne touchez pas à la Reine (Paris, 16 janvidr 1847) et Mosquita la Sorcière (Paris, 27 sept. 1850).

rechercher des impressions autrement sensationnelles, que ne pouvaient lui donner des représentations insipides ou ennuyantes ?

Quoiqu'il en soit, les affaires de l'impresario allaient de mal en pis, et la situation était telle, que le 3 novembre 1848, il écrivait derechef à la Commission : *que n'ayant plus le sou*, il se voyait dans la nécessité de fermer le théâtre, si la municipalité ne lui faisait une avance de 3.000 lires. Sur l'avis favorable des directeurs, cette somme lui fut comptée, comme lui furent remboursés cinq jours après, les 750 francs, solde de son cautionnement.

Il nous a été impossible de découvrir si Donnay perdit ces deux dernières sommes dans l'exploitation de l'entreprise ; c'est probable, mais ce que nous pouvons affirmer, c'est que le 30 janvier 1849, Donnay avait disparu en laissant ses pensionnaires sur le pavé, sans aucunes ressources. A partir de ce jour, les artistes se mirent en régie, et continuèrent les représentations pour leur compte jusqu'au 30 avril. Nous pouvons affirmer encore que la Municipalité y perdit les 3.000 lires avancées.

Il est très regrettable que Donnay n'ait pas réussi dans son projet, car c'était un parfait honnête homme, doublé d'un directeur consciencieux, n'ayant reculé devant aucun sacrifice pour recruter une bonne troupe lyrique. La variété des opéras soumis au public, d'une homogénéité parfaite, prouve que, tout en travaillant pour couvrir les frais, il travaillait pour l'art, qu'il affectionnait sincèrement. Malheureusement, il ne put atteindre son but.

Détails typiques de cette saison : Le comte de Valernes, amateur distingué, pour tirer Donnay d'embarras, chanta gracieusement le rôle de Fernand, dans la *Favorite*, et, pour la première fois, on vit à Nice un ténor italien, le sieur Scanavino, chanter en italien le rôle d'Edgard dans la *Lucie*, tandis que les autres artistes chantaient en français.

Bonne ou mauvaise, la direction Bruyat et Donnay, permit aux amateurs niçois d'apprécier une partie des charmants opéras-comiques français :

La *Muette de Portici*, le *Domino noir*, les *Diamants de la Couronne*, la *Part du Diable*, *Haydée ou le Secret*, la *Syrène*, le *Cheval de Bronze*, tous ces bijoux d'Auber ; le *Châlet*, d'Ad. Adam ; la *Dame Blanche*, de Boïeldieu ; *Ne touchez pas à la Reine*, de Boisselot ; les *Mousquetaires de la Reine*, d'Halévy ; *Robert le Diable*, les *Huguenots*, de Meyerbeer ; la *Favorite*, *Lucrezia Borgia*, *Guillaume Tell*, etc., etc.

Beaucoup de ces vieux opéras, entendus pendant les années 1847 à 1850, font de nos jours encore très bonne figure au Grand Théâtre, comme beaucoup des gracieux opéras-comiques cités plus haut font encore recette au Casino Municipal ou à la Jetée-Promenade... pour ne parler que de Nice !

Alors pourquoi critiquer, ô snobs prétentieux !... Ces vieilles rengaines auxquelles nous pourrions en ajouter beaucoup d'autres... regardez-les à la rubrique « Répertoire », vous les verrez figurer annuellement, comme les verront nos enfants ! Vous les entendrez chanter dans les théâtres où l'on chante encore, et il est fort heureux pour les directeurs et pour le public que ces « vieilles machines » existent, car si elles n'existaient pas... ou s'il ne fallait compter que sur les « nouvelles... » ! ! !

L'amour propre du Conseil Municipal eût beaucoup à souffrir des gestions Bruyat et Donnay. La Commission théâtrale d'autre part, ne voulant assumer aucune responsabilité pour la nouvelle saison, fit interpeller la « Civica Amministrazione » par l'intermédiaire du premier Consul, afin qu'elle se prononça sur le genre à représenter pendant l'année 1849-1850. Le 23 avril 1849, le Conseil décida, à l'unanimité « che fosse prescelto lo spettacolo italiano ».

Ce vote émis, la Commission confia le théâtre au sieur Pierre Bussi, qui fit débuter sa troupe, le 27 septembre, avec un programme dans lequel Verdi, de plus en plus en faveur, avait trois opéras *I Lombardi, Attila* et *I Due Foscari*, imposés à l'impresario. *La Mareschiala d'Ancra*, opéra de Nini, [1] qui n'avait jamais été joué à Nice. *Il Giuramento* et *La Vestale*, [2] de Mercadante, furent également interprétés ainsi que le *Barbiere di Siviglia*. La *Fille du Régiment* n'eût, pendant cette saison, qu'une seule représentation, ayant fait fiasco le soir de la première.

Sept opéras nouveaux de maîtres appréciés, sur huit, furent entendus pendant une saison de cinq mois et Nice n'était pas encore..... centre d'art !..... C'était bien joli, et à notre avis il y avait lieu de féliciter l'impresario. Or, ce fut le contraire qui se produisit, car le Conseil Municipal, on ne sait trop pourquoi, oubliant la bonne impression qu'avait laissée Bussi, préférait voter le 13 avril 1850, le genre mixte pour l'année théâtrale 1850-1851.

M. Violet, impresario français, à partir du 15 septembre 1850, offrait pendant six mois aux habitués du théâtre, un répertoire de drames, comédies et vaudevilles, parmi lesquels nous relevons : « La Vie de Bohême, les Premières Armes de Richelieu, Ruy Blas, Brutus lâche César, Latude ou 35 ans de captivité, Charles VII chez ses grands Vassaux, la Grâce de Dieu, Embrassons-nous Folleville, Trente ans ou la Vie d'un Joueur, la Mendiante, les Trois Epiciers, Lazare le Pâtre, Angelo ou le Tyran de Padoue, Paillasse, Françoise de Rimini », etc., etc., et pendant trois· mois et demi, du 18 mars au 1er juin 1851 : *Beatrice di Tenda ; Pelagio* [3], *ossia l'Eroe delle Asturie ; Il Barbiere di Siviglia ; Gemma di Vergy ; l'Elixir d'Amore, Lucia*, de Donizetti ; *Ernani*, et clôtura dignement la saison lyrique avec la *Norma*, de Bellini.

A la séance du Conseil Municipal, du 15 juin 1851, présidée par M. l'avocat Galli, maire, un membre du Conseil émit un vœu en faveur de la continuation des représentations mixtes pendant l'année 1851-1852. Cette proposition fut repoussée par 16 voix contre 14. Prié alors par le Maire de se prononcer sur le genre que l'on devait adopter, le Conseil Municipal, par 21 voix contre 9, décidait que l'opéra italien seul devait être maintenu pour la nouvelle saison.

Le sieur Ulisse Brambilla fut agréé comme Directeur. Le début de sa troupe eut lieu le 8 octobre 1851 par *I Masnadieri*, et la clôture annuelle, le 14 mars 1852 avec *Ernani*.

Pendant ces cinq mois, plusieurs opéras inconnus à Nice *Anna Bollena*, de Doni-

---

(1) Représenté pour la première fois à Padoue en 1839.

(2) Il y a neuf opéras appelés : *La Vestale*. Le premier de Vento (1770) ; le deuxième de Giordani (1786) ; le troisième de Rauzzini (1787) ; le quatrième de Spontini (1807) ; le cinquième de Puccita (1809) ; le sixième de Generali (1816) ; le septième, opéra allemand de Geehr (1817) ; le huitième de Paccini (1830) ; le neuvième de Mercadante (1841). Nous supposons que c'est ce dernier qui a été représenté pendant cette saison.

(3) Il existe trois opéras du même nom : *Pelage et Pelagio*. Le premier de Spontini (Paris 1814) ; le deuxième de Gerli (Barcelone 1845) ; le troisième de Mercadante (Lisbonne 1858). Il est probable que ce fut celui de Gerli, qui fut chanté.

zetti, la *Cenerentola*, et la *Semiramide* [1] de Rossini ; *Don Bucefalo* de Cagnoni [2] furent représentés, et comme nouveautés *I Masnadieri* et *Macbeth* de Verdi, imposés par la Commission théâtrale.

Vers la moitié du dix-neuvième siècle, le maître de Busseto était très peu connu en France, et par cela même il n'était pas trop aimé, mais par contre, très fortement critiqué par les snobs parisiens d'alors, dont malheureusement la race n'est pas près de s'éteindre dans notre beau pays. Voici comme preuve une lettre d'Alphonse Karr, un homme de talent cependant, qui ayant abandonné les rives de la Seine pour celles du Paillon, jugeait avec l'esprit qui le caractérisait, la musique du célèbre maëstro.

« A Monsieur Ph B..., Paris »

« A l'opéra un décor qui reproduirait exactement, la grotte de Saint-André serait déclaré exagéré...

« Sous la voûte tapissée du velours vert qu'étendent les touffes chatoyantes des capillaires, des bergeronnettes et d'autres oiseaux ont caché leur nid, et payent en mélodies simples et franches, l'hospitalité qui leur est donnée.

« J'appuie sur la simplicité et la franchise des mélodies ; car c'est là qu'il faut les chercher, et non point au théâtre.

« Il est arrivé un grand malheur aux Italiens, et ce malheur s'est étendu comme une tâche d'huile du centre de l'Italie jusqu'à ses frontières extrêmes. Espérons qu'elle épargnera la France.

« L'Italie, une des deux patries de la musique (?) s'est prise d'engouement pour un faux musicien appelé M. Verdi. un homme qui écrit des bruits sur du papier et donne cela à crier à des chanteurs, bien vite égosillés, éraillés, fêlés. En ce moment on préfère M. Verdi à Rossini, un des grands génies que compte l'art de la musique, à peu près comme les Juifs préfèrent Barrabas au Christ. Les tapages de M. Verdi ont fatigué et usé les échos.

« De cet aveuglement étrange, l'Italie ne peut tarder à être punie par la surdité. Que la France se tienne pour avertie.

« *Discite Justitiam moniti et non temnere divos* »

« Je m'arrête pour deux raison, mon cher A... etc.

« Tout à vous,   ALPHONS KARR »

Que dirait donc l'auteur de *Sous les Tilleuls*, s'il avait entendu la « musique de l'avenir ! »

Après Ulisse Brambilla, c'est le genre mixte qui retourne au théâtre. La comédie s'alterne avec l'opéra, le vaudeville va de pair avec l'opéra-bouffe. Les affiches mentionnent journellement la *Sonnambula*, avec *Bataille de Dames* ; *Don Pasquale*, avec

---

(1) Il existe au répertoire 35 *Semiramide* soit : 2 opéras allemands, 1 espagnol, 2 français et 30 italiens.

(2) Cagnoni Antonio, compositeur italien, né à Godiasco en 1826, mort à Bergame en 1896. On a de lui une vingtaine d'opéras. *Don Bucefalo* est un vrai chef-d'œuvre bouffe.

Tambour battant ; la *Lucie* est suivie de *Lait d'Anesse*, ou *Il Giuramento* précède *J'ai tué ma femme*.

Et comme cela pendant trois années consécutives, pendant lesquelles on voit défiler successivement les impresarios MM. Charles Poppa Montana (De septembre 1852 au 31 mars 1853) Horace Buonacorsi (de septembre 1853 au 18 mars 1854), Antonucci et Bonfiglio (Du 30 septembre 1854 au 1er avril 1855).

Nous jugeons inutile de soumettre à nos lecteurs, la nomenclature des pièces offertes au public, nous citerons seulement *Maria di Rohan, Marino Faliero, Il Furioso all'isola di San Domingo* et *Poliuto* de Donizetti ; *Il Pirata, Capuletti e Montecchi*, de Bellini ; *Saffo*, de Paccini ; *Un episodio di San Michele*,[1] *Il Ritorno di Columella di Padova*, de Fioravanti ; *I Falsi Monetari* [2], *il Templario*, di Nicolaï ; *Il Bravo* [3], *Luisa Miller*, et *Rigoletto* de Verdi, opéras nouveaux pour Nice, chefs-d'œuvre sérieux et bouffes, tour à tour appréciés et applaudis, chantés par des artistes oubliés aujourd'hui, mais qui de leur vivant obtinrent un grand succès.

Qu'il nous soit permis de rappeler Madame Pozzi, contralto émérite, dont le souvenir n'est pas entièrement effacé parmi les quelques habitués du théâtre de l'époque et qui ont la bonne fortune d'être encore en vie, en l'an de grâce 1906 ; Mesdemoiselles Sannazaro et Kamerer, *prima-donna* renommées ; l'excellent baryton Cimino doué d'une voix admirable, qui excellait notamment dans les œuvres verdiniennes.

La gracieuse Dejazet, engagée par l'impresario Buonacorsi, fit également le délice des Niçois pendant les mois de mars et d'avril de l'année 1854. A signaler en 1852, la mort du maëstro Bellotti, le brave chef d'orchestre, modeste autant que travailleur, qui contribua par son talent à la bonne réussite de notre théâtre ; son remplacement au pupitre par Bottesini, chef d'orchestre du théâtre d'Alba, appelé à la direction du Regio, par 17 voix, contre 3, données à M. Ant. Vieil, de Nice, sur 12 concurrents ; et un concert, donné le 29 janvier 1854, par Sivori, un des plus grands violonistes de l'Italie, élève de Costa et aussi élève favori de Paganini. Sivori excellait dans l'interprétation et dans l'exécution des créations classiques de Haydn, de Mozart, de Beethoven et de Mendelssohn. Paganini composa pour lui un Concerto et six Suonate.

Cependant, MM. Garin di Coconatto, l'Intendant Sauvaigo, Adrien Barralis et Joseph Lacroix, nouvellement élus membres de la Commission théâtrale, n'osant continuer le genre inauguré au théâtre par leurs prédécesseurs, en informèrent le Conseil Municipal, qui réuni en séance extraordinaire, le 25 avril 1855, ordonnait après une discussion assez orageuse et par 25 voix contre 3 sur 30 votants, le retrait du genre mixte, et la réintégration de l'opéra italien, avec un corps de ballet complet.

Ce fut encore à un impresario inconnu, le sieur Diégo Bertini, que furent confiées les destinées théâtrales pendant la saison 1855-1856. L'ouverture eut lieu le 29 sep-

---

(1) *Episodio di San Michele* Il y a trois opéras du même nom : le premier de Pugni (Milan 1834) ; le deuxième de Concone (Turin 1836) ; le troisième de Savj (Gènes 1841).

(2) Il existe deux opéras bouffes : *I Falsi Monetari*. Le premier d'Auber, dont l'œuvre a été représenté à l'Opéra-Comique, le 1er octobre 1832; le second de Laure Rossi, au théâtre de la Scala, le 16 août 1834. C'est ce dernier qui a été donné à Nice pendant cette Saison.

(3) *Il Bravo*. Deux compositeurs italiens ont écrit deux opéras sur ce titre. Le premier de Marliani (1834) ; le deuxième de Mercadante. Les deux sont bons, cependant nous croyons que c'est celui de Mercadante qui a été joué.

tembre par une des dernières œuvres de Verdi, la plus aimée peut-être, la plus populaire certainement : *Il Trovatore*. L'enthousiasme fut tel à l'apparition de ce chef-d'œuvre sur notre scène, que la salle ne désemplit pas pendant les 30 fois qu'il fut représenté. L'Impresario, homme très intelligent, en profita pour ne donner qu'une seconde nouveauté : *Chi dura Vince* de Ricci, ce dont le public se contenta parfaitement.

Pendant ces cinq mois d'opéra, il y eut au théâtre diverses attractions, telle, une pièce en vers Niçois : *Caterina Segurana*, représentée une dizaine de fois. Un concert donné par M. Seligmann, violoniste de beaucoup de talent, et la fermeture du théâtre pendant quatre jours, l'honnête Bertini ayant brulé la politesse à ses pensionnaires. Bertini, avant de prendre la direction du Regio, avait oublié d'acquitter diverses factures dans la ville où précédemment il était directeur. Tracassé par ses créanciers, il les menaça de quitter Nice, sans les régler, s'ils persistaient à lui créer des ennuis.

Est-ce la conséquence due à l'influence atavique d'un nom ? C'est possible. Quoiqu'il en soit le 4 mars 1856, pendant la représentation donnée au bénéfice de la *prima donna*, Mlle Kenneth (un nom anglais), l'excellent Diego Bertini s'empressa subrepticement de filer à... l'anglaise, mais si vite et si adroitement, qu'on n'entendit plus reparler de lui. Par la même occasion il oublia de régler ce qu'il devait à Nice.

Heureusement que la saison touchait à sa fin, ce qui permit aux artistes de s'arranger tant bien que mal, et secondés par la Municipalité, ils décidèrent d'un commun accord, de donner du 9 au 16 mars, quelques représentations dont le produit fut partagé entre eux et l'orchestre.

M. Martel, entrepreneur et artiste français fut autorisé à exploiter au théâtre pendant deux mois (23 mars au 18 mai 1856), le drame et la comédie française. Il fut remplacé enfin par le célèbre tragédien italien, Gustave Modena, qui donna en une semaine, *I Due Sergenti, Luigi XI, Giacomo I°, Il Cittadino di Gand* et *Saül*.

Ainsi finit cette saison d'une durée de presque neuf mois. Dans cet espace de temps, trois genres différents se succédèrent, sans que le public eut l'air de trop s'en fatiguer. Heureux temps où l'on s'amusait si longtemps au théâtre, et à si bon marché.

Le jour même de la fuite de Bertini, la Commission venait d'engager un nouvel impresario, M. Luigi Scalaberni à qui elle concédait le théâtre pour trois ans, avec une subvention annuelle de 2.000 lires. Toutefois, elle était fort perplexe, malgré que le contrat fut renouvelable par annuité, aussi tremblait-elle pour les futures destinées de notre grand théâtre, quoique M. Scalaberni eut promis monts et merveilles au moment de la signature de la convention.

Au fond, elle n'avait pas tort, car après l'ouverture de la saison, le 30 septembre 1856, avec la troupe Gustave Modena, qui donna six représentations, l'élément artistique des troupes d'Opéra Italien et de Comédie Française qui débutèrent ensuite, laissa beaucoup à désirer.

Les réclamations faites n'obtinrent aucun résultat, les abonnés à leur tour protestèrent également sans succès, mais le public, le bon public qui paie, qui va au théâtre pour s'amuser et apprécier la bonne musique, le public du parterre, du paradis, se composant des amateurs du chant et de l'art, se facha à son tour. Les sifflets et les cris, furent à l'ordre du jour. Malgré cela, les autorités locales restaient muettes et indifférentes ; la Commission théâtrale chargée de l'exécution du cahier des charges, ne donnait aucun signe de vie.

Cette indifférence et ce silence exaspérèrent le public qui se facha pour tout de bon. Des cris on passa aux menaces, des menaces aux faits. Des troubles graves se renouvellaient ainsi presque tous les soirs de représentation.

Finalement M. Adrien Barralis, syndic, voyant que les esprits étaient par trop surexcités, ordonna la fermeture du Théâtre (8 décembre 1856), malgré les protestations de l'impresario auquel on imposa, ou le renouvellement complet de la troupe, ou la résiliation pure et simple du contrat.

M. Scalaberni s'exécuta : le 12 du même mois, devant une salle comble, la nouvelle troupe débutait avec *La Traviata*. Le rôle de Violetta, était tenu par une ancienne connaissance de nos concitoyens, Mlle Sannazaro, très aimée du public. Elle fut reçue par une ovation enthousiaste, partagée par les autres artistes, dont le talent du reste était à la hauteur de celui de la charmante protagoniste.

Si la saison artistique continua sans autres ennuis pour la direction, il n'en fut pas de même pour la municipalité, car Scalaberni, se basant sur les torts qu'on lui avait faits, c'est-à-dire, de lui avoir fait fermer le théâtre, le refus de lui payer les 2.000 lires de subvention qu'on lui avait accordées, la non autorisation de percevoir 2 % en plus sur les entrées, taux auquel il avait été autorisé, sur plusieurs autres griefs, assignait la ville en paiement de 25.000 lires de dommages intérêts.

Le Conseil Municipal, le 4 Mars 1857, autorisa le Maire à plaider, mais soit que les choses trainassent en longueur, soit que la perte certaine du procès conduisît la Ville à des dépenses plus élevées, après différents pourparlers entre les deux parties, et sur un rapport de M. l'avocat Louis Piccon, Conseiller Municipal, un arrangement fut conclu, et la Municipalité, se décidait à verser à Scalaberni, la somme de 4.500 lires à titre d'indemnité.

Cet arrangement fut ratifié le 20 mai 1857, à l'unanimité des membres présents au Conseil de Ville, sauf une protestation du sieur Gayet, qui exigea l'insertion au procès-verbal de ces mots : « Qu'il ne pouvait donner son vote à la transaction de cette affaire qu'il trouvait *gravosa per la Città* ».

Malgré tous ces petits ennuis, il y eut pendant cette gestion, diverses soirées qui méritent d'être signalées. Ce fut tout d'abord un concert donné par la célèbre cantatrice Giulia Grisi, de passage à Nice, où elle obtint un véritable triomphe. Puis trois concerts de Sivori, qui recueillit les applaudissements de ses admirateurs. Le succès de la première représentation de *La Traviata*, rappela celui qu'obtint *Le Trovatore*, l'année précédente. De plus, deux concerts où le célèbre violoniste Vieuxtemps fut acclamé. L'audition des demoiselles Virginie et Caroline Ferni, dont la renommée comme violonistes commençait à se répandre en Europe, enfin le grand bal offert par la Municipalité à S. M. le Roi Victor Emmanuel II, hôte de Nice pour quelques jours. Ce bal, dit Jean-Baptiste Toselli, dans ses « Précis Historiques », fut très brillant, et on évalue à plus de 2.000, le nombre des personnes qui y assistèrent. Le Roi resta plus d'une heure dans la loge royale. Il avait à sa droite, le duc de Parme, et à sa gauche le Grand Duc Michel de Russie, fils de l'Empereur, et de l'Impératrice de Russie, à ce moment à Nice.

Ensuite, il fit un tour dans la salle, accompagné de M. Adrien Barralis, maire, pour qui il avait toujours un mot aimable.

Somme toute, la saison fut assez brillante, et il était à supposer que Scalaberni, aurait été maintenu comme impresario pour la saison suivante. Il n'en fut rien. Etait-ce les conséquences du procès en cours, ou bien le conseil municipal gardait-il rancune à l'impresario pour la façon dont il défendait ses intérêts ? Le fait est que lorsque vint le moment de lui confirmer les prérogatives de la deuxième année, la Commission quoique bien disposée pour lui, dut se plier aux exigences du Conseil Municipal, qui repoussant une proposition de referendum public, décidait le 5 mars 1857, par bulletins secrets, et par 14 voix contre 9, l'admission au théâtre d'une troupe d'opéra et d'opéra comique français pour la nouvelle saison.

Comment notre vieille connaissance Donnay s'arrangea-t-il pour arriver à se faire investir de nouveau, des fonctions directoriales, lui qui jadis avait... filé, en laissant des souvenirs si peu recommandables ? En prenant les rênes de la direction, remboursa-t-il ces quelques mille francs qu'il avait oublié de débourser, lors de sa déconfiture ? Aura-t-il joué d'audace, ce qui réussit quelque fois, ou bien le Conseil, composé de bons enfants, oubliant cette somme, passée depuis longtemps sans doute, par profits et pertes, aura-t-il préféré ne pas la lui rappeler ? Autant de questions auxquelles à notre grand regret, nous ne pouvons répondre ; aussi sommes-nous forcés de laisser à ce sujet nos lecteurs dans l'ignorance la plus absolue.

Appelé par la Commission, Henry Donnay, vint avec une troupe d'opéra et d'opéra comique français, qui en, dehors du répertoire habituel, offrit pendant les quelques mois de son passage, la *Juive*, la *Reine de Chypre*, d'Halévy ; le *Caïd*, le *Songe d'une nuit d'Eté*, d'Ambroise Thomas ; le *Maître de Chapelle*, de Paër ; le *Barbier de Séville* (en français) ; *Fra Diavolo*, d'Auber ; *Gilles Ravisseur*, opéra comique en un acte d'Albert Grisar ; *Giralda*, *Si J'étais Roi*, le *Postillon de Longjumeau*, d'Ad. Adam ; *Martha*, l'*Ombre*, de Flotow, l'*Etoile du Nord*, de Meyerbeer, etc., chefs-d'œuvres des meilleurs maîtres de l'école française, encore en partie inconnus à Nice, interprétés par quelques artistes de valeur, tels que Jourdan, fort ténor ; Puget excellent ténor léger, en représentation ; Bonnefoy, basse comique très appréciée dans le jeu scénique qu'il adaptait pour chaque personnage ; Mmes Dormesson, première chanteuse, et Numa, dont la réputation n'était plus à faire. Cette dernière, après avoir quitté le théâtre, vécut retirée à Nice, très estimée par les quelques amis qu'elle fréquentait.

Si cette saison, qui dura du 10 septembre 1857 jusqu'au 31 mars 1858, fut assez digne d'être appréciée pour la partie vocale, elle laissa beaucoup à désirer pour la partie orchestrale, dirigée par M. Duval, chef très borné et dénué de l'énergie nécessaire pour mener à bonne fin une œuvre sortant de l'ordinaire. Voici comment s'explique le critique théâtral de l'époque, et dont la bonne foi ne peut être mise en doute, ayant contribué personnellement au retour de l'opéra français : « A la seconde représentation de la « Norma », la flûte et d'autres instruments se sont fait chuter. Il paraît que l'un des instrumentistes s'était endormi. A son réveil, il avait oublié qu'il devait transposer sa partie et a attaqué avec un demi-ton de différence. Qu'on juge de la cacophonie..., les cuivres trop bruyants... » Ces inconvénients se renouvelèrent très souvent dans la saison. Aussi lorsque Donnay concourut à la direction pour l'année suivante, offrant deux troupes une d'opéra italien, l'autre d'opéra français, resta-t-il sur le carreau. Il fut remplacé par Scalaberni à qui le Conseil Municipal, oubliant ses griefs, lui allouait en même temps que le théâtre, les mêmes prérogatives qu'il avait eues lors de sa première gestion.

Entre temps, un crédit de 2.000 lires avait été demandé au Conseil Municipal, par le colonel de la garde nationale, à l'effet de contribuer à l'organisation d'une musique dont le besoin se faisait, paraît-il, sentir dans cet honorable corps.

Cette demande du colonel Dayderi fut malheureusement repoussée par le rapporteur du Conseil Municipal. Le chevalier Arson, membre de la Commission théâtrale proposa que cette somme, évidemment insuffisante pour former un corps de musique, fut allouée au chef d'orchestre qui serait nommé en remplacement de Bottesini, démissionnaire.

Dix concurrents étaient en présence, mais la Commission sous la présidence de M. François Malaussena, maire, et avec le concours des professeurs et des amateurs les plus distingués de la ville, tout en appréciant le mérite de tous les postulants, fixa son choix sur M. Bregozzo, chef d'orchestre du théâtre royal de Turin, à qui elle alloua 2,500 lires d'appointements, tant comme chef, que comme répétiteur des chœurs.

Après un choix si louable pour la partie musicale, la réputation artistique du théâtre ne pouvait que s'accroître. C'est ce qui arriva : aussi la Commission s'inclinant devant le succès obtenu par les représentations admirables à tous les points de vue pendant la saison, reconfia-t-elle pour l'année 1859-1860, la direction au susdit Scalaberni, qui sut y maintenir l'élégance et le bon ton qu'il avait introduits dans la salle de la rue Saint-François-de-Paule.

Les nouveautés données pendant ces deux saisons furent, il est vrai, peu nombreuses, mais très bien interprétées. Nous relevons seulement *il Campanello*, paroles et musique de Donizetti, *Roberto Devereux*, *Don Sebastiano*, et *la Figlia del Reggimento* du même auteur. Cette dernière œuvre fut mieux accueillie sur notre scène, que lors de son apparition en 1850. *Pipelé* du maestro De Ferrari, et l'opéra *Marie Tudor*, de Kachperoff, créé le 10 mars 1860, par les excellents artistes, MM. Pasi, Cottogni, Mlle Sanchioli, auxquels il convient d'ajouter les autres pensionnaires, Mlles Boccabadati, Degioanni Vives, premières chanteuses, Tarsella Rinaldi, contralto ; MM. Vincentelli, Danieli, ténors ; Monari Rocca, baryton ; Reduzzi, Demi et Menin, basses, adorés du public.

Quoique ayant renoncé à la scène, une étoile, Mme Sophie Cruvelli, comtesse Vigier, qui, passionnée pour notre littoral, venait de s'y établir, donnait, le 1er décembre 1858, son premier concert au bénéfice des pauvres de la ville. Douée d'une voix admirable, elle vit, devant une salle comble, reconfirmer la renommée que son talent de chanteuse lui avait fait acquérir dans l'Europe entière.

Un autre concert est à signaler vers cette même époque : celui donné par Giov. Bottesini, chef d'orchestre de talent. Contrebasse extraordinaire, surnommé le Paganini de la contrebasse [1]

1. Giov. Bottesini, fut choisi par Verdi pour diriger l'orchestre lors de la création d'*Aïda* au théâtre khédival du Caire. Il fut ensuite directeur du conservatoire de Parme, où il mourut en 1889. Bottesini était en outre compositeur de talent. On a de lui une douzaine d'opéras sérieux, dont plusieurs eurent un succès assez retentissant.

Mais le théâtre ne faisait pas oublier la Patrie, et Nice concourait pour une large part aux sacrifices énormes que s'imposait le Piémont pour la défense de son territoire. Napoléon III, après avoir fléchi l'opposition de ses ministres, offrait à l'Italie le concours de la France, et fort des protestations de l'Angleterre, de la Russie et de la Prusse après l'ultimatum de l'Autriche du 23 avril 1856 à Victor-Emmanuel, il donnait des ordres pour que ses troupes descendissent en Piémont, afin de relever l'insolence de François-Joseph,

Nous ne pouvons dans ce cadre trop restreint, raconter les fêtes brillantes que nos concitoyens donnèrent aux magnifiques troupes françaises lors de leur passage à Nice ; bornons-nous seulement à rapporter que les huit jours pendant lesquels ils traversèrent la ville (du 14 au 22 Mai 1859) furent huit jours de manifestations populaires.

Le syndic de la Ville, M. François Malaussena, dans un manifeste adressé à la population disait :

« Ces fiers et brillants cavaliers que vous allez admirer, sont les enfants de la France, ce sont les soldats de Napoléon III, qui a juré de rendre l'Italie libre jusqu'à l'Adriatique, et qui, pour accomplir cette promesse, est venu lui-même à la tête de sa vaillante et formidable armée, combattre à côté de notre bien aimé Souverain, Victor-Emmanuel : Ce sont les héritiers du nom, des traditions et de la gloire de cette vieille garde, qui fut et restera le modèle de la fidélité, de l'héroïsme et des plus brillantes vertus militaires.

« Nous sommes les enfants d'une terre qui semble placée entre les Alpes et la mer pour servir de trait d'union entre la France et l'Italie, d'une terre qui, à la fidélité la plus constante et la plus inaltérable envers la glorieuse dynastie de Savoie, a su dans tous les temps, joindre les sentiments de la plus vive sympathie envers la France.

« Niçois soyons digne de nos hôtes ! Soyons digne de nous-mêmes ».

Certes il n'y avait pas besoin de faire appel à la population niçoise, si franche et si hospitalière. Le patriotisme seul suffisait, pour que les régiments de passage dans nos murs, fussent choyés, fêtés, admirés et hautement acclamés. Tous les soirs, les édifices publics et toute la ville étaient illuminés en leur honneur, les Cercles ouvraient leur porte à tous les officiers et soldats de passage ; la direction théâtrale mettait à la disposition des officiers français, le premier rang de loges, et l'entrée libre aux simples cavaliers. Un bal magnifique fut donné le 21 mai, dans la salle du théâtre, en l'honneur des officiers du 1er Régiment des Cuirassiers de la Garde, commandé par le colonel Ameilh. Cette fête fut très brillante, dit un témoin oculaire, et pendant que les officiers dansaient avec les dames de la Ville, les bouquets pleuvaient sur ces vaillants jeunes gens, au point que chacun d'eux, en était surchargé.

Après les victoires de Magenta, San Martino et Solferino, une suspension d'armes fut conclue le 7 juillet 1859. Cette trève fut le prélude de l'entrevue de Villafranca, où des arrangements furent conclus entre les deux Empereurs, après lesquels arrangements, Napoléon annonçait le 12 du même mois, que la paix avait été signée avec l'Empereur d'Autriche. Les troupes rentrèrent alors en France, et quelques jours après, quatre régiments de cavalerie, repassèrent à Nice [1].

1 Jean-Baptiste Toselli. Précis-Historiques de Nice.

Ce n'étaient plus hélas ! ces beaux cavaliers, qui quelques mois auparavant, faisaient l'admiration de la population entière. C'étaient des soldats noircis par le soleil, couverts de poussière, fatigués par une campagne, courte, mais terrible. Vainqueurs d'une nation despotique, ils furent reçus avec le même enthousiasme, d'un caractère plus sérieux peut-être, en tous cas d'une façon tout aussi cordiale, fraternelle et reconnaissante, que lors de leur premier passage.

Il n'y eut aucune réception au Théatre Royal, fermé à cette époque, mais les fêtes, les protestations d'amitié furent les mêmes. Les banquets succédèrent aux banquets, les discours aux discours, et les sentiments de reconnaissance envers la France et l'armée française furent tels, qu'ils seront toujours pour Nice, un titre de gloire, et de doux souvenirs.

Un héros manquait à ces fêtes patriotiques et fraternelles, notre concitoyen Joseph Garibaldi, dont la légion, par les nombreux volontaires accourus sous son commandement, avait atteint les proportions d'une division.

Quoiqu'il ne fut pas là pour partager les lauriers décernés aux vaillants défenseurs de la jeune Italie, Nice, ne l'oubliait pas dans ses transports d'allégresse, pas plus qu'elle n'oubliait que chaque combat, livré par le vaillant champion de l'Indépendance, s'était changé en une victoire. Aussi la population pour lui exprimer sa reconnaissance, fit appel à la municipalité, qui, dans la séance du 15 juin 1859, délibéra par acclamation, de lui décerner un sabre d'honneur, et chargea le maire de lui communiquer cette délibération populaire, à laquelle M. François Malaussena syndic, ajouta en son nom personnel, les plus vives félicitations pour son admirable conduite.

CHAPITRE III

La troupe italienne de M. Luigi Scalaberni, fit ses adieux au public niçois le 1er avril 1860. Un mois après, le 6 mai, le Grand Théâtre rouvrait sous la direction de M. Avette, directeur du théâtre français, avec la comédie et le vaudeville français.

Pendant cette courte saison d'été, close le 8 juillet, on consacra plusieurs soirées à des manifestations patriotiques. Les 14, 16, 17 et 18 juin, acteurs, artistes amateurs, poètes et musiciens rivalisèrent d'entrain pour fêter dignement l'avénement de la ville de Nice, dans la grande famille française. *L'Etoile de Nice*, ou le *Vote de l'Annexion*, pièce en plusieurs tableaux, de Théodore de Banville, *Le Vœux du Pays* (cantate), *Nice Française* (scène lyrique), *Hymne aux Niçois*, *Chant national des Niçois*, air de la *Reine Hortense*, pièce, cantates, poésies de circonstances, furent tour à tour jouées et chantées pendant ces quatre jours, puis la saison se clotura avec *Souvenirs de Jeunesse* et *la Femme aux œufs d'or*, vaudeville en un acte, dans lequel quelques années plus tard, devait se faire applaudir au théâtre français, notre excellente compatriote, la toute gracieuse Honorine.

Napoléon III, désirant connaître ses nouveaux sujets, après un voyage à travers la France, fit annoncer pour le 12 septembre 1860, son arrivée à Nice avec l'Impératrice. Un bal splendide lui fut offert au théâtre le même jour par l'Administration municipale. Après avoir complimenté les commissaires chargés de la décoration de la salle [1],

(1) *Revue de Nice*, septembre 1860.

l'Empereur ouvrit le bal avec Mme Paulze d'Ivoy, femme du Préfet, et l'Impératrice avec M. Malausséna, maire de Nice. Les trois adjoints figuraient dans ce quadrille, ainsi que Mlle Mathilde de Cessole et le général Frossart. Vers les 11 h. et demie, LL. MM. firent le tour de la salle et se retirèrent après avoir recueilli sur leur passage, les témoignages de respect et de dévouement.

Rien de remarquable jusqu'à l'ouverture de la saison 1860-1861, sous la direction de M. Avette, à qui le théâtre, après la démission de M. Scalaberni, avait été concédé pour une période de cinq ans, avec une dotation de 6.000 francs. Le nouvel impresario faisait débuter le 29 septembre 1860, ses artistes d'opéra italien dans le *Trovatore*, mais les représentations lyriques furent intercalées avec quelques soirées de comédie, où Avette joua en artiste de talent, le *Tartuffe* et le *Dépit amoureux*.

Sont-ce (chiffre exact) les 5.891 fr. 35, qui permirent à ce directeur de faire si bien les choses? Nous l'ignorons, mais nous sommes forcés d'avouer, et ce, d'après les souvenirs de quelques vieux amis qui assistèrent à ces représentations, et d'après les journaux de l'époque, que jamais pareille troupe, n'était passée sur notre scène.

S'il n'y eut pendant cette saison que deux nouveautés : *Aroldo* et *Un Ballo in Maschera*, de Verdi, il y eut par contre une pléïade d'artistes de tout premier ordre, où Mlles Berini et Pozzi [1], deux étoiles douées de qualités remarquables, se firent applaudir tour à tour par un public emballé pour leur talent et leur voix admirable, au point qu'il s'était formé en ville, deux camps, *les Berrinistes* et *les Pozzistes*, qui ne reculaient devant aucun sacrifice pour obtenir la victoire.

Mais moins terribles que *les Capulets et les Montaigus*, les deux partis luttaient avec des armes, où beaucoup de combattantes auraient capitulées... sans conditions. En effet, c'était à qui des deux adversaires pouvait offrir une splendide gerbe de fleurs, un bijou ou un joyau supérieur en beauté et en richesse, à l'une ou à l'autre des deux charmantes artistes. Mlles Marini et Sanchioli, autres *prime donne*, toutes aussi applaudies se partageaient les faveurs avec MM. Vincentelli, Corsi ténors, Berraghi baryton, Galli basse, etc, etc., tous chanteurrs de *primó cartello*.

En directeur infatigable, sitôt les représentations lyriques terminées, M. Avette continua jusqu'au 6 juin, avec la comédie française, pour rouvrir le 5 octobre 1861, avec quelques représentations de comédie, et le 26 octobre, avec l'opéra italien, où Vincentelli était remplacé par l'admirable ténor Pavani, dont les Niçois gardent encore un souvenir inoubliable. Nos anciennes connaissances Mlles Berrini et Pozzi ; Giannini, baryton ; Maini, basse, et Ronconi, inimitable dans le rôle de Bartolo du *Barbier de Séville*, firent les délices de cette saison, que nous ne devons pas clôturer, sans rappeler le concert organisé au profit des pauvres de la ville (16 janvier 1862), par Mme la baronne Vigier, Mme la comtesse Orsini, MM. Tamburini [2] et Caffei.

Contentons-nous de dire [3], que le programme fut à la hauteur des célèbres artistes, et pour éviter les redites, déclarons que Mme la baronne Vigier est restée à la hauteur de Sophie Cruvelli, que Mme la comtesse Orsini, se montra la digne élève du

---

(1) Mlle Pozzi, chanteuse légère, n'a de similaire que le nom, avec Mlle Pozzi, contralto émérite, pensionnaire de Ulisse Brambille (saison 1851-1852).

(2) Revue de Nice. — Janvier 1872.

maestro Rossini. Sa voix d'une douceur peu commune, se mariait harmonieusement avec celle de Caffei et de Tamburini, dans le duo *Il vero intense*, de *Roberto Devereux*, et dans la *Donna che sei*, du *Nabucco*, œuvre magistrale par laquelle Mlle Brambilla, inaugura la musique de Verdi au théâtre italien de Paris en 1845. Ce concert produisit la jolie somme de 12,697 francs. Une œuvre nouvelle seule fut donnée *I Moschettieri*, opéra de Sinico, très favorablement accueilli par les dilettanti. *Un Ballo in Maschera*, qui l'année précédente avait obtenu la faveur des amateurs de bonne musique, fut revu et applaudi avec enthousiasme.

Comme dans toutes ses œuvres, où, passionné par les situations empoignantes, et les dénouements dramatiques, Verdi a écrit pour cet opéra, une musique toute aussi palpitante, toute aussi angoissante, toute aussi mélodieuse que celle du *Trovatore*, du *Rigoletto*, de *La Traviata*, d'où, son succès en Italie, confirmé à Nice par sa popularité.

Pendant cette saison que clôtura le 13 avril 1862, les troupes « Seria et Buffe » avons nous dit, furent excellentes, aussi la presque généralité des artistes qui avaient charmé les Niçois pendant les années 1860-61-62, furent de nouveau les pensionnaires de M. Avette pendant sa gestion de 1862-63, où nous retrouvons entr'autres les premières chanteuses, Mlles Pozzi, Waiser, Molli ; Mlle de Fanti, mezzo-soprano ; et Mlle Gagioli, contralto ; MM. Pavani, Corsi, ténors ; Giannini, Giotti, barytons ; d'Anfossi, basse noble ; Ronconi, basse-bouffe, complétaient ce magnifique tableau.

La troisième année de direction Avette débutait, on le voit, sous des auspices tout aussi brillants que ses devancières, malgré que la dotation eut été supprimée depuis l'année précédente. Mais en compensation, la Municipalité désirant faire bien les choses, avait sous la rubrique « Entretien », dépensé 6,466 fr. 78 en 1861, et 14,444 fr. 45 en 1862, pour des travaux d'améliorations exécutés au théâtre, d'après les devis d'une Commission nommée à cet effet, la Commission théâtrale ayant été supprimée à l'annexion. La salle étant ainsi à peu près remodernée, et en état de recevoir le public d'élite qui la fréquentait, M. Avette ouvrait la série des représentations le 21 octpbre 1862, avec *Jone*, opéra de Petrela, qui fut suivi d'une autre nouveauté. *Tutti in Maschera*. opéra-bouffe de Pedrotti, partition pleine de verve et d'éclat, très applaudie plus tard à Paris, sous le titre : *Les Masques*, mais dont les représentations à Nice donnèrent lieu à quelques manifestations sans grande importance.

Dans *Tutti in maschera*, un personnage de la pièce, artiste et impresario, ayant engagé en Turquie, quelques compatriotes pour former une troupe d'opéra, arrive parmi eux, avec un drapeau italien à la main, et après avoir fait plus ample connaissance avec ses nouveaux camarades, il désire, en bon patriote, rappeler la patrie absente, terre de l'harmonie, de la musique et de l'amour. Il entonne alors un air qui commence par ces paroles :

Viva l'Italia, terra del canto, etc.

A la première représentation, cet air fut fort applaudi par tous les spectateurs sans exception, mais à la deuxième, l'arrivée des couleurs italiennes fut saluée par des applaudissements frénétiques. Alors des sifflets se mêlèrent aux applaudissements, et la manifestation devint politique. La police pour rétablir l'ordre, fit baisser la toile, et non sans peine, évacuer la salle.

Les représentations suivantes furent tout aussi mouvementées. Ce n'est qu'à la suite des mesures prises, c'est-à-dire la suppression du drapeau italien sur la scène, et la variante :

Viva la Patria, terra del canto, etc.

que les esprits se calmèrent, puis, tout rentra dans l'ordre normal et les représentations se suivirent sans autres incidents jusqu'au 29 mars 1863, dernière représentation de la saison, clôturée avec *I Lombardi*, de Verdi, œuvre qui n'avait pas été entendue depuis longtemps et revue avec plaisir par les dilettanti qui ne cessaient, comme en 1849, de prodiguer les applaudissements à notre père M. Ant. Vieil, pour la façon magistrale avec laquelle il enlevait le prélude, et le fameux solo de violon du 3e acte.

La « Revue de Nice » en parlant de la troupe italienne d'opéra s'exprime ainsi : « Mademoiselle Waiser, à la fin de son engagement au théâtre Apollo, de Rome, viendra prendre place à côté de MMlles Pozzi, Molli et de Fanti, prima donna mezzo soprano, laquelle ayant fait ses débuts dans *Tutti in maschera*, nous a démontré qu'elle a tout ce qu'il faut pour réussir ; aussi son triomphe a été décidé dès la première soirée.

« Nous avions les années précédentes, le camp des *Berrinistes* et celui des *Pozzistes*, dans quelques jours, nous allons avoir trois partis les *Pozzistes*, les *De Fantistes* et les *Waiseristes*.

« Quant à Pavani [1], qui donne les ut dieze, tout comme Tamberlich, il est magnifique dans le *Trovatore*. Mais dans la *Favorite*, jamais dans aucun de ses rôles, il n'avait atteint à une pareille hauteur. Il a été chanteur accompli depuis le commencement jusqu'à la fin, et jamais il n'avait fait preuve de plus de talent comme acteur. Il a été surtout très beau dans la scène de la confession, et dans celle où il brise son épée devant le roi. »

« Pavani a une qualité qu'il porte au plus haut degré, et dont il n'avait jamais si bien montré l'étendue, c'est ce qu'on appelle en Italie, la *Smorzatura*, c'est-à-dire, la science de chanter doucement en éteignant le son. Nous l'avons déjà écrit, et nous le répétons, Pavani est appelé à recevoir la consécration de son beau talent aux Italiens de Paris.

« Ronconi, notre excellente basse bouffe, dont le talent égale la souplesse, démontre tout ce qu'un acteur habile peut démontrer, et donne tout ce qu'un artiste de talent peut donner. Nous pouvons sans crainte, l'appeler le roi des chanteurs comiques.

« L'orchestre, très homogène, soutenu par une main de fer, est admirable d'ensemble sous la baguette du brave maestro Bregozzo ».

Ces saisons théâtrales furent excellentes sous tous les rapports, et certainement le Directeur devait être on ne peut plus content des résultats pécuniaires obtenus pendant ces trois années. Pour démontrer l'exactitude de ce que nous avançons, nous donnons ci-dessous un aperçu de quelques recettes sérales, elles prouveront par leur chiffre, combien le public était passionné pour ces artistes et pour ce répertoire en faveur, aussi bien à l'époque, qu'il l'est encore de nos jours.

---

(1) *Messager de Nice*, 24 février 1863.

Un Ballo in Maschera, 1.662 fr. 25 ; Il Trovatore, 1.421 fr. ; La Favorite, 2.215 fr. ; Tutti in Maschera, 1.484 fr. 15 ; Il Barbiere di Siviglia, 1.515 ; Otello, 1.500 ; La Traviata, 1.462 fr. 25 ; Lucia, 1.690 fr. 80, etc., etc., ce qui est tout simplement splendide pour un théâtre qui était d'un quart au moins, plus petit que le théâtre actuel, et vu le prix modique des places d'alors pour lesquelles on payait : Fauteuil d'orchestre : 5 fr. ; stalle, 3 fr. ; parterre, 1 fr. 25 ; paradis, o fr. 40.

Avec l'année 1863, la Comédie française disparaît du Théâtre Impérial, pour passer définitivement au Théâtre Français, dont Avette, par un répertoire toujours nouveau, par les bonnes troupes d'opéra-bouffe, voire même d'opéra-comique, survenues plus tard, combla une lacune existant à l'époque, et qui existe plus encore depuis sa disparition, par suite du développement continuel de notre ville.

Ce théâtre, à la portée de toutes les bourses, permettait aux gens de n'importe quelle condition de fortune, d'aller le soir, passer quelques heures agréables, ce qu'on ne peut plus faire aujourd'hui, à cause de l'exiguité des places au Grand Théâtre, et les prix élevés qui sont demandés, aussi bien à l'Opéra, qu'aux autres établissements de la Ville, où l'on ne peut se rendre sans grands frais de toilettes ou de mises par trop étranges.

Jadis une famille, en payant vingt-cinq sous par personne, pouvait entendre une bonne comédie ou un vaudeville délicieux, un bel opéra bouffe, et souvent pour le même prix, l'opéra-comique. Aujourd'hui, dans tous ces Casinos plus ou moins luxueux, dont la moindre place est de trois francs, le petit bourgeois y est banni, et à l'ouvrier n'est point permis d'y mettre le pied.

Il est vrai qu'il y a journellement une distribution assez large de cartes, dites de faveur, mais combien de personnes ne refusent-elles pas cette aumône, qu'on paye trop souvent à un prix beaucoup plus élevé, que la valeur d'un fauteuil dont on se plaît de faire cadeau.

Aussi réclamons-nous, de toutes nos forces, de voir édifier à Nice un théâtre populaire dont le besoin se fait plus que jamais sentir, un théâtre moral, instructif, utile, où les pauvres gens pourraient passer quelques soirées à bon marché, et, où à défaut de morale, ils verraient quelques jolis spectacles, toujours plus intéressants que les insanités et les pornographies débitées dans certains beuglants qui, malheureusement, augmentent tous les jours, et dans lesquels le Nice éhonté s'étale dans toute sa laideur et dans sa nudité hideuse.

Que nos édiles réfléchissent sérieusement ; et, peut-être verront-ils que ce n'est pas trop demander.

Avec l'année 1863, avons-nous dit, la comédie française quittant le Théâtre Impérial passait au Théâtre Tiranty, exploité également par M. Avette, directeur très intelligent, mais surchargé de travail, et ne pouvant par cela même, mener de front deux affaires aussi importantes. Désirant surtout se créer une clientèle pour la nouvelle salle, il devait d'abord transporter, si nous pouvons nous exprimer ainsi, le public sur la rive droite du Paillon, et pour cela faire, laisser nécessairement péricliter la salle de la rive gauche. C'est ce qu'il fit et ce qui arrivera toujours lorsqu'un même directeur exploitera deux entreprises similaires où, fatalement, une réussira au détriment de l'autre. C'est pour cela que les saisons de 1863 à 1865 furent très mauvaises au Théâtre Impérial. Forcé à négliger cette salle, qui cependant avait été pour lui une source de revenus en même temps qu'un triomphe artistique, il engageait pour l'année 1863-64, différents artistes qui furent sifflés aux débuts des représentations et résiliés. Seuls, Cantoni, ténor léger, l'incomparable Ronconi, Segri-Sigarra, basses, secondés par Mlles Stolz [1], Ferri et Varesi, premières chanteuses, firent honneur à la corporation, mais quant au reste de la troupe, faibles ou continuellement malades — grippés sans doute — ces artistes ne purent donner ce que l'on attendait d'eux, aussi se contentèrent-ils, le plus souvent, de figurer.... sur l'affiche, mais rien de plus.

Il n'était bruit cette année-là, que du début d'un ténor niçois, Baptistin Colomas, fils de braves paysans de Saint Roch. Il retournait de Milan, après avoir été étudier le chant et la musique au Conservatoire très renommé de cette ville. Grâce à sa voix fraîche et juvénile, Titin avait parcouru une partie de l'Italie et une partie de l'Espagne. Quelques succès facilement obtenus lui laissaient entrevoir une carrière semée de fleurs.

Malheureusement, Titin fut forcé, dès son arrivée à Nice, de reconnaître l'axiome : « Nul n'est prophète dans son pays ». Il en reconnut la valeur, le soir du 23 décembre 1863, où, pour la première fois, il chantait devant ses compatriotes le quatrième acte de *Lucie*.

Les paysans des environs, ses amis de Saint-Roch, les niçois, se rendirent en foule au théâtre, et lorsque Titin mit le pied sur la scène, tout de noir vêtu, sombre sous son feutre à plume, l'épée au côté, les braves campagnards, ses amis, ne purent tenir leur admiration. Des cris répétés : « E viva Tin ! Bravo Tin ! saluèrent son entrée et le Tin, timide de nature, émotionné, ahuri, apeuré devant ces hurlements, manqua tous ses effets, chanta sans assurance, tomba poignardé tant bien que mal, et..... mourut, en tuant avec lui une célébrité qu'il escomptait, au moins, au sein de sa terre natale.

Hélas ! il aurait dû se méfier de l'esprit caustique et gouailleur de ses concitoyens... Tin à été sacrifié par le ridicule, et il n'a pu se relever de cette chute icarienne. Après avoir, pendant quelques années, rempli les emplois de comprimario, Tin se retira du théâtre, complètement désillusionné. A l'heure actuelle, il exploite sur le cours, un petit commerce qui l'aide à vivre et où, dans ses moments de loisirs, il parle quelquefois sans amertume avec ses amis intimes, de son passé artistique... de la chasse et de la pêche. Heureux Tin !

Malgré les observations de la Municipalité, la saison 1864-65, ne fut pas plus heureuse. Les débuts furent mauvais. Mlle Ferucci, prima-donna, fut sifflée. Caruba fort ténor, plusieurs chefs d'emplois, furent résiliés et remplacés par d'autres chanteurs sans grands mérites. Par contre, comme dans le courant de la saison précédente, Cantoni, Segri-Sigarra, Ronconi furent applaudis, à côté de Mmes Morandini, Grosso, Angiolini que nous citons seulement comme mémoire.

Aussi, le mécontentement fut-il général et Avette, pris à parti par la population, se vit dans la nécessité d'envoyer sa démission de Directeur du Théâtre Impérial. Dans la séance du Conseil Municipal, réuni le 20 mars, M. François Malausséna, maire, après avoir terminé la lecture de la lettre dans laquelle M. Avette l'avisait qu'il renonçait à

(1) Ne pas confondre avec la célèbre cantatrice Rosine Stoltz.

la continuation de l'exploitation de l'Opéra, s'exprimait ainsi : « M. Avette, n'a pas apporté, pendant ces dernières années, la capacité qu'on était en droit d'exiger d'un directeur de théâtre aussi fréquenté que celui de Nice, non seulement par la population, mais surtout par la colonie étrangère... et une plus longue entreprise, aussi défectueuse ne pourrait qu'entraîner tout à fait la défaveur du public... Je prie donc le Conseil, d'accepter la démission de M. Avette... » Ce qui fut fait à l'unanimité des membres présents.

Si M. Avette fut avare de nouveautés, pendant les trois premières années de sa direction théâtrale, il ne fut guère plus généreux pendant les deux dernières, où nous ne voyons figurer au programme, comme opéras nouveaux, que *Guerra in Quattro*, de Pedrotti ; *Stradella*[1] ; *Mosé*, de Rossini, *Cristoforo Colombo*, de Barbieri, et *Il Birrayo di Preston*, de Luigi Ricci, c'est-à-dire rien de réellement neuf, sauf *Guerra in Quattro* datant seulement de 1861.

Les soirées sensationnelles ne furent pas nombreuses non plus, et si ce n'étaient deux concerts de Madame la baronne Vigier, au profit des pauvres de la Ville (19 février 1864 et 31 janvier 1865), concerts dont le produit s'éleva à environ 25,000 francs, et la présence au théâtre des Empereurs Napoléon III et Alexandre II de Russie, ces deux saisons auraient été d'une monotonie extraordinaire.

Appelés auprès du Tzarewich, malade à la Villa Bermond, l'Empereur et l'Impératrice de Russie, arrivèrent à Nice, le 21 octobre 1864, à 5 heures du soir, par une pluie battante. Mais le temps s'étant remis au beau, l'Empereur Alexandre en profita pour aller au théâtre entendre *la Traviata*, opéra qu'il devait revoir le 28, en compagnie de l'Empereur Napoléon, venu expressément de Paris, pour conférer avec l'hôte illustre que Nice avait l'honneur de posséder.

Cette soirée de gala mérite d'être rappelée, pour la simple raison que cette étude sur notre Grand Théâtre, est à notre avis, une page d'histoire locale. C'est donc avec plaisir que nous nous empressons d'en donner les détails, que nous empruntons aux journaux de l'époque.

Napoléon III, arriva à Nice, le 27 octobre, à 8 heures et demie du soir, accompagné du vice-amiral Jurien de la Gravière et du général Fleury, aide-de-camp. M. Gavini, préfet, l'attendait à la gare. Après lui avoir souhaité la bienvenue, il l'accompagna à la Préfecture où il fut reçu par le général Correard, commandant la division, le Maire de Nice et Mme Gavini.

Le lendemain, au moment où S. M. se disposait à recevoir les autorités et les corps constitués de la Ville, S. M. l'Empereur Alexandre, prévenant la visite de Napoléon, arriva à la Préfecture. L'entrevue se prolongea une demie heure. Après la réception officielle, l'Empereur se rendit à la Résidence Impériale de Russie. Cette visite dura près de deux heures. La double rencontre fut on ne peut plus cordiale. Le secret le plus absolu fut naturellement gardé sur ces entrevues.

Le soir de cette journée, il y eut représentation de gala au théâtre. Les détails que nous donnons sont extraits du *Journal de Nice*. « La représentation au Théâtre

---

(1) *Stradella*. — Il figure au répertoire trois opéras de ce nom. Le premier de Pacini (Paris 1887). Le deuxième de Flotow. (Munich 1845) et *Stradella* de Moscuzza (Naples 1850). Ce fut l'œuvre de Flotow, qui fut sans doute représentée en 1865.

Impérial, a été splendide. La salle était garnie de bonne heure par une foule immense. Les loges et les stalles étaient occupées par les dames en grandes toilettes. L'Empereur Napoléon arrivé à 8 heures a été salué par des cris unanimes de Vive l'Empereur, plusieurs fois répétés, et qui ont interrompus l'Air National de la Reine Hortense, exécuté par l'orchestre.

« L'Empereur Alexandre II, est arrivé un quart d'heure après. S. M. Napoléon, lui a fait les honneurs de la loge Impériale. L'entrée du souverain de la Russie a été également saluée par l'Hymne nationnal russe, qui a interrompu momentanément la représentation. La salle a acceuilli le Tzar, par de chaleureux applaudissements, mêlés aux cris répétés de Vive l'Empereur.

« LL. MM. étaient en habit de Ville. L'Empereur Alexandre placé à la droite de l'Empereur Napoléon, portait le Grand Cordon de la Légion d'honneur. L'Empereur Napoléon, portait le Grand Cordon de l'Ordre de Saint-André.

« Dans la loge Impériale avaient pris place derrière LL. MM. les Maisons des deux souverains, le Maire, et les Adjoints de la Ville, etc. Pendant la représentation, les deux souverains ont échangés fréquemment la parole, et le sourire était souvent sur leurs lèvres.

« Le public a été vivement impressionné de cette cordialité entre les deux Empereurs.

« La façade du théâtre, était brillamment illuminée et pavoisée aux couleurs des deux nations. Les abords de la loge Impériale, et la loge elle-même avaient été décorés avec beaucoup d'élégance, par les soins de la Municipalité. L'escalier extérieur, qui conduit à la loge, et le salon qui la précède étaient étincelants de lumières et de fleurs. Sur la table qui garnissait le milieu du salon s'élevait une magnifique jardinière, un chef-d'œuvre, faite sur place par un grand artiste en bouquets *(sic)*. Cette corbeille avait été commandée par la Municipalité au jardin d'Alphonse Karr.

« LL. MM. ont quittés le théâtre à 10 heures et demie, la foule qui stationnait dans la rue Saint-François-de-Paule a, de nouveau, salué par des vivats enthousiastes le départ des deux monarques...» qui devaient, l'Empereur Napoléon, quitter Nice pour Paris, le lendemain à 8 heures, et l'Empereur Alexandre, le 30, à 11 heures du matin, pour Saint-Pétersbourg, après avoir assisté à la messe célébrée à l'Eglise Russe.

Qu'ont-ils dit ces deux hommes pendant ces quelques heures passées ensemble ? « Le secret le plus absolu a été naturellement gardé », avons-nous dit plus haut ; oui, il a été trop bien gardé, malheureusement pour eux, car s'ils s'étaient ouverts à des conseillers bien pensants, ils auraient peut-être évité les désastres qui se sont produits depuis cette époque...

Quelques jours plus tard, le prince Pierre-Nicolas-Alexandre, second fils du Tzar, futur héritier du trône, arrivait le 12 novembre en rade de Villefranche, sur la corvette *Vitiaz*, escortée par la frégate *Newski*. Le 13, il assistait à une représentation de l'*Elisir d'Amore*, chanté par Mmes Grosso, Angiolini, MM. Cantoni et Ronconi. Le prince s'intéressa beaucoup à l'adorable partition de Donizetti, et envoya ses compliments aux excellents interprètes.

Cette saison se termina le 31 mars 1865, avec le *Stabat Mater*, de Rossini, chanté par Mmes Morandini, Ferucci, MM. Villani et Segri-Sigarra.

Depuis la construction du théâtre, les administrations qui s'étaient succédées à l'Hôtel de Ville, avaient fait exécuter les travaux de réparations les plus strictement nécessaires à la conservation de l'immeuble. Or, malgré toutes les dépenses faites, plus 20.000 francs, dépensés en 1861-62, le renouvellement du pavage fait en 1865, pour lequel il avait été voté un crédit de 3,400 francs, et les améliorations apportées à la grande loge, dont les frais s'élevèrent à environ 3,000 francs ; le temps et l'usage accomplissant leur œuvre de destruction, l'immeuble avait considérablement souffert, tant extérieurement qu'intérieurement. Il était urgent de procéder à une restauration générale du monument, aussi bien dans l'intérêt de sa conservation, que pour le rendre présentable et digne des hauts personnages qui, chaque année, honoraient la ville de leur présence.

Aussi, M. le Maire, sur les désirs exprimés par plusieurs conseillers municipaux, émettait le 22 mai 1865, l'avis de voter une somme qui servirait à renouveler la toiture, remoderner les décors, les peintures, sculptures, etc. ; la restauration du plancher de la salle, de la scène, et enfin à l'achat d'un mobilier en remplacement de celui existant, par trop usé.

Le jour même, 70.000 francs furent votés pour toutes ces dépenses, mais comme une grande partie de ces travaux étaient plutôt une question d'art, il convenait, selon l'avis de M. Malausséna, de recourir à des artistes compétents plutôt qu'à une entreprise particulière, et de les traiter de gré à gré, ce qui serait préférable et moins cher. Ainsi fut-il décidé. Après pourparlers, il fut convenu d'avoir recours à M. Sachetti, artiste italien, très estimé et très renommé en France, où à maintes reprises, il avait été appelé pour s'occuper de décoration générale de plusieurs théâtres des principales villes de l'Empire.

Cette question liquidée, il ne restait qu'à s'occuper de l'entreprise artistique, en vue de la saison prochaine. La Municipalité jeta son dévolu sur un certain M. Provini, impresario milanais, à qui furent imposées deux troupes d'opéra italien *seria*, *buffe e ballabile*, dont les débuts auraient lieu sitôt que les travaux en cours seraient terminés, et un cautionnement de 10.000 francs, en garantie de la convention acceptée par ledit sieur Provini.

Le théâtre ouvrit ses portes, le 7 octobre 1865, avec l'opéra *I Puritani*, de Bellini, chanté par une troupe excellente d'ensemble.

Mais Nizza la bella, était depuis longtemps jalousée. Il n'y avait année qu'une campagne malveillante ne fut menée contre elle. Cependant son soleil, son climat et ses environs, avaient raison des racontars absurdes dont certaine presse (?) étrangère, se plaisait à répandre à tout propos. Cette année ce fut pis, car le bruit courrait en Europe, qu'une épidémie (?) sévissait à Nice. Ce venticello calomniateur, répandu très adroitement, empêcha les hôtes assidus, qui annuellement venaient passer leur hiver sur notre littoral, de s'y rendre comme d'habitude.

Les conséquences furent désastreuses pour le commerce en général, et le pauvre Provini, plus vite que les autres, en ressentit les effets. Déjà, le 15 novembre, il écrivait au syndic, en lui exposant la situation dans laquelle il se trouvait, et lui démontrait en même temps, que les recettes étant de beaucoup inférieures aux dépenses, il demandait pour continuer, le remboursement intégral de son cautionnement, en même temps qu'une subvention de 30.000 frans, sans lesquelles sommes, il se voyait dans l'impossibilité d'aller de l'avant.

M. Malausséna reconnut de suite la justesse de la réclamation ainsi que la triste situation où se trouvait l'Impresario, situation qui malheureusement dans la circonstance s'aggravait tous les jours. Aussi, comme il était nécessaire pour le bien de la Ville, de soutenir coûte que coûte, la direction théâtrale, il proposa de nommer une commission, qui après enquête, donnerait le plus promptement possible un rapport sur la conduite à tenir vis-à-vis de Provini.

M. Abbo rapporteur, déclarait dans la séance du 27 novembre 1865, qu'ensuite des démarches faites auprès des professeurs de l'orchestre, et des artistes, ceux-ci ayant fait un abandon de 20 et 10 pour cent de leurs appointements, il y avait lieu de rembourser les 10.000 francs de cautionnement, qui serviraient principalement à solder tous les arriérés ; et, d'accorder une subvention de 15.000 francs, qui seraient payés à l'Impresario au fur et à mesure que les besoins s'en feraient sentir.

Tous ces sacrifices faits de part et d'autre, ne servirent pas à grand'chose, car la saison ne redevint pas meilleure. L'honnête Provini, n'ayant pu malgré tout, faire honneur à ses affaires, fut déclaré en faillite le 15 février 1866.

Ainsi finit cette gestion qui devait se terminer le 25 mars. De ce fait, les pauvres artistes, en plus de la perte d'un mois de saison, eurent pour manque de fonds, une retenue de 70 % sur la quinzaine qui venait de s'écouler.

Cependant, par esprit de camaraderie, un concert au bénéfice des chœurs et des musiciens fut organisé, avec le concours des artistes du Théâtre Français. Il eut lieu le 18 février. Il produisit la somme de 1.478 fr. 80. Trois autres soirées furent données dans les mêmes conditions en faveur de Mlles Colombo, première chanteuse, Uberti contralto et Lorenzone, première danseuse. Les recettes servirent à ces braves artistes pour pouvoir regagner Milan, où certainement quelque engagement. autrement sérieux, leur permit de se refaire des pertes qu'elles avaient subies à Nice.

Durant cette saison, le maëstro Sivori, se fit entendre plusieurs fois. De même, les violonistes, Mlles Ferni. Un seul opéra nouveau fut donné : L'Ebreo, du maëstro Apolini [1], il fut suivi d'une reprise de Semiramide, une des plus belles œuvres de Rossini.

Après la déconfiture de Provini, les abonnés ou plutôt onze abonnés des loges, protestèrent collectivement et mirent en demeure la Municipalité de respecter le cahier des charges, à défaut d'opérer le remboursement du montant de l'abonnement faute de quoi ils rendraient la Ville responsable de la non exactitude du contrat.

Pour éviter un procès, M. Malausséna se vit forcé d'avoir recours à M. Avette, qui voulut bien faire passer une partie de sa troupe au Théâtre Impérial, où quelques comédies et vaudevilles tinrent l'affiche jusqu'au 24 mars, parmi lesquels : la perle de la Cannebière et la Femme aux œufs d'or, où excellait la divette Niçoise, l'excellente et toute gracieuse Honorine. Orphée aux Enfers, opéra-bouffe d'Offenbach, y fut représenté une seule fois, et ce fut notre frère, M. Joseph Vieil, alors âgé de 24 ans, lequel quelques années plus tard, devait se distinguer dans ce même théâtre, qui dirigea l'orchestre.

---

(1) Représenté pour la première fois à Naples en 1855.

A noter encore dans le courant de l'année 1866, cinq représentations, qui, firent salle comble, de la célèbre tragédienne italienne, Mme Adélaïde Ristori, qui, en dehors de son répertoire habituel, joua *Medée*, tragédie de Legouvé, traduite spécialement pour la brillante artiste ; puis deux représentations du célèbre Ernesto Rossi, fortement applaudi, dans *Otello* et *Kean*, de Shakespeare.

Ce ne fut que le 28 septembre 1866, que M. François Sanguinetti accepta la direction du Théâtre Impérial. Il devait la garder seul, pendant quatre saisons (1856-1870) et pendant une cinquième avec M. Giaume, de Nice, comme associé. Les conditions du contrat furent les mêmes que celles imposées à son prédécesseur, mais une faveur lui fut accordée pendant son premier triennat : les frais d'éclairage du théâtre furent, pour la première fois, à la charge de la Ville.

L'ouverture, on ne sait trop pourquoi, n'eut lieu, cette année, que le 1er décembre, avec *Robert le Diable*, de Meyerbeer. Sans épiloguer saison par saison, nous nous contenterons de signaler, en bloc, les faits saillants méritant d'être notés, pendant cette période, ainsi que les opéras nouveaux et les noms des principaux artistes, dont le souvenir est encore présent à la mémoire de nos concitoyens.

Combien furent heureux les habitués d'alors d'applaudir, tour à tour, la Bosisio, prima donna émérite ; la contralto splendide qu'était Mme Scalchi, pour laquelle la représentation donnée à son bénéfice, avec le *Barbiere di Siviglia*, et aux prix ordinaires des places, fit une encaisse de 2.352 fr. 70. Mme Boccabadatti, revenue charmer les Niçois par sa voix de chanteuse légère qu'elle maniait avec une facilité telle qu'on l'avait surnommée « la divetta ». La célèbre Borghi Mamo, une des gloires italiennes, aussi bonne chanteuse que belle comédienne, aussi tendre et passionnée dans « Juliette », des *Capuletti ed i Montecchi*, de Bellini, que mutine et gracieuse dans « Rosine ». Mme Demi, soprano, à la voix puissante et majestueuse ; Berrini, enfant gâtée du public, et dont la rentrée fut un véritable triomphe ; Pernini, Viccini, Varesi, etc., etc. M. Pavani, de retour du Covent Garden, de Londres, fut retenu au passage et acclamé par le public, toujours enthousiasmé de sa belle voix ; Vincentelli, Pardini, Piazza, etc., ténors exquis, excellant les uns dans les œuvres de grande envergure, les autres dans les bijoux admirables : *La Sonnambula*, *l'Elisir d'Amore*, *Cenerentola*, *Matrimonio Segretto*, etc. Cresci, majestueux dans tous les rôles qu'il interprétait ; Fiorini, basse bouffe, émule du regretté Ronconi. Et combien en laissons-nous, pour ne pas faire une nomenclature trop longue.

Tous ces artistes, hélas ! disparus aujourd'hui, furent applaudis avec joie, et nous dirons même avec sincérité, car c'était encore l'époque où les impresarii se passionnaient pour l'art, où le chef d'orchestre jugeait seul, si une œuvre pouvait oui ou non, être livrée au public, où la critique avait son franc-parler. Mais à l'heure présente, les circonstances, la concurrence peut-être, l'amour du gain sûrement, ont fait dévier ces coutumes. Tant pis, nous ne pouvons que le regretter comme nous regrettons ces représentations, qui, par leur homogénéité, avaient fait de notre théâtre un vrai temple où l'art seul régnait en maître.

Pendant ces trois années, le répertoire reste à peu près le même que les années précédentes. On exhume, il est vrai, quelques reliques anciennes telles que *Belisario*, très critiqué lors de son apparition à Paris, mais qui n'en reste pas moins une des plus belles œuvres de Donizetti, où l'auteur de *Lucie* a intercalé un nombre considérable de morceaux remarquables; *La Saffo*, de Paccini; *Il Giuramento*, une des meilleures partions qu'ait écrit Mercadante, œuvre dans laquelle le maître se distingue par la richesse de l'instrumentation et la science des effets harmoniques. *Don Bucefalo*, de Cagnoni; *Il Matrimonio Segretto*, de Cimarosa, chef-d'œuvre des chefs-d'œuvre bouffes, dont seul *le Barbiere*, de Rossini, rivalise la gloire.

Ce joyau obtint un succès fou pendant toute une saison, et fit les délices des abonnés qui, tous les soirs, redemandaient le fameux trio des femmes et ne cessaient d'applaudir le beau quatuor

Sento in petto un freddo gelo
Che circando, mi va al cor...

Comme nouveauté, il n'est guère offert que quatre ou cinq opéras, entr'autres : *Don Checco*, le désopilant opéra-bouffe de Giosa, dont le succès fut éclatant. *La Contessa d'Amalfi*, de Petrella, représentée pour la première fois à Turin, en 1864, et qui eut ici un assez grand succès.

Le chef-d'œuvre de l'art lyrique français, le *Faust*, de Gounod, fut donné sur notre scène, le 14 mars 1868, avec Mlle Bosisio, MM. Pavani, Butti, Garcia, etc. Cette soirée fut un triomphe, tant pour l'illustre compositeur que pour les excellents chanteurs qui interprétèrent et popularisèrent dans notre ville le sublime opéra; et enfin, *Il Cantor di Venezia*, de Virginio Marchi, créé à Nice le 2 mars 1866, par Mme Demi et MM. Gollardi, Sauvestre, Poli Lenzi, etc., sous la direction du jeune maëstro, venu tout exprès pour monter et diriger son œuvre.

Le succès fut très grand et mérité, dit le critique du *Journal de Nice*, et il ajoute : « On sent dans toute cette partition le souffle jeune et inspiré d'une âme de 28 ans, qui « a encore de belles illusions, ses saintes croyances, qualités sans lesquelles on ne peut « faire des œuvres savantes, mais jamais aussi sympathiques, aussi touchantes que « l'est *Il Cantor di Venezia.* »

Un concert, cependant, mérite d'être signalé. C'est celui organisé le 22 février 1868 par Mme Carlotta Patti, sœur de la célèbre Adelina Patti, avec le concours des virtuoses Vieuxtemps, Félix Godefroy, de Wolff, Seligmann, etc., etc.

Toutes ces célébrités furent saluées par des acclamations les plus chaleureuses, mais nous restons dans le vrai, dit le *Journal de Nice*, du 24 février 1868, lorsque nous dirons que Mme Carlotta Patti a été la reine de cette fête. Elle l'a été à tous les titres. Ce ne fut pas une manifestation de pure courtoisie que le public lui a rendu, mais bien un hommage à son talent et à sa magnifique voix de contralto.

En 1868, la Comédie Française, en tournée, vint donner les 27 et 28 juillet, deux représentations. Les pensionnaires de la maison de Molière eurent un légitime succès dans *le Misanthrope* et *les Fourberies de Scapin*, interprétés par Delaunay, Mauhant, Talbot, les frères Coquelin, Lafontaine, Got, Barré, et par Mmes Favart, Guyon, Marie Boyer, etc.

Le théâtre, malgré une chaleur torride, fit salle comble. Le public, enthousiasmé, ne cessa de prodiguer à ces excellents artistes des bravos et des rappels justement mérités.

Mais la soirée artistique par excellence fut celle donnée en l'honneur de Rossini, le 3 décembre 1868, soirée qui eût le privilège d'être à la fois brillante et mouvementée.

Avant le lever du rideau, la salle fut envahie par les dilettanti, jaloux d'apporter un éclatant hommage à la mémoire du plus grand génie musical du siècle.

Il nous est impossible de rendre compte de cette soirée, en détail ; aussi, n'en donnerons-nous que le programme entièrement composé de morceaux choisis dans les principales œuvres de l'illustre maëstro.

Le spectacle, divisé en deux parties, commença par l'introduction d'*Otello*, avec chœurs, puis la cavatine chantée avec un goût exquis par l'excellent ténor Pardini.

La Musique Municipale exécuta ensuite le septuor de *la Cenerentola*, et le morceau fini, Mme Borghi Mamo dit de sa voix souple et pénétrante une romance inédite, composée par Rossini, et dédiée à cette célèbre cantatrice; elle chanta également avec M. Persi le joli duo du maître « Mira la bianca luna ».

Pour clôturer la première partie, l'ouverture fort applaudie de *Guillaume Tell*, fut exécutée par l'excellente Musique du 28ᵉ de ligne, dont M. Molé, alors chef, avait su en faire une des premières de France.

Une ovation, non moins justifiée, fut faite à l'orchestre du Théâtre, qui commença la seconde partie de la soirée avec l'ouverture de *la Gazza Ladra*, et M. Bregozzo, son chef, fut rappelé deux fois par l'auditoire tout à fait transporté.

A *la Gazza Ladra* succéda l'ouverture du *Barbiere di Siviglia*, par la Musique du 28ᵉ, puis le rideau levé, tous les premiers sujets de la troupe, disposés en éventail sur la scène, entonnèrent avec accompagnement des chœurs, la cantate « Hommage à Rossini », composée par le maëstro Zavalini.

La solennité fut terminée par la fameuse prière de *Mosé*, ce chant sublime où le Cygne de Pesaro a versé une part des trésors de son génie. Après cette audition, un changement à vue s'est opéré, et sur un trophée apparut le buste de Rossini, couronné de lauriers, au-dessus duquel scintillait une étoile, symbole de la gloire universelle du grand maëstro, disparu depuis un mois.

Sanguinetti, en homme intelligent, savait, par de bonnes représentations, attirer et garder le public dans son théâtre. C'est encore à lui que l'on doit d'avoir connu et entendu l'excellente cantatrice qu'était Mme Miolhan Carvalho, acclamée dans *Faust*, le 24 mars 1869, par un public enthousiasmé de son talent et de sa diction parfaite. La célèbre cantatrice, la Marguerite rêvée, ne put donner qu'une seule représentation, rappelée à Paris par un engagement. L'impresario eut lieu d'être satisfait, car les entrées se chiffrèrent ce soir-là par la jolie somme de 6.422 fr. 50.

Par contre, les soirées historiques pendant cette gestion ne furent pas très nombreuses. En effet, nous ne voyons défiler au théâtre, comme personnages de marques que M. Ferdinand de Lesseps qui vint, le 28 novembre 1867, donner une conférence sur le canal de Suez. En parleur infatigable, il tint pendant deux heures le public sous le charme de son éloquence extraordinaire.

Quelques jours plus tard, le 17 décembre, S. A. I. l'archiduc Louis-Victor, frère de l'empereur d'Autriche, arrivant d'Espagne, assistait dans la loge du Préfet, à une représentation d'*Ernani*.

16

La Municipalité voulut lui offrir une représentation de gala, pour le lendemain jeudi, mais déclinant cette offre, le prince préféra aller entendre incognito la *Saffo*, de Paccini, annoncée pour le vendredi, ainsi que le joli trio de l'*Elisir d'Amore*, chanté par Mlle Bosisio, MM. Piazza et Fiorini.

S. M. le Roi de Bavière, venu à Nice pour rétablir sa santé chancelante, vint une fois au théâtre, et assista, le 29 janvier 1868, dans la loge de la Municipalité, à la représentation de *La Cenerentola*, qu'il applaudit fortement ainsi que le sublime duo de l'opéra *Il Giuramento*, chantés par Mme Boccabadatti, et Mlle Scalchi.

Sa Majesté envoya ses félicitations aux deux célèbres artistes pour la façon remarquable dont elles interprétèrent la belle musique de Mercadante.

Sanguinetti fit preuve d'un administrateur intelligent et sut conquérir la sympathie du public, tant par les engagements des meilleurs artistes de l'époque que par la variété des spectacles. Aussi, l'autorité municipale, reconnaissant en lui le Directeur nécessaire à une scène aussi importante que celle de Nice, consentit à de nouveaux sacrifices pécuniaires, et malgré le chiffre élevé des réparations de 1865 (exactement 74,714 fr. 36), votait sur ses instances, le 30 juillet 1866, un supplément de 13,909 fr. 80, pour diverses fournitures extraordinaires, telles que : pose d'appareils à gaz à l'orchestre, fournitures relatives à l'éclairage, papiers peints pour les loges, constructions d'un parquet mobile, etc. En outre, un crédit de 6,850 francs fut alloué pour la pose, sur la façade sud du théâtre, du fameux cadran solaire, œuvre du capitaine Wagner, sculpté par l'artiste Raymondi.

Ce magnifique travail, sauvé par miracle, du désastre de 1881, doit exister encore, renfermé sans doute dans quelque magasin de la Ville. Pourquoi la Municipalité ne l'utiliserait-elle pas ? Nous ne sommes malheureusement pas assez riche en monuments, ni en œuvres d'art, pour laisser dans l'oubli une production qui, selon l'avis de gens compétents, mériterait un emplacement digne de l'œuvre elle-même.

Nous adressons particulièrement cette observation à notre sympathique ami, et collègue de l' « Academia Nissarda », M. Isnard, adjoint au Maire de Nice, et le prions instamment de vouloir bien donner des ordres pour que ce méridien soit retiré au plus tôt du grenier où il dort depuis vingt-cinq ans. On pourrait en faire une utilisation sérieuse en le plaçant sur la façade d'un monument public quelconque.

Mais combien avons-nous demandé de choses utiles qui sont restées hélas ! lettres mortes ? En sera-t-il de même pour celle-ci ? Nous osons espérer le contraire.

En enfant gâté, Sanguinetti, avait toutes les sympathies de la Municipalité, qui, pour bien lui démontrer combien elle lui était reconnaissante des sacrifices qu'il s'imposait, décida, le 28 septembre 1868, qu'en remerciement des services rendus à la cause artistique, la Ville prendrait à sa charge le montant des appointements alloués par le directeur au chef d'orchestre, soit 3,000 francs, et qu'à titre exceptionnel, il serait porté au budget municipal, la somme de 1,110 fr. 25, dépenses faites par l'Impresario.

Toutefois, le public regrettait la suppression de la commission théâtrale, qui, au point de vue économique et artistique, avait rendu jadis de réels services. M. Malausséna, maire, ne put repousser, pendant la séance du 17 septembre 1869, la proposition d'un conseiller municipal demandant la reconstitution de cette commission. Cette proposition, mise aux voix, fut fort agréée et votée à l'unanimité des membres présents. Le jour même furent nommés membres de cette commission : MM. le marquis de Constantin, Ed. Girard, Nicæus Gioan, Joseph Bouttau et Loupias.

Le premier travail de ces Messieurs fut de traiter à nouveau, avec Sanguinetti pour un second triennat. Cette décision ratifiée par le Conseil Municipal, le Directeur ouvrait la saison théâtrale, le 17 octobre 1869, par quelques représentations données par le tragédien italien Salvini. Les 14 et 15 novembre eurent lieu les débuts des troupes lyriques, Seria e Buffe avec *Matilde di Shabran* et la *Somnambula*.

Mais les affaires paraît-il, n'allèrent pas comme d'habitude, à tel point que vers le milieu de la saison, Sanguinetti se vit dans la triste nécessité d'adresser une requête à la Municipalité, la priant, en raison des pertes qu'il subissait depuis l'ouverture du théâtre, de lui accorder une subvention et une avance de fonds, remboursables dans le délai d'une année.

La Commission écartant tout d'abord la demande d'emprunt, comme étant contraire aux règlements administratifs, voulut bien étudier la question de subvention. Soumise au Conseil municipal pendant la session de janvier 1870, sur la demande d'un conseiller municipal dont nous regrettons de ne pas savoir le nom, 12.000 francs lui furent accordés, payables à la fin de la saison, et tout autant que Sanguinetti resterait à la tête de l'Opéra jusqu'à cette date. En outre, le Conseil décide, que le traité conclu avec l'Impresario sera résilié à partir de la même époque.

Cette saison, malgré la présence de quelques artistes de valeur, fut complètement nulle, et se termina le 10 avril, avec *Il Matrimonio Segretto*, toujours très en faveur.

La résiliation du contrat avait laissé à l'administration municipale toute sa liberté d'action pour la concession à une nouvelle entreprise. Des démarches et des offres furent faites aux principales agences d'Italie, mais ces tentatives n'eurent aucun résultat. Seul, M. Sanguinetti se présenta et fut, de ce fait, agréé par la Commission théâtrale, qui donna un avis favorable ; le Conseil de Ville ratifia cette décision, forcé somme toute de reconnaître que Sanguinetti avait fait, pendant son passage au théâtre, tout ce qu'il pouvait faire comme directeur, ayant donné pendant quatre années des preuves de capacités incontestables.

Toutefois, un cautionnement de 10,000 francs lui fut imposé, somme que Sanguinetti devait verser à la recette municipale le jour de la signature du contrat, mais tout resta dans le *statu quo*, l'ouverture de l'Opéra n'ayant pu avoir lieu cette année, à cause de la déclaration de guerre que Napoléon III devait faire à l'Allemagne quelques mois plus tard.

L'année terrible se déroule lentement apportant, chaque jour, aux populations atterrées, la nouvelle de nouveaux désastres, avec il est vrai, quelques rares succès. Mais la lutte, lutte inégale s'il en fut, est devenue impossible. La France, forcée de capituler, se concentre et cherche à reprendre des forces. Nice, en signe de deuil, laisse son théâtre fermé pendant cette triste période.

Après la proclamation de la République, des désordres, de minime importance, ont lieu dans notre ville, généralement si calme. Le Conseil Municipal, composé en majeure partie de bonapartistes, n'étant plus en communion d'idées avec la population, démissionne. Une Commission Municipale est nommée par le Gouvernement ; mais celui-ci est mis à son tour en échec par les électeurs, qui désirent voir siéger à l'Hôtel de Ville un Conseil émanant directement du suffrage universel.

M. Jules Gilly arrive en tête de liste ; mais déclinant l'honneur que ses concitoyens lui ont fait, il se désiste en faveur de son collègue Auguste Raynaud. Cet intègre magistrat, en prenant le fauteuil de la présidence, exprime le désir de voir liquider au mieux les affaires laissées en suspens par les prédécesseurs du Conseil actuel, et arrivant à la question de l'Opéra, il demande (30 avril 1871) qu'une nouvelle Commission théâtrale soit nommée, afin qu'elle puisse s'en occuper sans plus tarder, cette question étant primordiale pour Nice.

Sont désignés pour en faire partie : MM. C. Barelli, Niçæus Gioan, Jos. Mayrargue, Jules Gilly et P.-O. Faraut. Cette Commission, dans la séance du 29 septembre 1871, fait connaître par son rapporteur, que s'étant mise en relation avec M. Sanguinetti, ce dernier accepterait à nouveau la direction théâtrale, à la condition qu'elle lui soit confiée pour une nouvelle période de trois années, avec obligation pour la Ville de payer les 3.000 francs d'appointements au chef d'orchestre, de pourvoir à un local pour le vestiaire, de concourir pour la moitié du paiement des nouveaux décors, jusqu'à concurrence de 500 francs, et de fournir gratuitement les sapeurs-pompiers. De plus, ainsi que par le passé, les frais d'éclairage du théâtre devaient être à la charge de la Municipalité.

La Commission ajoutait que, reconnaissant le bien fondé des diverses réclamations formulées par le directeur, elle avait cru bien faire d'accepter, en principe, les nouvelles conditions à introduire dans le contrat, sauf approbation par le corps consulaire, qui le ratifia en la séance du 3 octobre 1871.

Sur les désirs de la Commission, l'impresario ayant fait diligence, l'ouverture eut lieu le 13 novembre avec *Lucrezia Borgia*, le vieil opéra de Donizetti. Mais dans le courant de la saison, M. Sanguinetti prétextant que sa santé ne lui permettait plus de continuer à s'occuper des affaires du théâtre céda, sans prévenir la Municipalité, ses droits d'exploitation à MM. Gilly et Trabaud, banquiers à Nice, ce dernier conseiller municipal. Ces Messieurs gérèrent le théâtre jusqu'à la fin de la saison.

Cette gestion fut aussi insignifiante que celle de 1869-1870 et il ne fut donné, comme nouveauté, que le bel opéra bouffe *le Educande di Sorrento*, du maëstro Usiglio, dont fut tiré plus tard le joli petit opera-comique *les Mousquetaires au Couvent*, musique de Varney. Par contre, le cadre artistique fut excellent avec MM^{mes} Ponti d'Allarmi, Stoika, Torriani, etc.; MM. Tasca di Capellio, Paoletti, Cresci, Buonferreri, Bonafoux, etc. *La Norma*, avec Tasca, le ténor rêvé pour chanter ce genre de musique, clôtura les représentations le 24 mars 1872.

Quoique renseignée officieusement du passe-droit commis par l'impresario, la Municipalité feignait d'ignorer les changements survenus au théâtre ; aussi, pendant la séance qui eut lieu le 14 mai 1872, après que le Conseil Municipal eut entendu lecture d'une demande d'exploitation pour la nouvelle saison, de M. Louis Scalaberni, impresario très connu et très estimé à Nice, mais que dans la circonstance l'on supposait être l'homme de paille de MM. Gilly et Trabaud, ce dernier fut violemment pris à partie par ses collègues, outrés de sa conduite.

Après une discussion très orageuse, un blâme fut voté contre lui par le Conseil, tant comme conseiller municipal à la tête d'une entreprise salariée par la Ville, que comme acquéreur de terrains communaux, agissements portant atteinte à l'honorabilité du Conseil tout entier.

Toutefois, sur l'avis de plusieurs conseillers, la demande de M. Scalaberni fut remise à la Commission théâtrale, à seule fin de l'étudier s'il y avait lieu. Mais ce ne fut que huit jours plus tard (23 mai), que le Maire, à la suite d'une lettre de M. Sanguinetti, annonça officiellement la retraite de celui-ci. Une autre lettre, émanant de M. Giaume, demandant comme associé de l'entrepreneur, la résiliation pure et simple du contrat, fut également lue par M. Aug. Raynaud ; et enfin, il fut donné connaissance par le Président, d'une troisième lettre, celle-ci de MM. Gilly et Trabaud, renonçant pour des motifs personnels, à la continuation de l'exploitation du Théâtre Municipal.

Sur ces entrefaites, M. Trabaud, donnait à un journal de Nice un compte rendu contestant la sincérité du procès-verbal de la dernière séance du Conseil Municipal. Emu par la façon d'agir de ce collègue, le Conseil réuni en séance extraordinaire, le 25 du même mois, confirma le vote de blâme émis quelques jours avant, et chargea M. le Maire d'insister auprès du Préfet pour que fût prononcée la révocation de M. Trabaud, comme Conseiller Municipal. Celui-ci eut cependant le bon esprit de démissionner quarante-huit heures après ce vote.

Pendant ces discussions, où l'honneur du Conseil fut admirablement et particulièrement défendu par MM. Jules Gilly et Aug. Raynaud, la Commission théâtrale, étudiait avec Scalaberni, dont le passage au théâtre de Nice n'avait laissé que d'excellents souvenirs, la possibilité de faire mieux que ne l'avait fait Sanguinetti, qui cependant avait fort bien fait les choses.

Scalaberni désirait continuer l'exploitation aux clauses et conditions des entrepreneurs démissionnaires, en y ajoutant toutefois les modifications suivantes : Concession du Théâtre pour une durée de cinq années, et une subvention de 30.000 francs en compensation des diverses obligations assumées par la Ville, etc., frais désormais à la charge du directeur, à l'exclusion du traitement du chef d'orchestre, et des frais d'éclairage du théâtre, qui continueront à être payés par la Municipalité.

Sur les promesses faites par Scalaberni, qui devait donner l'opéra : *Seria e buffa*. avec deux troupes composées d'artistes de *primo cartello*, ainsi qu'un corps de ballet au grand complet, la Commission accepta les offres du nouveau directeur, et fit ratifier la nouvelle convention par le Conseil de Ville, le 5 juin 1872. Cependant, l'entrepreneur dut déposer à la recette Municipale un cautionnement de 10.000 francs.

Scalaberni tint parole. Les espérances qu'on avait fondées sur lui ne furent point déçues. L'ouverture de la saison (13 novembre 1872) fut on ne plus brillante avec *Ruy Blas*, le splendide opéra de Marchetti, qui obtint un légitime succès. Cette magnifique œuvre, inconnue à Nice, fut interprétée par un quintette d'artistes de tout premier ordre : MM^{mes} Scarati, Treves ; MM. Villa, Silensi et Fiorini, secondés par une seconde troupe tout aussi excellente.

Non moins brillante représentation quelques jours plus tard, pour le début de la troupe chorégraphique, dans le ballet en cinq actes *la Giocoliera*, de P. Borri, pendant laquelle la salle entière ne cessa de manifester toute sa satisfaction,tant pour les excellents danseurs et mimes que pour cette belle musique qui, avec celle du ballet *Nelly*, firent pendant plusieurs années consécutives, les délices des amateurs de danses dans les salons de la Ville.

Après le *Ruy Blas*, une seconde nouveauté fut donnée : *la Forza del Destino*, de Verdi, représentée pour la première fois au théâtre italien de Saint-Pétersbourg, le 11 novembre 1862. Dans cette œuvre admirable, le maître a su, comme dans plusieurs de ses opéras, traiter en même temps, le sérieux et le comique ; passer d'une scène d'une violence exagérée au bouffe le plus risible ; adapter sa musique aux situations les plus émouvantes comme y intercaler les morceaux les plus pathétiques. *La Forza del Destino* eut un très grand et continuel succès pendant la saison en cours et les suivantes.

Nous n'avons durant cette saison qu'à signaler deux soirées extraordinaires, de ces soirées d'antan comme on n'en voit plus, hélas ! Elles furent organisées les 27 février et 4 mars 1873, pour une bonne œuvre, par la Princesse Ada Troubetskoy qui s'offrit à chanter gracieusement la *Lucrezia Borgia,* au profit des inondés d'Italie et des pauvres de Nice.

Soirées admirablement réussies, car la grande dame se révéla cantatrice magnifique et produisit en scène des costumes d'une rare élégance. Le succès fut complet tant au point de vue artistique qu'au point de vue financier. La recette, pour ces deux représentations s'éleva à la somme de 12.000 francs environ.

Après la fermeture annuelle (7 avril 1873), une courte saison de printemps eut lieu avec la célèbre cantatrice, Mᵐᵉ Isabella Galetti, qui vint donner, du 20 au 29 avril, six représentations de *la Favorite*. Les détails que nous en donnons sont puisés dans le *Journal de Nice*, 21-22 avril 1872, n° 95. Nous les publions avec d'autant plus de plaisir que notre frère regretté, M. Joseph Vieil, fut chargé de la direction de l'orchestre pendant ces six représentations, en remplacement du maëstro Bregozzo, en brouille avec Scalaberni.

« Soirée splendide, hier soir, au théâtre italien. Succès complet de *la Favorite*, l'un « des chefs-d'œuvres de Donizetti. Jamais nous n'avions entendu enlever cette partition « avec autant de brio. Mᵐᵉ Isabella Galetti, est une grande actrice, qui a interpreté le « rôle de Léonore comme cantatrice et comme comédienne à la satisfaction générale. « Les renseignements qu'on nous avait adressé de Gênes sur son compte sont exacts. « On nous écrivait : Vous tomberez en admiration ! Effectivement, le public a été émer- « veillé.

« M. Tagliapretra est un jeune baryton qui a été à bonne école. Il possède une voix « des plus sympathiques qu'il dirige avec beaucoup de goût. Il nuance avec art et l'on « sent qu'il a dû recevoir les conseils des grands maîtres. Son morceau « Pour tant « d'amour » a été dit avec tant de sentiment, tant d'expression, que les bravos éclataient « de tous les points de la salle.

« Dans le rôle de Fernand, M. Villa nous a rappelé les charmantes soirées qu'il « nous fit goûter cet hiver. Il s'est surpassé, à notre avis, dans *la Favorite.*

« Nos compliments à M. Joseph Vieil, qui a dirigé les artistes en véritable chef, se

« sentant bien en possession de sa partition et de ses exécutants. L'orchestre et les
« chœurs ont admirablement marché. »

Ce même Tagliapretra devait la saison suivante (1873-74) se faire applaudir à nou
veau sur notre scène en compagnie de Mlle Erminia Borghi Mamo, prima donna soprano
drammatica, fille du célèbre contralto Adélaïde, engagée extraordinairement pendant cette
saison ; Mmes Vanzetti, Viviani, Barilli, Rossi, etc. MM. Capelletti, Delpozzo, Arrigotti,
Talbot, Adolfi, d'Ottavi, Fioravanti, etc., etc., artistes formant deux troupes supérieures
aux précédentes, qui cependant avaient été, avons-nous dit, excellentes sous tous les
rapports.

Le théâtre, après avoir été occupé par une compagnie dramatique italienne, ouvrait
la série des représentations lyriques, le 2 octobre, par le Precauzioni, opéra-bouffe de
Petrella, représenté au Carlo Felice, de Gênes, en novembre 1862. Ce fut la seule
nouveauté donnée pendant cette saison, mais les vieux opéras, Poliuto, Trovatore,
Ernani, Lucia, Rigoletto, etc., furent toujours applaudis. Avec Il Trovatore, Tagliapietra,
fit le soir de son bénéfice 2.914 francs d'entrées, sans compter la recette de la location
des loges ; Mlle Borghi Mamo, avec Poliuto, qui en était à sa 11me représentation, et que
la bénéficiaire avait choisi, encaissa la somme rondelette de 3.923 fr. 50, loges non
comprises et au prix ordinaire des places.

Pendant cette soirée, une pluie de bijoux, diamants, fleurs, couronnes, objets d'art,
lui témoignèrent la satisfaction générale et complète du public, admirateur de son talent.

Un seul cadeau fut réservé à Mme Borghi Mamo, mère, et lui fut offert à la fin de la
représentation : une couronne de lauriers. Ce fut un triomphe pour cette femme, cette
mère, qui venait de chanter avec sa fille, le splendide dernier acte de l'opéra Giulietta
e Romeo, du maëstro Vaccaï.

Mlle Borghi Mamo, à la fin de la saison, partit pour Saint-Péterbourg. Elle ne revint
plus chanter à Nice, première étape cependant de ses nombreux triomphes.

Il était dit que chaque fois que Scalaberni était à la tête de notre théâtre, pour un
motif ou pour un autre, il devait en abandonner la direction. En 1857, à la suite du
procès qu'il intenta à la Ville, il se vit forcé de céder la place à Donnay, qu'il remplaça, il
est vrai, l'année suivante. En 1860, il se voit de nouveau supplanté par Avette, avant
d'avoir pu terminer le triennat pour lequel il s'était engagé. En 1874, à cause de différends,
sérieux sans doute, survenus entre lui et Bregozzo, Scalaberni aima mieux quitter Nice,
que de continuer à gérer l'Opéra, avec le chef d'orchestre imposé par la Ville. Il préféra
donner sa démission acceptée à regret le 6 juillet 1874.

Et cependant, l'on ne donnait que 30.000 francs de subvention, les appointements
du chef d'orchestre et les frais d'éclairage du théâtre. Il est vrai encore que lorsqu'il y avait,
selon la formule, une belle chambrée, l'entrepreneur avait au moins une belle recette.

Si ce n'eut été prendre trop de place dans cette étude, nous aurions donné volontiers le tableau des troupes plus que complètes de Louis Scalaberni, ne serait-ce que pour
faire une comparaison avec le tableau que nous donnons à la page suivante, d'une compagnie d'opéra-bouffe avec ballet, présentés au public Niçois, au commencement du
siècle dernier. Le directeur a omis de mentionner l'année sur ses affiches, mais nous
croyons être dans le vrai en disant que le sieur Vincent Pezzi, entrepreneur et directeur,
devait être de passage à Nice en 1803-1804.

Par permission de MM. le Maire et Adjoints de la Ville de Nice

AVIS THÉATRAL

Le sieur Vincent Pezzi, entrepreneur et directeur de la troupe pour « l'Opera Buffa » italien, et pour les Ballets, prévient le public qu'ayant pris le théâtre de cette ville pour tout le prochain Carnaval, à commencer des Fêtes de Noël, il se propose de donner un cours de quarante représentations, où il prend l'engagement de varier le spectacle autant que possible. Il espère tant par le genre que par la nouveauté des pièces, de rencontrer l'agrément du public. Il se flatte, à cet effet, d'être encouragé par l'affluence des spectateurs. Ce sera alors à lui à satisfaire davantage le public, tant par le choix des partitions, qui seront au moins au nombre de six, que par la composition des ballets qui seront au nombre de huit.

Le premier spectacle sera composé de :

CLEMENTINA E ROBERTO — Opera Buffa
Musique du célèbre Maître de Chapelle GNECO, écrite à Gênes le Carnaval dernier

Le sujet du premier ballet est :

BACCHUS ET ARIANE

Ballet héroïque, qui a rencontré les suffrages du public dans les principaux théâtres d'Italie. Ce ballet sera orné d'une décoration nouvelle, avec un char triomphal portant des déesses, traîné par des paons. Les costumes seront analogues au sujet, tous d'un bon goût, et confectionnés en partie par le sieur PERIÉ.

TABLEAU DES ACTEURS DE L'OPERA BUFFA
Première actrice absolue, Madame Caroline CHIAPPA
Premier mezzo carattere assoluto, Sieur Seraphin FEI — Premier buffo assoluto, Sieur Paul FERRARI
Autre premier buffo, sieur Joseph GUERNIERI

SECONDES ACTRICES *(a vicenda)*
Dame Gaetane FERRARI   Dame Cecile ZAQUETTI
Second mezzo-carattere, le sieur Jacques GINI

TABLEAU DES DANSEURS
Compositeur des ballets, le sieur Vincent PEZZI
Premier danseur, le sieur Ange CHIAVES — Première danseuse, dame Thom. CASTELLO SEMENGO
Premiers Grotesques, à vicenda, tirés au sort
Les Sieurs et Dames Gaetan CARDELLA, Antoinette CARDELLA, Antoine Ansalde BETTA
Joséphine COPPINI
Danseur pour *le Parti*, sieur Vincent PEZZI
Troisième Danseur, Sieur Paul SEMENGO — Danseur pour le 2e *Parti*, sieur Philipe GINI
Quatre danseurs di concerto, huit figurants

Le même entrepreneur prévient le public, que les personnes qui désireront prendre des loges pour toute la saison peuvent s'adresser directement à lui ou bien au sieur Pierre Camous, machiniste du théâtre pour traiter du prix.

On abonne également pour dix représentations moyennant la somme de six francs.

PRIX DES PLACES
Premières et Parquet, 1 fr. 50 cent. (30 sols). — Parterre, 75 cent. (15 sols). — Paradis 30 cent. (6 sols)

C'est peut être l'unique affiche existant de cette troupe. Pour les amateurs de choses rares, c'est un régal, et pour tout le monde, une curiosité, car elle nous dépeint bien les mœurs de l'époque, où les gens allaient au spectacle chercher un plaisir en rapport avec les idées d'une ville simple comme l'était Nice, même pendant la Révolution.

Après la démission de M. Scalaberni, MM. Escoffier, Muaux, Gayet, Milon et Barralis, nouveaux membres de la Commission Théâtrale, furent d'avis d'accorder au sympathique baryton qu'était M. Cresci, la direction du Théâtre Municipal, pour une période de neuf années, aux mêmes conditions que pour le directeur démissionnaire, et avec faculté de part et d'autre de résilier après chaque période triennale.

Très aimé comme artiste, très estimé comme homme, M. Cresci fut agréé par le Conseil de Ville, réuni le 6 juillet 1874. A cette séance, MM. Ch. Simon et Hippolyte Pécoud, présentèrent une motion pour que le nombre des places fût fixé, à l'avenir, de façon définitive, afin de ne plus laisser à l'entrepreneur la facilité, dont on a pu constater l'abus, de placer des stalles quand cela lui paraissait utile, diminuant ainsi l'espace réservé au public du parterre. M. le Maire fit remarquer que le cahier des charges réserve à l'administration, à l'art. 14, le droit de prendre toutes les dispositions nécessaires pour l'aménagement des loges et du parterre ; que cette clause lui donne le pouvoir d'interdire tous les abus en limitant les bancs des stalles, etc ; qu'à l'avenir, etc.

Il faut croire qu'à l'heure actuelle, les Commissaires chargés de faire respecter ce cahier des charges, ont oublié le fameux article 14, ou qu'ils ne le connaissent pas, car le parterre à l'Opéra finit par ne plus exister que de nom, ayant été absorbé par les stalles et par le parterre numéroté. Le parterre proprement dit se réduit aujourd'hui à l'étroit espace, entre le dernier rang du parterre numéroté et les loges et il faut s'y tenir debout, ce qui est excessivement fatigant, surtout quand il y a foule.

Le nouveau directeur, sous la raison sociale : « F. Cresci et Cie », ouvrait le 12 novembre 1874, avec I Lombardi, de Verdi, suivis trois jours après de l'Italiana in Algeri, de Rossini. Pendant les deux premières années d'exploitation, le répertoire fut puisé dans les vieilles machines, comme on dit de nos jours. En fait de nouveautés, il ne fut donné que le Comte Ory, représenté pour la première fois à Paris en 1828 ; Gli Ultimi Giorni di Sully, opéra qui vit le jour en 1843 ; Dinorah ou le Pardon de Ploërmel chanté à l'Opéra-Comique en 1858, et enfin Mignon, créé au même théâtre dix ans plus tard.

Nous ne reviendrons pas sur la valeur musicale du Comte Ory, qui passe avec raison, pour un des meilleurs opéras de Rossini ; sur les Derniers Jours de Sully, d'un maître réputé tel que l'était Ferrari, ni sur le Pardon de Ploërmel, livret ennuyeux au possible, mais rendu quasi intéressant par Meyerbeer. De cet opéra comique, il ne reste aujourd'hui que la fameuse valse de l'Ombre, Ombra leggiera, instrumentée avec un goût exquis, et qui est devenue presque un morceau classique pour les chanteuses légères.

Les dilettanti surent gré à Cresci d'avoir fait connaître ces œuvres, plus que jamais inconnues maintenant, et ces vieux opéras, malgré leur âge, eurent du succès, car les belles choses sont toujours appréciées. Le délicieux opéra comique Mignon, offert comme régal, le jour de l'ouverture, le 15 novembre 1875, et qui fut joué dix-neuf fois, durant la saison, fut encore un succès complet. Il fut créé à Nice par MM^{es} Pasqua et Mecocci MM. Gnone, le baryton léger Tagliapretra [1], etc., applaudis dans cette délicieuse partition d'Ambroise Thomas.

Sans rivaliser avec Scalaberni, M. Cresci fut consciencieux comme artiste, et certes les bons sujets furent nombreux pendant les saisons 1874-1876. Nous ne pouvons oublier le succès obtenu par Mme Dory, le jour de son début dans *Roméo et Juliette*, de Vaccaï, début sensationnel s'il en fut. Pendant la représentation, le public ne cessa de lui prodiguer ses applaudissements, émerveillé qu'il était par le chant, le talent et la méthode de cette admirable cantatrice. Citons encore le ténor unique qu'était le Cav. Bettini, qui le soir de sa première audition dans le *Barbiere*, après la jolie romance « Ecco ridente in Cielo », fut salué par des applaudissements unanimes ; à la scène de la leçon, ayant chanté la célèbre *Mandolinata*, de Paladilhe, le théâtre entier, le salua par des acclamations. Mmes Pasqua, Mecocci, Duval, Paskalis, Berlani Dini, Varesi, etc., etc. ; MM. Davanzo, Villa, Achard, Gnone, Bergamaschi, Valle, Scheggi, etc., composaient les troupes applaudies ces années-là par les habitués de la salle de la rue Saint-François-de-Paule.

Deux étoiles se firent entendre : Mlle de Belloca, une jeune russe, déjà célèbre chanteuse, dans la *Sonnambula* et le *Barbiere*, et Mlle Albani, se rendant à Londres, au Covent Garden, théâtre où elle eut comme partout, du reste, un merveilleux succès. Cette belle artiste se fit acclamer dans *Lucie* et dans *Faust*, œuvres qu'elle chantait avec un talent exquis.

Cresci donna, le 25 janvier 1876, la première audition de la *Messe du Requiem*, de Verdi, écrite spécialement pour la mort du célèbre romancier italien Manzoni. Cette œuvre est admirable par le sentiment religieux que le maître y a imprimé, émouvante par les pensées de son âme, traduites avec le talent qu'il a su mettre dans toutes ses compositions. Les principaux interprètes furent Mmes Duval, Berlani Dini ; MM. Achard et Povoleri. Les chœurs de l'opéra, sous la direction de M. Biagini, les élèves de l'école de chant de la Ville, sous celle de M. Guidi ; l'orchestre renforcé de quelques artistes de M. le Baron Von Derwies, sous la baguette de M. Muzio, formèrent un ensemble des plus parfaits.

Pour relever l'éclat de la troisième saison, M. Cresci demanda à la Municipalité, une subvention de 50.000 francs, somme qui lui aurait permis de donner deux troupes lyriques de valeur, et un corps de ballet complet, composé de 26 personnes : il s'engageait en outre, à monter, en plus des trois ballets obligatoires, deux grands opéras-ballets. Ce genre de spectacle, en faveur depuis Scalaberni, était réclamé par les nombreux amateurs et abonnés du théâtre municipal, mais la Commission trouvant exagérée la somme demandée, n'alloua qu'une subvention de 25,000 francs, autorisant toutefois l'impresario à augmenter le prix des 1er et 2me rangs de loges, et les porter de 1.400 à 1.600 francs, et d'élever de 1.50 à 2 francs, le prix d'entrée au parterre.

Ces propositions acceptées par la direction, le théâtre inaugurait la saison, le 14 novembre 1876, avec *Ernani*, suivi de *Rigoletto*. Les interprètes de cette dernière

(1) Le baryton léger T. Tagliapretra n'est que l'homonyme de T. Tagliapretra, 1er baryton assoluto, engagé pendant la direction Scalaberni (saison 1873-74).

œuvre, bien au-dessous de leur tâche, furent hués et sifflés et finalement résiliés. Le ballet *lo Spirito Maligno* et le *Ballo in Maschera*, donné par la troupe, « di forza », sauvèrent à peu près la situation, et permirent à Cresci d'attendre la nouvelle troupe, « semi-seria », qui ne fut guère plus heureuse que la première.

Les opéras *Macbeth* et *Giovanna di Guzman*, de Verdi (*Les Vêpres Siciliennes* en français), créés à Paris par Mᵐᵉ Sophie Cruvelli (comtesse Vigier), furent donnés vers la fin de cette saison, qui fut d'ailleurs, d'une médiocrité presque générale. Comme nouveauté, il ne fut donné que *Il Tribuno*, opéra de Capellini, chanté pour la première fois à Nice, le 6 mars 1877, par MM. Mozzi, Adolfi, David, Mᵐᵉ Potentini, etc.

Il y eut, pendant la saison, trois soirées inoubliables, celles des 27 janvier, 2 et 3 février 1877, où Faure, chantant pour la première fois à Nice, émerveilla les assistants dans *la Favorite* et *Faust*, qu'il chanta en italien. L'illustre artiste est trop connu pour qu'il soit nécessaire de nous étendre sur son talent, mais les lecteurs seront édifiés sur son succès, lorsque nous leur dirons, que les entrées seules produisirent pendant ces trois représentations 30,417 francs.

Après l'expérience des trois premières années de la direction Cresci, notamment après la saison 1876-77, qui fut si mal conduite, la municipalité avait décidé de mettre à profit la clause résolutoire insérée dans le cahier des charges, réservant la faculté réciproque de résiliation après chaque période triennale. Dans ce but, le Conseil de Ville fut convoqué en séance le 28 mars 1877. Mais, devançant le vote du Conseil, M. Cresci adressait à M. Auguste Raynaud, une lettre dans laquelle il demandait la résiliation de son contrat.

Immédiatement après la lecture de cette lettre, acte fut pris des désirs de l'entrepreneur, et de ce fait l'exploitation du théâtre devenant vacante, la commission théâtrale fut chargée, en vue de la saison nouvelle, d'avoir recours à la publicité la plus large, pour que le plus grand nombre d'impresarii briguât la direction du théâtre.

Vingt-deux concurrents se présentèrent. Après élimination, deux seuls restèrent en présence : MM. Ph. Moreno, de Milan, et Ercole Bolognini, entrepreneurs sérieux, ayant géré tous les deux des entreprises théâtrales équivalentes à celles du théâtre de Nice.

M. Bolognini fut choisi; la Municipalité lui imposa deux troupes, seria et demi-seria, un corps de ballet de 30 personnes, et un cautionnement de 20.000 francs. Par contre 40,000 francs lui furent alloués comme subvention, mais il devait prendre à sa charge tous les frais ayant trait à l'entreprise. Ces propositions acceptées par le directeur, lui furent confirmées par le Conseil, le 20 avril 1877. Pendant cette séance, il fut donné lecture des modifications apportées au cahier des charges, et dont la nécessité était signalée depuis longtemps.

Les nouveaux commissaires, MM. Draghi, Michaud de Beauretour, Feraudy, Bressa et Bermond, élus le 9 mai suivant, obtinrent de Bolognini, que l'ouverture aurait lieu le 15 novembre, avec *l'Africana*, de Meyerbeer, encore inconnue à Nice. La direction fit des sacrifices énormes pour la mise en scène de cette œuvre. L'installation du vaisseau, le fameux vaisseau de Don Pedro, faillit rendre malade le pauvre impresario, bien déçu dans ses espérances, car malgré les beautés que renferme cette partition, malgré la valeur réelle des artistes et de l'orchestre, dirigé avec talent par le nouveau chef, M. Federico Nicolao, successeur du maëstro Bregozzo, admis à la retraite sur sa demande depuis une année, le succès en fut médiocre. De ce fait, Bolognini qui escomptait un beau bénéfice, n'encaissa même pas les 20.000 francs qu'il avait dépensés.

La demande de retraite de M. Bregozzo avait été acceptée avec regret, comme elle fut saluée avec déférence, car ce chef, par son talent et son énergie, sut pendant tout le temps qu'il resta au pupître, maintenir le prestige et la réputation artistique de notre théâtre.

Très intelligent, Bolognini savait varier les spectacles, il n'hésitait pas à monter les vieux opéras, oubliés depuis longtemps, et qui produisaient sur les nouvelles générations, les mêmes sensations qu'une nouveauté éclose la veille. Aussi revîmes-nous avec plaisir pendant ses quatre premières années de gestion, c'est-à-dire jusqu'au jour néfaste où le théâtre fut détruit par l'incendie, *Luisa Miller, Linda di Chamonix, Maria di Rohan, Crispino e la Comare, I Puritani ed i Cavalieri, la Traviata, Don Sebastiano, la Cenerentola*, etc., etc.

Avec *l'Africana, gli Ugunotti* furent par le fait, une nouveauté pour nous, cet opéra n'ayant jamais été chanté en italien à Nice, et ses dernières représentations en français datant de 1857. Nouveauté également *Diana di Chaverny*, de Sangiorgi, représentée à l'Argentina de Rome en 1875. Le magnifique *Romeo e Giulietta* de Gounod, traduit depuis peu en italien, fut chanté pour la première fois sur notre scène, en 1878,.par M.mes Ciuti et Bandelli ; MM. Santinelli, Buzzi, etc. Sans avoir eu la vogue de *Faust*, cet opéra obtint cependant les honneurs de la saison et fut très applaudi. *Il Guarany*, du maëstro brésilien Carlo Gomez, avait été créé à la Scala de Milan, le 19 mars 1870, par de célèbres artistes, le baryton Maurel, le ténor Villari, et le soprano Mlle Marie Sass. Cet opéra fut ensuite chanté à Londres, au Covent-Garden, par d'autres artistes, tout aussi célèbres, Faure, Nicolini, Cotogni et Mlle Sessi.

Chanté sur toutes les principales scènes d'Europe, *il Guarany* eut à Nice plus de vingt représentations. Il est réellement fâcheux que cette œuvre n'ait pas eu une reprise depuis cette époque, car sa musique est très belle et nombreux sont les motifs qui méritent d'être signalés. Sans avoir la renommée des artistes que nous citons plus haut, MM. Mancini, Devilliers, Colonna, De Pasqualis et Mlle Adalgisa Gabbi, l'interprétèrent d'une façon admirable. Le succès, tant pour l'œuvre que pour les artistes fut complet. *Il Partigiano*, opéra en trois actes du comte d'Osmond, fut créé pendant la saison 1880-1881 par Mmes Smeroski et De Richalet, MM. Devillier, Carboni, Vicini. Le succès fut médiocre. Malgré une mise en scène très riche, cet opéra n'eut que quelques représentations.

Mais l'œuvre sensationnelle par excellence, que nous devons à Bolognini d'avoir connu, ce fut *Aïda*. La direction ne recula devant aucun sacrifice et la monta avec un luxe extraordinaire. La première représentation de cet opéra à Nice (8 mars 1879), que nous pouvons sans crainte appeler le chef-d'œuvre des chefs-d'œuvre, précéda dans la même saison celle du *Guarany*. Cette soirée fut presque un événement historique pour notre théâtre, et resta gravée dans la mémoire de ceux qui y assistèrent.

Les critiques ont beaucoup écrit sur cette partition remarquable, et l'œuvre elle-même est trop connue pour que nous nous permettions d'en donner une analyse aussi restreinte fût-elle, mais son succès allant toujours en s'accentuant. Il est une preuve évidente, incontestable, que cet opéra restera éternellement dans le répertoire, et si Verdi avait eu besoin de la trompette de la Renommée pour rendre son nom immortel, les trompettes d'*Aida* l'auraient certainement proclamé le plus grand musicien qui ait existé jusqu'à ce jour.

Aida fut admirablement interprété par Mmes Ciuti et Donati, MM. Santinelli, De Pasqualis, Terruzi et Buzzi, qui, avec l'orchestre magistralement conduit par le maëstro Nicolao, obtinrent un véritable triomphe.

Après la fin de l'admirable second acte, au moment où M. Nicolao, apparaisssait sur la scène pour remercier le public de la magnifique ovation dont lui et son orchestre avaient été l'objet, une pluie multicolore de petits papiers tombait des galeries et du paradis.

C'était un sonnet à son adresse, d'un admirateur de l'*Aida* sans doute, mais appréciateur aussi du talent du jeune chef d'orchestre auquel il avait voulu manifester sa satisfaction personnelle.

Nous le transcrivons ici, persuadé qu'il est oublié depuis longtemps.

A FEDERICO NICOLAO

PER LA PRIMA RAPPRESENTAZIONE D'AIDA

Fèro in te, si l'ingegno che il lavoro
In un amplesso uniti, quel che puote
L'Arte d'Ausonia trarre al suo decoro
Fra queste piagge, e far che esalti e scote.

Sotto il tuo guardo si fulmineo, senti
Scorrere l'onde d'armonie celesti.
Son frenati i sospir, sono le menti
Trasfuse nel pensier che rendi e vesti.

E se *Giulietta... Aida...* per l'affetto
Ci han commosso, o alla gloria, o a morte tratti,
Delle ispirate note tu il diletto.

N'hai trasfuso cosí, che a te, del canto
Interprete fedel, a te si dee
Di tai trionfi in tutto e in parte il vanto.   E. M.

Parmi les nombreux ballets applaudis sous la direction Bolognini, tels que *Smeralda, Mefistofele, la Capricciosa,* etc., etc., il y eut deux reprises chorégraphiques qui firent grand plaisir à la population. Ce furent les deux bijoux dansés pendant la première année de la direction Scalaberni, la *Giocoliera* et *Nelly,* qui ainsi qu'en 1872, furent un grand succès. Mais cela ne suffisait pas à ce directeur, doué d'une activité surprenante, aimant à voir la foule emplir son théâtre et pour cela faire, n'hésitant pas à engager tout ce qu'il y avait de mieux dans le monde lyrique. Aussi, furent-elles nombreuses les soirées extraordinaires pendant sa première période directoriale ; combien les dilettanti niçois lui surent gré de leur avoir fait connaître les Maurel, Petit, Nicolini, etc. ; Mmes Lucca, Rosina Isidor, la Heilbron, Albani, la Patti, la Urban,

Bianca Donadio, etc., etc., artistes d'une renommée universelle, rivalisant de talent, de beauté et de grâce, attirant, malgré le prix exorbitant des places, toutes les notabilités de Nice et de la colonie étrangère.

Nous avons sous les yeux, le total des recettes encaissées (loges non comprises) pendant les cinq soirées données par la divine Patti. Elles s'élèvent à la somme stupéfiante de 118.866 francs ?

En 1881, Mᵐᵉ Patti venait à peine de triompher dans la *Somnambula*, *il Trovatore* et *il Barbiere*, qu'elle était remplacée par le célèbre soprano Urban, dont le succès dans la *Norma* fut colossal. Depuis cette représentation, cet opéra n'a plus été, malheureusement, chanté sur notre scène. Mᵐᵉ Bianca Donadio, qui pendant cette saison devait clôturer les représentations extraordinaires, s'était déjà fait applaudir dans *il Barbiere*, le 17 mars 1881, et venait le 23 du même mois, veille de la Mi-Carême, de paraître dans *Lucie*, lorsqu'un cri, cri sinistre: « le feu est au théâtre! » parti on ne sut jamais d'où, retentit dans la salle.

En un clin d'œil, la scène fut en flammes ; les artistes, les musiciens fuirent de toutes part. Mˡˡᵉ Donadio, affolée, dégringola les premières marches venues, et se trouva par un hasard providentiel dans la rue, où elle tomba évanouie, tandis que le pauvre Cattani, basse, habitué cependant à ce théâtre qu'il connaissait parfaitement et Traversi contrôleur, beau-frère de Bolognini, moururent asphyxiés, avant d'avoir pu trouver une issue.

Mais, dans la salle, c'était plus terrible encore, plongée qu'elle était dans l'obscurité la plus complète à la suite de l'explosion du compteur. Eclairée subitement après l'explosion par les lueurs effroyables de l'incendie, il fut alors possible de se rendre compte des scènes qui se produisirent. L'on put voir des malheureux, fou de terreur, cherchant à sauver leur vie, mourir étouffés par la fumée, ou, dans leur lutte contre la mort, tomber broyés par la chûte d'un fer ou d'un platras : finalement, l'effrondement de la toiture, engloutit dans l'immense fournaise tous ceux qui avaient pu rester debout ou qui respiraient encore.

Bien que vingt-six années se soient écoulées après cet événement, notre plume tremble encore en écrivant les détails de cette nuit épouvantable, où spectateurs impuissants, nous vîmes tant de scènes affreuses et entendîmes les cris de désespoir et d'horreur de tous ces malheureux, fatalement condamnés, faute d'un secours quelconque, que dans notre impuissance nous ne pouvions leur porter.

Le lendemain, la Municipalité faisait afficher la proclamation suivante, adressée à la ville entière :

MAIRIE DE NICE,

« Un affreux malheur vient de frapper la Ville de Nice !

« En présence d'un pareil désastre, toute réjouissance publique est impossible.

« Les fêtes d'aujourd'hui n'auront pas lieu.

« La Municipalité est certaine que la population tout entière et la Colonie étrangère s'associeront à cet immense deuil public.

« Les fonds destinés aux réjouissances seront distribués aux familles des victimes, et une souscription est ouverte à la Mairie.

« La Municipalité fait appel au dévouement et à la charité publiques ».

Nice, le 24 Mars 1881   Le Maire,
                                                                    ALFRED BORRIGLIÒNE.

La charité publique ne fut pas sourde à cet appel, les dons affluèrent de toutes les nations de l'Europe. La France, toujours généreuse lorsqu'il s'agit de venir en aide aux malheureux, répondit en envoyant plusieurs centaines de mille francs. Tout cet argent ne put, hélas! qu'apporter un infime soulagement aux survivants des malheureuses victimes, et atténuer dans la mesure du possible, les malheurs qu'auraient pu occasionner, dans toute autre circonstance, la disparition d'un ou plusieurs membres d'une même famille.

Nice, en deuil, s'associa tout entière aux funérailles que fit la Municipalité. Les cinq chars, où étaient déposés les cercueils, disparaissaient sous des monceaux de fleurs et de couronnes, et lorsque le funèbre cortège, duquel Mme la Comtesse Vigier conduisait le deuil, arriva devant l'Eglise du Port, où un autel avait été dressé devant la grande porte, la foule impressionnée ne put retenir ses larmes.

Après la messe, dite par M. l'abbé Pons, curé de la paroisse, Mgr Balaïn, évêque de Nice, donna l'absoute; puis, après un discours du Maire, M. Borriglione, le cortège se reforma et reprit le chemin du cimetière du Château où, par les soins du Municipe, un monument en pierres de taille, a été élevé, et sur lequel les noms gravés en lettres d'or rappellent les malheureuses victimes de cette horrible catastrophe.

Pauvres gens! Ils ne pensaient pas, en se rendant à ce théâtre, pleins de santé et de joie, d'être quelques minutes plus tard, la réalisation brutale du deuxième vers de la devise qui en ornait le fronton :

Et Risu et Lacrymis Oblectans Scena Docebit.

CONCLUSION

Avec la disparition du théâtre, nous arrêtons la première partie de notre étude dans laquelle, sans prétention aucune, nous avons essayé de dépeindre le mouvement artistique qui, depuis plus d'un siècle, a donné la vie à ces deux salles où tant de braves artistes se firent applaudir, comme d'autres s'y firent siffler.

Quoique de minime importance, ce travail a demandé deux années consécutives pour être mené à bonne fin, forcé que nous étions de condenser tous les documents historiques qu'il renferme en les puisant à la bibliothèque Municipale, dans celle de notre vénérable secrétaire perpétuel de l' « Academia Nissarda », le regretté professeur Henri Sappia, et dans celle de Turin, n'ayant pu consulter les archives du théâtre même, disparues avec l'édifice.

Nous savons un gré infini à M. le Comte F. de Orestis, de l'amabilité avec laquelle il a mis à notre disposition les archives de sa famille, où nous avons pu en grande partie puiser les renseignements précieux qui nous ont permis de faire revivre notre théâtre pendant l'époque troublée de la Révolution.

Nous sommes heureux de lui renouveler nos remerciements sincères, comme nous remercions M. Bessi, ancien Inspecteur de l'Opéra, de la communication d'un registre réellement précieux, que son père tenait régulièrement et sur lequel sont notés tous les faits saillants qui se sont déroulés depuis son entrée comme employé de l'Administration Municipale (1847) jusqu'en 1890.

En publiant cette brochure, nous n'avons eu qu'un but, faire plaisir à nos concitoyens. Nous serons très heureux si nous sommes parvenus à les satisfaire. Dans le
cas contraire, nous aurons toujours la satisfaction de laisser une page vraie de notre histoire locale, qui, peut-être, pourra plus tard, rendre quelques services, ce dont nous
seront fiers.

Nous préparons la deuxième partie (1885-1906) que nous livrerons, sitôt terminée,
aux lecteurs du *Nice Historique* et aux personnes qui s'intéressent aux choses de notre
belle ville.

www.ingramcontent.com/pod-product-compliance
Lightning Source LLC
Chambersburg PA
CBHW060822250626
47162CB00005B/1902